国家示范性软件学院系列教材

计算机网络与通信

朱恺 吉逸 方宁生 编著

以TCP/IP为主线
贯穿始终

- 由点及面、由浅入深讲解网络知识
- 以计算机网络技术为主，涵盖通信技术和通信网络

机械工业出版社
China Machine Press

本书系统地介绍了计算机网络与通信的原理和应用，以 TCP/IP 体系结构为主分析了计算机网络技术和重要应用，同时也重点介绍了计算机网络和电信网络的技术融合。全书共分 11 章，涉及网络原理、网络互联、网络管理、网络安全、网络工程等知识，在内容组织上既注重介绍网络知识原理，也注意结合网络工程实际，具有较好的系统性和实用性。

本书结构合理、内容丰富、图文并茂，可用于高等院校计算机及相关专业本科生或研究生教材，也可作为网络工程技术人员的参考书籍。

封底无防伪标均为盗版
版权所有，侵权必究
本书法律顾问　北京市展达律师事务所

图书在版编目（CIP）数据

计算机网络与通信／朱恺，吉逸，方宁生编著. —北京：机械工业出版社，2010.9
（国家示范性软件学院系列教材）

ISBN 978-7-111-30627-6

Ⅰ. 计…　Ⅱ.①朱…　②吉…　③方…　Ⅲ.①计算机网络－高等学校－教材　②计算机网络－计算机通信－高等学校－教材　Ⅳ.①TP393　②TN915

中国版本图书馆 CIP 数据核字（2010）第 084990 号

机械工业出版社（北京市西城区百万庄大街 22 号　邮政编码　100037）
责任编辑：刘立卿

北京市荣盛彩色印刷有限公司印刷
2010 年 9 月第 1 版第 1 次印刷
184mm×260mm · 13 印张
标准书号：ISBN 978-7-111-30627-6
定价：25.00 元

凡购本书，如有缺页、倒页、脱页，由本社发行部调换

客服热线：（010）88378991；88361066
购书热线：（010）68326294；88379649；68995259
投稿热线：（010）88379604
读者信箱：hzjsj@hzbook.com

前　言

写作目的

计算机网络技术是信息革命的一个重要发展动力，也是信息学科中一个重要的知识点。计算机网络技术的迅猛发展来自于计算机技术和通信技术的结合。通信技术的历史远长于计算机技术，虽然有不少通信技术因过时而不再使用，但通信的原理对正确理解网络的工作过程有着重要的指导意义。另外，虽然现在计算机网络与通信网络融合得越来越紧密，但由于历史的原因，通信网（如电信网、移动通信网、广电网络、传统的分组交换网等）有其自身的结构特点，并不是计算机网络可以囊括的。所以，如果要深入理解网络技术，除了学习计算机网络知识之外，还要学习有关通信领域的知识。

计算机网络方面的书籍虽然众多，其中不乏经典之作，但编写一本适合本科教学的计算机网络教材却是我们的一个夙愿。一方面，是希望能将这些年我们在网络教学和网络工程中积累的经验和心得与读者分享；另一方面，是希望能用一种更宏观的视野、更形象的叙述方式将计算机网络和通信技术等融合起来讲述，使读者在理解网络理论之外，还能明白出现在其身边的各类具体的网络形态（如电信网、移动通信网）的结构、特点和它们之间的关系。

本书特色

本书的主要特色如下：

- 以实用性为导向，以工业界的事实标准 TCP/IP 体系结构（而不是 OSI 的七层模型）为主来讲解计算机网络技术。
- 以计算机网络技术为主，同时介绍了通信技术和通信网络，使得读者能更全面、更深入地理解和掌握网络技术。
- 比较详细地介绍了几类通信网络（电信网、移动通信网、SDH 网络等）的工作原理和工作特点。
- 内容组织灵活，部分章节可作为选讲内容，教师可根据实际教学情况合理安排教学内容和课时。
- 注重知识的实用性。

教学建议

本书共分 11 章，第 1~4 章介绍计算机网络与通信技术的基础知识；第 5~8 章介绍主要的计算机网络与通信网（如以太网、令牌环网、电信网、ATM 网络等）的工作原理、组织结构和工作特点，除此之外还介绍了主要的网络设备的工作特点；第 9~10 章介绍网络管理和网络安全知识；第 11 章介绍网络工程的基础知识。书中标有"＊"号的为选讲内容，教师可根据实际教学需求灵活安排。本书具体的教学建议如下表所示。

章　节	内　容	建议学时
第1章　概述	掌握计算机网络的定义、发展历史、拓扑结构、功能、分类等	2
第2章　数据通信系统	掌握常见的数据编码格式、数字调制技术、PCM 编码过程、数据差错控制方法、多路复用技术及传输介质等	5
第3章　网络交换技术	掌握三种网络交换技术的特点、应用场合	2
第4章　网络体系结构	掌握 OSI 体系结构的层次划分及各层的作用，掌握 OSI 及 TCP/IP 体系结构各自的特点	2
第5章　Internet 的协议及应用	了解 Internet 的发展历史，掌握 Internet 中所使用的各类网络协议	4
第6章　局域网技术	了解局域网的概念、分类等，掌握局域网的拓扑结构、传输介质，掌握不同类型局域网的工作特点	6
第7章　广域网技术	了解广域网的概念，掌握几种常见广域网的工作原理和工作特点	5
第8章　网络互联技术	掌握网络互联的概念，掌握常见的网络互联设备及应用场合，掌握局域网互联和广域网互联所使用的网络协议，掌握常见的接入网技术	6
第9章　网络管理	掌握网络管理系统的结构，掌握 SNMP 协议，了解常见的网络操作系统	2
第10章　网络安全	掌握网络安全的概念，掌握常用的密码技术、身份认证、数字签名及通信安全技术	4
第11章　网络工程	掌握网络工程所涉及的各个步骤，掌握网络规划和设计的特点，掌握综合布线的工程原理和要点	2

致谢

　　将计算机网络和通信网展开讲解足以编出四五本相关教材，如何合理取舍教材内容，如何在精简的篇幅中以直观方式叙述，真的是一件颇费脑筋的事。本书的大纲结构先后四次改动，内容也是几经增、删，好多次感觉无法继续，欲中途放弃，但所幸得到东南大学软件学院的鼓励和支持，才坚持下来，终于成稿。在此，特向学院的各位同事表示真挚的感谢。

　　本书由朱恺、吉逸、方宁生合编，吉逸负责第1章、第11章的编写，方宁生负责第9章的编写，其余章由朱恺编写，全文最后由朱恺统稿。由于编者水平有限，书中疏漏、不妥之处在所难免，敬请广大读者批评指正。

编者

2010 年 4 月于东南大学

目 录

概　述

　　早期的计算机系统是高度集中的，所有的设备安装在单独的大房间中，各计算机之间是独立运行。后来，为了提高计算机运算效率，出现了批处理和分时系统，20 世纪 50 年代中后期，许多系统都将地理上分散的多个终端通过通信线路连接到一台中心计算机上，这样就出现了计算机网络的雏形。随着计算机之间信息交互的需求的迅速发展，各种计算机之间通信的规定（协议）被制定出来，使得所有满足这些协议的计算机系统都可以相连在一张网络上，这张网络从最初的美国国防部高级研究计划管理局（Advanced Research Projects Agency，ARPA）的 ARPA-net 开始，逐步发展成为今天我们耳熟能详的因特网（Internet）。

　　今天计算机网络的蓬勃发展，得益于计算机技术和通信技术的融合。长期以来，通信是网络发展的重要动力，但历史上，通信网往往是指传统的电信网络，由电信运营商负责运营，其承载的业务也比较单一，但通信网在发展的过程中产生的技术、协议都成为计算机网络的宝贵财富，得以传承与发展；同时，计算机技术的飞速发展，也提高了通信网络的信息处理和传送能力，丰富了网络上的运营业务，网络的结构也发生了很多变化，从传统的电信运营商掌控全网，逐渐演变成各单位可以自行组建、维护局域网络。网络应用又由原来以话音业务为主，演变成文字、图像、音频和视频等多媒体业务。计算机技术和通信技术的结合，成就了今天的计算机网络的革命性进步，成为信息革命中的一支重要力量。

1.1　计算机网络的历史和发展

1.1.1　计算机网络的概念

1. 计算机技术的发展

　　计算机是 20 世纪末人类最伟大的发明之一，它极大地提高了人类的计算能力，为信息技术革命提供了重要的技术基础。

　　1946 年，世界上第一台电子计算机 ENIAC 在美国宾夕法尼亚摩尔学院建成，它由 18000 个真空管组成，占地 170 m^2，重 30 t（见图 1-1）。20 世纪 40 年代末到 50 年代中期的计算机都采用电子管为主要元件，称为第一代计算机，即电子管时代的计算机。这一代计算机主要用于科学计算。

图 1-1　第一台电子计算机 ENIAC

图 1-2　ENIAC 的设计师埃克特和莫克利

20世纪50年代中期，晶体管取代电子管，大大缩小了计算机的体积，降低了成本，同时将运算速度提高了近百倍，这个时代的计算机称为第二代计算机，即晶体管时代的计算机。在应用上，计算机不仅用于科学计算，而且开始用于数据处理和过程控制。

20世纪60年代中期，集成电路的问世导致了由中、小规模集成电路构成的第三代计算机的问世。这一时期，实时系统和计算机通信网络有了一定的发展。

20世纪70年代初，出现了以大规模集成电路为主体的第四代计算机。这一代计算机的体积进一步缩小，性能进一步提高，发展了并行技术和多机系统，出现了精简指令集计算机RISC（Reduced Instruction Set Computer）。微型计算机也是在第四代计算机时代产生的。

如今的第五代计算机，其主要目标是采用超大规模集成电路，在系统结构上类似于人脑的神经网络，在材料上使用常温超导材料和光器件，在计算机结构上采用超并行的数据流计算等。

2. 通信技术的发展

通信技术则是一门起源更早的技术，早在1837年，美国人莫尔斯就发明了电报，它利用电磁波作载体，通过编码和相应的电处理技术实现了人类远距离通信的梦想。1876年，美国发明家贝尔发明电话，在这之后的百余年里，电信网络经历了人工交换板、拨号盘、自动电话交换机、程控电话交换机等多个重要技术时期，今天，电信网络已经连接全球的各个大洲，极大地拓展了人类通信的能力。

从20世纪50年代开始，科学家开始研究将通信技术与计算机技术相结合，解决计算机等数字设备的通信问题，计算机网络的发展就此开始。

3. 计算机网络的概念

关于计算机网络这一概念的描述，从不同的角度出发，可以给出不同的定义。一般来说，计算机网络可以理解为：是将分布在不同地理位置上具有独立工作能力的多台计算机、终端及其附属设备用通信设备和通信线路连接起来，并配置网络软件，以实现计算机资源共享的系统。

计算机网络是计算机技术和通信技术相结合的产物，计算机网络技术和其他工业文明一样，其发展经历了从雏形到成熟的不断发展历程，在这个发展历程中，网络的技术、应用和功能都不断地在发展变革。虽然，最初研究计算机网络的目的只是希望实现异地的计算机间的资源共享，以解决数据传递的难题，但今天计算机网络的功能和应用显然已大大丰富，计算机网络不仅能够解决信息共享的问题，还能够提供诸如电子邮件、视频会议和电子商务等多媒体服务，极大地改变了人类生产与生活的方式。下面就简单回顾一下计算机网络的发展历史。

1.1.2　计算机网络的历史

计算机网络的发展经历了一个从简单到复杂的过程，从为解决远程计算信息的收集和处理而形成的联机系统开始，发展到以资源共享为目的而互连起来的计算机群。计算机网络的发展源于计算机技术与通信技术的结合，其发展大致经历了以下四个阶段：

1. "主机－终端"式网络

早在20世纪50年代初，美国航空公司与IBM公司就开始联合研究联机的订票系统，并于60年代初投入使用订票系统SABRE-1。这个系统由一台中央计算机（主机）与整个美国本土内的2000个终端组成。这些终端采用多点线路与中央计算机相连。这种"主机－终端"式结构可以视为计算机网络的雏形。

所谓"终端"是指不具有处理和存储能力的"计算机"。图1-3展示了这种以单主机互联系统为中心的互联系统，即主机面向终端系统。在这些早期的单台计算机联机网络中，已涉及多种通信技术、多种数据传输设备和数据交换设备。技术上已从单用户系统发展到了远距离的分时多用户系统。虽然联机终端网络在当时的历史条件下已充分显示了计算机与通信相结合的巨大优势，但它仍然有严重的缺点：一是主机负荷较重，既要承担通信任务，又要进行数据处理；二是通信线路的利用率低，尤其在远距离时，分散的终端都需要独占一条通信线路，不仅通信费用昂贵而且通信线路利用率低；三是这种结构属集中控制方式，可靠性低。这期间已经使用了多点通信线路、集中器以及前端处理机。

2. 主机互联通信的计算机网络

为了克服第一代计算机网络的缺点，提高网络的可靠性和复用性，人们开始研究将多台中央计算机相连的方法。20 世纪 60 年代中期开始，出现了若干个计算机互连的系统，开创了"计算机 – 计算机"通信的时代。

第二代网络是从 20 世纪 60 年代中期到 70 年代中期，其特点是：由多台主机互连而形成中央处理网络，为更多的终端用户提供服务，如图 1-4 所示。

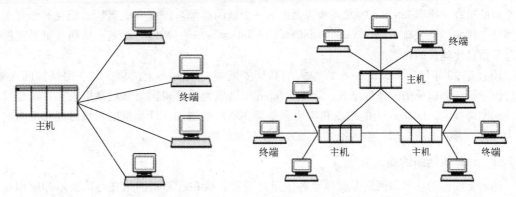

图 1-3　面向终端的单主机互联系统　　　　图 1-4　多台主机互联系统

这个阶段的典型代表是美国国防部高级研究计划局的 ARPANET（通常称为 ARPA 网），标志着现代意义上的计算机网络的出现。ARPANET 是在 1969 年由美国国防部高级研究计划局提供经费，联合计算机公司和大学共同研制而发展起来，主要目标是借助于通信系统，使网内各计算机系统间能够相互共享资源，最终导致一个实验性的 4 个节点网络开始运行并投入使用。到 1973 年发展到 40 个节点，而到了 1983 年已经达到 100 个计算机节点，地理上不仅跨越美国本土，而且通过卫星链路连接到夏威夷和欧洲的节点。ARPA 网所具有的资源共享、分散控制、分组交换、专用的通信控制处理机以及分层的网络协议等特点，往往被认为是现代计算机网络的一般特征。所以 ARPA 网是计算机网络技术发展的一个重要里程碑。

3. 具有标准化体系结构的计算机网络

在第三代网络出现以前，网络是无法实现不同厂家设备互连的，各厂家拥有自己独特的技术并开发了自己的网络体系结构，例如：IBM 公司的 SNA（System Network Architecture，系统网络体系结构）和 DEC 公司的 DNA（Digital Network Architecture，数字网络体系结构）。不同的网络体系结构是无法互连的，所以不同厂家的设备无法达到互连，即使是同一家产品在不同时期也是无法互连的，这样就阻碍了大范围网络的发展。后来，为了实现网络大范围的发展和不同厂家设备的互连，1977 年国际标准化组织（International Standards Organization，ISO）提出一个标准框架——OSI（Open System Interconnection，开放系统互连）参考模型。1984 年正式发布了 OSI，使厂家设备、协议达到全网互连。

20 世纪 80 年代随着微型计算机的普及与推广应用，计算机局域网络开始盛行起来。当时采用的是具有统一的网络体系结构，并遵守国际标准的开放式和标准化的网络，它是网络发展的第三阶段。

此后，网络的标准化不断得到了各网络厂商的认同，各厂商按国际标准生产的网络设备、网络软件可以像工业的标准件一样组合在一起共同工作，这极大地促进了计算机网络技术及应用的发展。

4. 高速、综合应用型网络

随着分组交换技术的成熟和宽带网络的建设，自 20 世纪 90 年代后计算机网络进入第四代，即高速、综合应用型网络。其中，最重要的一个代表就是 Internet。第四代计算机网络的特点是：综合应用、宽带及分布式处理。Internet 以 TCP/IP 体系结构为基础，传输介质、接入方式及网络应用服务都可以有多种方式。

1992 年，Internet 协会成立，该协会把 Internet 定义为"组织松散的、独立的国际合作互联网络"，"通过自主遵守计算协议和过程支持主机和主机间通信"。1993 年，美国伊利诺斯大学国家超级计算中心成功开发了网上浏览器 Mosaic，使得人们可以更为方便地访问 Web 站点，这种浏览器的出现，使得 Internet 的发展和普及进入一个新的高潮。1993 年，美国总统克林顿宣布正式实施"国家信息基础设施（National Information Infrastructure，NII）"计划，从而在世界范围内掀起了信息化建设的热潮。

20 世纪 90 年代后期，Internet 以惊人的高速度发展，Internet 上的服务器、网络访问人数、信息流量每年都以成倍的速度增长。今天，Internet 已成为计算机网络领域最引人注目也是发展最快的网络技术。Internet 上的站点和应用服务都在不断地增加，计算机的发展已经完全与网络融为一体，为人类的生产、生活带来了无穷的便利和乐趣。

1.1.3　计算机网络的新发展

随着无线移动技术和网络多媒体业务的迅速发展，现在计算机网络在通信技术和应用业务方面都产生了更多的研究方向，如无线网络（wireless network）、流媒体技术（stream media）、分布式计算（distributed computing）、下一代网络（next generation network）等。

1. 无线网络

无线网络是当前网络和通信业界的热门研究领域。现在的所谓宽带网络大部分都是基于有线接入方式的，人们访问网络存在着线缆连接、访问地点固定等缺陷，而无线网络将为人们提供随时随地的网络接入，极大地满足人们获取信息的需求。而无线网络的发展也将会使无线网络应用服务更加丰富，人们可以借助智能手机、个人数字助理、笔记本电脑等终端设备接入网络，进行通信、网上购物、证券交易等活动。

无线网络根据所使用的无线介质——电磁波的频段不同，可以分为很多种，如红外线、蓝牙、GSM 等。而根据网络的工作范围，无线网络常被分为：无线个人网（WPAN）、无线局域网（WLAN）、无线城域网（WMAN）和无线广域网（WWAN）四种。

无线个人网是指通信范围在 10 ~ 100 m 左右，通过无线介质（如红外、蓝牙）将各种个人网络设备连接起来，如红外鼠标、蓝牙耳机等。

无线局域网是覆盖范围在 100 ~ 300 m 左右，电磁波工作在 2.4 GHz 的无线网络，它能够提供 11 Mbit/s 的数据传输速率。目前，无线局域网采用 IEEE 所定义的 IEEE 802.11 标准。无线局域网也称为 Wi-Fi。

无线城域网是一种以城市为覆盖范围的无线网络技术，采用 IEEE 802.16 标准，其在 50 km 范围内的最高数据传输速率可达 70 Mbit/s，是一种高速的无线网络。目前，由主要的无线接入设备厂商和芯片商组成的联盟组织 WiMAX，负责对基于 IEEE 802.16 标准的产品进行兼容性和互操作测试，并发放 WiMAX 认证标志。

无线广域网一般指数字移动通信网，主要的技术标准有 GSM 和 CDMA。目前，数字移动网的带宽还多运营于语言和文字等传统业务，随着第二代移动通信（2G）向第三代移动通信

（3G）的过渡，将来的移动广域网的带宽将达到2Mbit/s以上，其承载的业务也将极大丰富。

2. 流媒体

流媒体是流式媒体技术的简称。它实现的是将传统媒体网络化，应用"流技术"在网络上传输的是多媒体文件，而"流技术"就是把连续的影像和声音等信息经过压缩处理后放到网站服务器，用户可以一边下载，一边观看、收听，而不需要等到整个压缩文件下载到自己的计算机上再进行观看或收听的网络传输技术。

"流技术"须先在用户端的计算机上开设一个缓冲区，在播放前预先下载一段多媒体文件作为缓冲，在播放缓冲内数据的同时，计算机还不断地在网络上继续下载文件，写入缓冲，这样就实现了多媒体数据边下载，边播放。

随着宽带技术的发展，流媒体技术被广泛地运用到网页中，成功实现了网上点播、在线视听、网上直播等，减少了用户因下载等待的时间，更方便地完成网络多媒体的传播功能。

3. 分布式计算

分布式计算，顾名思义，就是指将分布在不同区域的计算机联合起来，进行计算。随着网络计算的数据量越来越大，原有的计算机处理能力已显得捉襟见肘，而在网络上又有很多闲置未用的计算机，如何把这些分散在各地的计算机联合起来，充分地发挥它们的计算能力，是分布式计算最关心的问题。

因此，分布式计算主要研究如何把一个需要非常巨大的计算能力才能解决的问题分成许多小的部分，然后把这些部分分配给许多计算机进行处理，最后把这些计算结果综合起来得到最终的结果。分布式计算会被应用于大数据量的科学计算（如气象、水文地理信息等）、Web搜索等领域。

分布式计算技术在商业领域的最新发展是由IBM等公司提出的"云计算"技术。"云"的概念来源于网络，具体是指一些可以自我维护和管理的虚拟计算机资源，通常为一些大型的服务器集群，包括计算服务器、存储服务器、宽带网络资源等。

云计算实际上是一种信息服务的全新商业运营模式，在这种模式中，由一些大型的云计算公司提供各种云计算服务，所有的数据计算、数据存储都在"云"端完成，用户本地计算机的硬件设置和软件配置可以最大程度地简化，理想情况下，只要保留有网络浏览器，能够连上云计算公司的服务器，就可以完成各种工作。比如，一个公司准备带一些产品资料（包括文档、图片和视频等）给国外的客户以介绍自己的产品，公司的经理打开计算机，使用浏览器访问云公司的服务器，进入相应的编辑页面，就可以编写产品的说明，制作公司宣传片（而不需要在本地计算机上安装各种复杂的文字、视频处理软件），编辑好各种资料后，将这些资料存储在云存储器中（而不需要存储在本地的存储器中，无需担心存储空间不够），之后，他告诉客户自己资料的网络访问地址，对方就可以从云服务器上看到产品资料。

云计算运营模式将所有的计算资源集中起来，并由云计算公司统一运营，提供服务。就好比供电公司为用户提供电力供应一样，用户并不需要知道如何发电、如何配送电，就可以方便地使用电力。同样，云计算用户可以无需为繁琐的软、硬件细节而操心，而更专注于自己的业务，这样有利于降低运营成本。

云计算可以使网络应用更方便简单，同时由于服务器由云公司统一运营，网络的安全性、可靠性更好，网络协议、网络数据格式等兼容性也更好。用户使用云计算服务就好像是在租用云计算公司的服务器、网络带宽资源等，比自己独自去建立并管理服务器等要更节省成本。

4. 下一代网络

下一代网络是以IP技术为基础、以软交换为核心的新型公共电信网络，能够提供包括语音、数据、视频和多媒体业务的基于分组技术的综合开放的网络架构，代表了通信网络发展的方向。

下一代网络具有分组传送，控制功能从承载、呼叫/会话、应用/业务中分离，业务提供与网络分离，提供开放接口，利用各基本的业务组成模块，提供广泛的业务和应用，端到端服务质量和透明的传输能力，通过开放的接口规范与传统网络实现互通、通用移动性、允许用户自由地接入不同业务提供商、支持多样标志体系、融合固定与移动业务等特征。

国际电信联盟电信标准化部门（ITU-T）将下一代网络应具有的基本特征概括为以下几点：多业务（话音与数据、固定与移动、点到点与广播的会聚）、宽带化（具有端到端透明性）、分组化、开放性（控制功能与承载能力分离，业务功能与传送功能分离，用户接入与业务提供分离）、移动性、兼容性（与现有网的互通）。除此之外，安全性和可管理性（包括服务质量的保证）是电信运营公司和用户所普遍关心的，也是下一代网络与目前的 Internet 的主要区别。

下一代网络是传统电信技术发展和演进的一个重要里程碑。从网络特征和网络发展上看，它源于传统智能网的业务和呼叫控制相分离的基本理念，并将承载网络分组化、用户接入多样化等网络技术思路在统一的网络体系结构下加以实现。因此，准确地说，下一代网络并不是一场技术革命，而是一种网络体系结构的革命。它继承了现有电信技术的优势，以软交换为控制核心，以分组交换网络为传输平台，结合多种接入方式（包括固定网、移动网等），与现有技术相比具有明显的优势。

1.2 计算机网络的组成和分类

1.2.1 计算机网络拓扑结构

计算机网络拓扑结构，是指计算机网络中各个节点相互连接的方法和形式。连接在网络上的计算机、网络器件、高速打印机等设备均可看成是网络上的一个节点。网络拓扑结构反映了组网的一种几何形式。计算机网络中基本的拓扑结构有总线型、星型和环型。除此之外，还有树形拓扑、混合形拓扑等。不同的网络拓扑结构各有其优缺点，一般在选择网络拓扑结构时，应该考虑到可靠性、费用、灵活性等因素。另外，拓扑结构的选择也往往与传输介质和介质访问控制方式相关。

1. 总线型拓扑结构

总线拓扑结构采用一个信道作为传输介质，所有站点都通过相应的硬件接口直接连到这一公共传输介质上，该公共传输介质即称为总线。任何一个站发送的信号都沿着传输介质传播，而且能被所有其他站所接收。总线拓扑结构如图1-5所示。

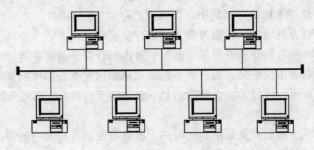

图1-5 总线型拓扑结构

总线型拓扑结构在局域网中得到广泛的应用，它的优点是：安装方便，扩充或删除一个节点很容易，不需停止网络的正常工作，节点的故障不会殃及系统。由于各个节点共用一个总线作为数据通路，信道的利用率高。但总线结构也有其缺点：由于信道共享，连接的节点不宜过多，并且总线自身的故障可以导致系统的崩溃。

2. 星型拓扑结构

星型拓扑结构是中间节点和各从节点通过点到点链路连接而成。中间节点执行集中式通信控制策略，各个从节点之间的通信必须经过中间节点转发。星型拓扑结构中，中间节点可以为集线器（hub）或交换机（switch），其他从节点为服务器或工作站；通信介质为双绞线或光纤等。其结构如图1-6所示。

星型拓扑结构的优点为：信息传输速度快，安装容易，结构简单，费用低。故障诊断容易，如果网络中的从节点或者通信介质出现问题，只会影响到该节点的通信，不会涉及整个网络，从而比较容易判断故障的位置。星型拓扑结构虽有许多优点，但也有缺点：网络扩展受中间节点的接口能力限制。从节点对中间节点的依赖性强，如果中间节点出现故障，则全部网络不能正常工作。

3. 环型拓扑结构

环型拓扑结构网络是由各主机节点或中继器节点连接到一个闭合的环型链路上。在环型网中，所有的节点都共享这条环型的通信信道。其结构如图1-7所示。

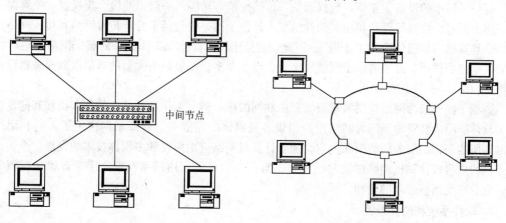

图 1-6 星型拓扑结构　　　　　　　　　　图 1-7 环型拓扑结构

环型拓扑结构具有以下优点：一般采用光纤组网，网络传输速度快。使用令牌方式来解决共享介质冲突，可以实现无差错传输。

环型拓扑结构的缺点为：可靠性差，对线缆（尤其是环）的依赖性大。线路的利用率较低。

1.2.2 计算机网络的组成

1. 通信子网和资源子网

不同计算机进行通信时，各计算机必须先互联起来，这就需要在各计算机间建立通信线路，一种最简单的方式是在每两台主机间都建立一条通信线路，这样足以保证网络的联通性。但随着计算机数目的增加，网络建设的成本将急剧上升，而且网络结构也变得繁复无比，在计算机处于空闲状态时，多数传输线路也处于空闲状态而产生通信资源的浪费。

为了解决这些问题，人们将计算机网络分成资源子网和通信子网两个部分，其中，通信子网专门负责各主机间的通信连接，而资源子网中的主机可以通过通信子网实现资源共享、相互通信。通信子网在资源子网中的主机需要通信时，为它们建立通信链路或进行数据路由，而当通信结束后，该通信链路则可以被分配给其他主机使用（或为其他主机通信进行数据路由），这样，通信线路的资源就能够被充分利用。

因此，计算机网络可以看成是由负责通信的通信子网（包括其间的数据交换节点）和负责提供信息资源的资源子网共同构成，如图1-8所示。

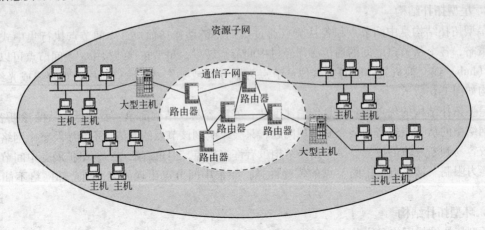

图1-8 通信子网与资源子网

通信子网中的设备主要负责数据通信、传输交换等功能。一般由线缆、集线器、中继器、网桥、路由器和交换机等设备和相关软件组成。通信子网一般包括了骨干传输网络和接入网络，它是整个计算机网络通信的"主干道"，因此，通信子网的性能及工作状态对整个网络的运行状况有着决定性的作用，由于通信子网规模庞大，设备众多，一般是由大型的通信运营商来建设和运营维护。

资源子网一般为网络提供共享资源，由联网的服务器、工作站、共享的打印机和其他设备及相关软件所组成。资源子网为网络用户提供各种网络应用服务，资源子网决定了人们利用计算机网络所能获得的服务的类型和内容，随着计算机网络应用协议和多媒体技术的发展，今天，资源子网的内容较计算机网络初期时已极大丰富，人们可以利用网络获取文字、音频和视频等资源，充分享受网络带来的便利。

2. 软件系统和硬件系统

如果从系统的角度看，计算机网络可以认为是由网络软件系统和网络硬件系统组成的。硬件系统是网络运行的物理基础，而软件系统则是网络配置、管理的重要工具。

（1）网络软件系统

在网络系统中，网络上的每个用户，都可享有系统中的各种资源，系统必须对用户进行控制。否则，就会造成系统混乱、信息数据的破坏和丢失。为了协调系统资源，系统需要通过软件工具对网络资源进行全面的管理、调度和分配，并采取一系列的安全保密措施，防止用户不合理的对数据和信息的访问，以防数据和信息的破坏与丢失。网络软件是实现网络功能不可缺少的软件环境。通常网络软件包括以下几种。

- 网络协议软件：实现网络协议功能。
- 网络通信软件：实现网络工作站之间的通信。
- 网络操作系统：用以实现系统资源共享、任务管理和调度，分配不同用户对不同资源访问能力等，它是最主要的网络软件。
- 网络管理及网络应用软件：用来对网络资源进行管理和维护的软件。网络应用软件是为网络用户提供服务并为网络用户解决实际问题的软件。

（2）网络硬件系统

网络硬件是计算机网络系统的物质基础。要构建一个计算机网络系统，首先要将计算机及其附属硬件设备与网络中的其他计算机系统连接起来。不同的计算机网络系统，在硬件方面是有差别的。随着计算机技术和网络技术的发展，网络硬件日趋多样化，功能更加强大，更加复杂。网络中常见的硬件系统有以下几种。

- 线路控制器：是主计算机或终端设备与线路上调制解调器的接口设备，多以插板的形式出现。
- 通信控制器：是用来对数据信息各个阶段进行控制的设备。通信控制器管理主机或计算机网络的数据输入、输出。它可以是复杂的前台大型计算机接口或者简单的设备（如多路复用器、桥接器和路由器）。这些设备把计算机的并行数据转换为通信线上传输的串行数据，并完成所有必要的控制功能、错误检测和同步。
- 通信处理机：是作为数据交换的开关，负责通信数据的交换、处理工作。
- 集中器、多路选择器：是通过通信线路分别和多个远程终端相连接的设备，有分接和复用等功能。
- 主机：是指网络中的信息端点，包括计算机、服务器和个人终端等。

1.2.3 计算机网络的分类

计算机网络的分类标准有很多，可以从覆盖范围、拓扑结构、交换方式、传输介质、网络服务方式等方面进行分类。

1. 根据网络的覆盖范围分类

根据网络的覆盖范围进行分类，计算机网络可以分为三种基本类型：局域网（Local Area Network，LAN）、城域网（Metropolitan Area Network，MAN）和广域网（Wide Area Network，WAN）。

（1）局域网

局域网也称为局部网，是指在有限的地理范围内构成的规模相对较小的计算机网络。它具有很高的传输速率（10 Mbit/s ~ x Gbit/s），其覆盖范围一般不超过几千米，通常将一座大楼或一个校园内分散的计算机连接起来构成局域网。它的特点是分布距离近（通常在 10 m ~ 2 km 范围内），传输速度高，连接费用低，数据传输可靠，误码率低。

局域网产生于 20 世纪 60 年代末，在 20 世纪 80 年代得以蓬勃发展，先后出现了总线以太网、令牌环网、交换式以太网等多种的局域网类型，目前应用最为广泛的是交换式以太网。

局域网覆盖范围有限，因此投资小，组建简单，建设周期短，可以由单位或机构自行组建，局域网已成为现在最为流行的一种计算机网络类型。

（2）城域网

城域网是在一个城市内部组建的计算机网络，提供全市的信息服务。城域网是介于广域网与局域网之间的一种高速网络，其覆盖范围可达数百千米，传输速率从 64 kbit/s 到 x Gbit/s，通常是将一个地区或一座城市内的局域网连接起来构成城域网。城域网一般具有以下几个特点：采用的传输介质相对复杂；数据传输速率次于局域网；数据传输距离相对局域网要长，信号容易受到干扰；组网比较复杂，成本较高。

（3）广域网

广域网也称为远程网，它的联网设备分布范围很广，一般从几十千米到几千千米。它所涉及的地理范围可以是市、地区、省、国家，乃至世界范围。广域网是通过卫星、微波、无线电、电话线和光纤等传输介质连接的国家网络或国际网络，它是全球计算机网络的主干网络。广域网一般具有以下几个特点：地理范围没有限制；传输介质复杂；由于长距离的传输，数据的传输速率较低，且容易出现错误，采用的技术比较复杂；是一个公共的网络，不属于任何一个机构或国家独享。

局域网、城域网及广域网的比较见表1-1。

表1-1   局域网、城域网及广域网的比较

比较项	局域网	城域网	广域网
地理范围	单位、机构内部	城市范围	国内、国际
运营者	单位私有并负责运营	通信运营公司所有、维护	通信运营公司所有、维护
拓扑结构	总线型、星型和环型等	多为环型	多为环型
传输速率	10 Mbit/s ~ x Gbit/s	64 kbit/s ~ x Gbit/s	10 ~ 100 Mbit/s
应用场合	单位内部通信、资源共享	局域网互联、视频等业务	远程数据传输

2. 根据网络的交换方式分类

当两台计算机需要通信时，多数情况下，它们的数据不是直接在这两台计算机间传送的，而是要经过很多中间节点（如：通信子网中的各个节点）来实现相互通信。这些中间节点往往被统称为"网络交换设备"或"网络交换节点"，而这些交换设备传送数据的方式就被称为"网络交换方式"。

计算机网络的交换方式，总体来说可分为三类：线路交换、报文交换和分组交换，据此，也可对应地将计算机网络划分为三种类型：线路交换网、报文交换网和分组交换网。

（1）线路交换网

线路交换又被称为电路交换，是一种传统的网络交换方式。它要求在用户通信前，先申请建立一条从发送端到接收端的物理信道，并且通信双方在通信期间始终占用该信道，在通信结束后，拆除此信道连接。这种方式可以保证通信双方的通信质量（因为建立的通信信道为专用，不会被其他通信者占用），但这是以牺牲线路的利用率为代价的，这种网络主要应用于线路质量不佳、通信数据量小的环境下，传统的电话网络就属于线路交换网。

（2）报文交换网

报文交换方式是把要发送的数据及目的地址包含在一个完整的报文内，报文的长度不受限制。报文交换采用存储－转发原理，每个中间节点要为途经的报文选择适当的路径，使其能最终到达目的端。

这种交换方式在源端点和目的端点间不需要先建立一条专用的通路，因此，报文交换没有建立线路和拆除线路所需的等待和时延；由于在通信过程中线路不被"专用"，所以线路的利用率高，节点间可根据线路情况选择不同的速度传输。但报文交换也有一些缺点，如报文往往较大，会要求各转发节点留有较大的存储空间，另外，报文长短不一，会影响各节点的处理效率。

（3）分组交换网

分组交换方式是在通信前，发送端先把要发送的数据划分为一个个等长的单位（即分组），这些分组逐个由各中间节点采用存储－转发方式进行传输，最终到达目的端。由于分组长度有限，可以比报文更加方便地在中间节点机的内存中进行存储处理，其转发速度大大提高。现在的计算机网络多数都采用分组交换网，如局域网、因特网（Internet）等。

3. 根据网络的传输介质分类

根据网络的传输介质，可以将计算机网络分为有线网和无线网两种类型。

（1）有线网

有线网是采用物理上"有形"的线缆作为通信介质的一种网络组织方式。常见的有线传输介质有双绞线、同轴电缆或光纤等。

双绞线由若干根对绞的铜芯线缆组成，它是一种传统且应用领域广泛的网络传输介质。双

绞线的价格便宜，安装方便，组网简单，但其易受干扰，传输距离短。一般在短距离的局域网建设中使用。

同轴电缆是在铜芯导线的外围包裹有一层绝缘皮套，它的抗干扰性能和传输距离都优于双绞线。同轴电缆组网的建设成本适中，安装便利，有较好的传输性能，一般较长距离的局域网络或接入网中多选择使用同轴电缆，如有线电视网络就采用同轴电缆作为用户接入的线缆类型。

光纤是一种使用玻璃纤维作为材质，利用光的反射传送信号的新型传输介质。光纤的传输距离长，传送速度快、抗干扰性强，但其生产成本较高，容易断裂，需小心安装和维护。一般使用在广域网的骨干网部分。

（2）无线网

无线网是用电磁波作为载体来传输数据的，在一些高山和河流等特殊地形或城市中有障碍物等情况下，难以架设有线网络，便可以使用无线网络来代替。目前，无线网的主要实现技术有微波通信、红外线通信和卫星通信。移动电话和基站之间也是通过无线方式通信，属于无线接入网。

无线网络相对于有线网络，建设方便、网络接入手段灵活；但其通信质量会受到天气和地形等外在条件的影响。

4. 根据网络服务方式进行分类

计算机网络按照网络服务方式可分为：对等网络、客户机–服务器网络。

（1）对等网络

对等网络是指网络上各主机处于对等的地位，无主从之分，任一台主机既可作为服务器，向其他主机提供共享资源的网络服务；又可以作为客户机，申请获取其他主机的资源。所以对等网又称点对点网络（peer to peer），其上主机又称为工作站。对等网络是小型局域网常用的组网方式。

对等网络常见的拓扑结构，是一根总线连接的总线型或采用集线器（hub）来汇接的星型，分别如图1-9a和图1-9b所示。对等网的网络特点是架构简单，没有明确的服务器，大多采用文件共享的方式进行数据交换。对等网络建网容易，成本较低，易于维护，适用于微机数量较少、布置较集中的环境。

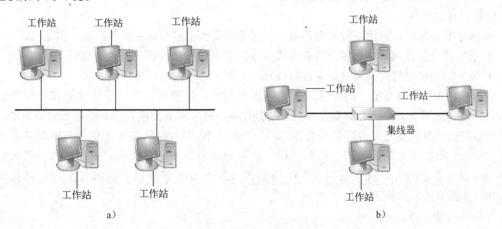

图1-9　对等网络拓扑

a）总线型对等网络　b）星型对等网络

在对等网络中，每台主机不但有单机的所有自主权限，而且可共享网络中各计算机的处理能力和存储容量，并能进行信息交换。在硬盘容量较小、计算机的处理速度较慢的情况下，对等网具有独特的优势。不过，对等网的缺点在于网络中的文件存放非常分散，不利于数据的保密，同时网络的数据带宽受到很大的限制，不易于升级。

（2）客户机－服务器网络

客户机－服务器网络（Client-Server，C/S）中至少有一台服务器专门用来为网络中其他主机提供共享资源或应用服务。服务器提供服务，客户机使用服务，两者的关系并不对等。在客户机－服务器网络中，客户机和服务器工作在不同的逻辑实体中，它们协同工作。客户机－服务器网络在 20 世纪 90 年代以后得到广泛应用。一个典型的客户机－服务器网络结构如图 1-10 所示。

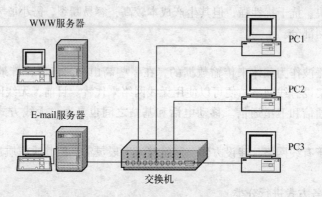

图 1-10　客户机－服务器网络

那么到底什么是服务器？什么是客户机呢？

服务器是指那些提供网络服务的计算机，需要安装网络操作系统、网络传输协议、网络服务软件等服务端软件，它们是信息的存储者或服务的提供者。通常对这个概念有两种理解：一是指专门用于提供服务的高性能的计算机硬件，与用户使用的主机概念相对；二是指可以提供某种服务的计算机系统，与使用这种服务的客户机概念相对。前者侧重于硬件，如专用的服务器机型，如 IBM 的服务器、SUN 的服务器等；后者侧重于服务，指能够提供某一种或几种服务，如WWW 服务器、E-mail 服务器等。要认识到服务器的概念有两个含义，在不同的语境中识别出正确的含义，在不同的情况下使用正确的含义。

服务器有如下特点：
- 服务器向客户机提供一种或多种服务，服务的类型由客户机－服务器系统自定义。
- 服务器只负责响应来自客户的查询或命令，不主动和任何客户机建立会话。
- 服务器对客户机的查询或命令进行处理，并把处理结果送回客户机。

客户机是指申请网络服务的计算机，它需要安装客户端软件，是网络传输协议与用户交互的部分。客户机不是一个绝对的概念，而指的是在客户机－服务器模式中，使用某台服务器提供的某种服务的计算机就是那台服务器的客户机。如图 1-10 中，如果 PC1 浏览 WWW 服务器上的网页，那么它就是 WWW 服务器上的客户机；如果 PC2 收发 E-mail 服务器上的邮件，那么它就是 E-mail 服务器上的客户机；如果 WWW 服务器收发 E-mail 服务器上的邮件，那么它就成为E-mail 服务器上的客户机了。

客户机有如下特点：
- 提供了交互性的用户界面。
- 预定义了多条到服务器的查询或命令。
- 可以采用缓冲或优化技术以减少到服务器的查询或执行安全与访问控制检查。
- 客户机对服务器送去的查询或命令结果和数据进行分析、处理，然后再把它们提交给用户。

客户机－服务器网络运行稳定，信息管理安全，网络用户扩展方便，易于升级，与对等网相比有着突出的优点。系统使用了客户机和服务器两方面的智能资源和计算能力来执行一个特定的任务，也就是负载由客户机和服务器双方共同承担。客户机－服务器网的缺点是需要购置服务器设备和搭建服务器运行环境，建网成本较高，管理上也比较复杂，一般需要配备专门的人手来维护服务器的运行。客户机－服务器网适用于主机数量较多、位置相对分散、信息传输量较大的环境。

1.3　计算机网络的功能和应用

1.3.1　计算机网络的功能

计算机网络如今已深入到人们日常生活的方方面面，总体来说，它具备以下功能：

1. 资源共享

资源包括硬件和软件。

硬件共享是指，可以在全网范围内提供对处理资源、存储资源、输入输出资源等昂贵设备的共享，如巨型计算机、具有特殊功能的处理部件、高分辨率的激光打印机、大型绘图仪以及大容量的外部存储器等，从而使用户节省投资，也便于集中管理和均衡分担负荷。

软件资源共享是指：允许互联网上的用户远程访问各类数据库，可以得到网络文件传送服务、远地进程管理服务和远程文件访问服务，从而避免软件研制上的重复劳动以及数据资源的重复存储，也便于集中管理。

2. 数据通信

数据通信是指计算机之间传送信息，是计算机网络最基本的功能之一。通过计算机网络，不同地区的用户可以快速和准确地相互传送信息，这些信息包括数据、文本、图形、动画、声音和视频等。用户还可以利用计算机网络收发电子邮件、进行视频会议等。

3. 分布处理与负载均衡

在有多台计算机的环境中，这些计算机需要处理的任务可能不同，经常有忙闲不均的现象。有了计算机网络，可以通过网络调度来协调工作，把"忙"的计算机上的部分工作交给"闲"的计算机去做。还可以把庞大的科学计算或信息处理题目交给几台联网的计算机协调配合来完成。分布式信息处理、分布式数据库等只有依靠计算机网络才能实现协调负载，提高效率。在有些科研领域，只有借助计算机网络的协调负载才能使得一些计算处理任务繁重的工作能够完成。

4. 集中管理

计算机网络技术的发展和应用，已使得现代的办公手段、经营管理方式等发生了变化。目前，已经有了许多信息管理系统（MIS）、办公自动化系统（OA）等，通过这些系统可以实现日常工作的集中管理，提高工作效率，增加经济效益。

1.3.2　计算机网络的应用

计算机网络在资源共享、数据传输、分布式处理、高可靠性、高性价比和易扩充性等方面所具有的特殊优势，使得它在工业、农业、交通运输、邮电通信、文化教育、商业、国防以及科学研究等各个领域、各个行业获得了越来越广泛的应用。下面简要介绍一下计算机网络的一些典型应用。

1. 办公自动化

办公自动化系统（Office Automation，OA），按计算机系统结构来看是一个计算机网络，每个办公室相当于一个工作站。它集计算机技术、数据库、局域网、远距离通信技术，以及人工智能、声音处理、图像处理、文字处理技术等综合应用技术之大成，是一种全新的信息处理方式。办公自动化系统的核心是通信，其所提供的通信手段主要为数据/声音综合服务、视频会议服务和电子邮件服务。

2. 电子数据交换

电子数据交换（Electronic Data Interchange，EDI）是将贸易、运输、保险、银行和海关等行业信息用一种国际公认的标准格式，通过计算机网络通信，实现各企业之间的数据交换，并完成以贸易为中心的业务全过程。EDI 在发达国家应用已很广泛，我国的"金关"工程就是以 EDI 作为通信平台的。

3. 电子银行

电子银行（electrical bank）是一种由银行提供的基于计算机和计算机网络的新型金融服务系统。电子银行的功能包括：金融交易卡服务、自动存取款作业、销售点自动转账服务、电子汇款与清算等，电子银行的出现为现代金融业务的发展提供了重要的技术平台。

4. 远程教育

远程教育（remote education）是利用计算机网络技术，将教学活动通过网上教学平台开展。远程教育可以不受时间和空间的限制，只要受教育者可以接入远程教育的服务器就可以观看教学录像、下载教学资源。这种教学方式更便于师生自由安排教学时间，学生可以不受地域限制地向外校的名师求学，学生可以反复观看录像理解教学中的重点和难点，这些都突破了传统教学方式的限制。另外，还可以借助于电子邮件和学习论坛等手段加强学习者之间的相互交流，更好地提高学习效果。

5. 证券和期货交易

证券和期货交易（stock and future exchange）是一种高风险、高收益的投资活动，由于行情变化很快，所以投资者需要一种实时的、准确的行情和交易系统。证券公司或期货公司现在都提供基于 Internet 的交易方式，这比之传统的人工报价、电话报价的方式更准确、更迅速。证券和期货交易的网络化，使得金融活动的操作可行度大为提高，对扩大投资者队伍、活跃金融市场有着积极的意义。

1.4　通信网与计算机网络

1.4.1　通信网的概念和特点

我们已经知道，通信技术的发展要早于计算机技术，同样，在计算机网络出现之前，人类早就建起了各类通信网络。如果将 1878 年第一台交换机的投入使用作为现代通信网的开端，那么通信网已经历了 130 年的发展历程。如今，相对于计算机网络，通信网络一般是指传统的电信网络（如电话网、电报网）或一些特殊用途的专用网络（如电力调度网、军网）。

通信网更学术化的定义是：由一定数量的节点（包括终端节点、交换节点）和连接这些节点的传输系统有机组成在一起的，按约定的信令或协议完成任意用户间信息交换的通信系统。

从历史来看，由于通信网更多地关注语音业务，所以，通信网中对于终端的要求是：更关注通信的实时性而非数据处理能力；其网络节点多采用面向连接的交换方式，而非路由寻址方式。当然，现代的通信网已经和计算机网络融合的相当紧密，以上的特点也只是相对而言。

1.4.2　通信网的发展

通信网虽然最初是面向语音业务，但随着人们需求的增多和技术的进步，通信网的发展也经历了不同的阶段：

1. 模拟通信系统阶段（大约在 1880 ~ 1970 年）

此时通信网是基于模拟通信技术，其运营业务主要为电话业务，整个通信网的设计也是面向话音业务而设计的，由于话音业务的信息量较小且相当稳定，通信网采用了相对简单的线路交换技术，网络采用模拟的随路信令系统，网络中的终端设备、交换设备和传输设备都是模拟设备。整个通信网的通信资源少，通信质量差、运营成本高。

2. 数字通信系统阶段（1970～1994 年）

第二阶段的通信网中，骨干网络由模拟网络向数字网络转变，网络交换机使用数字程控交换技术，传输网络也开始使用高速光纤网络，网络业务开始多样化，数字移动通信网络开始兴起。

这一时期通信网络的交换系统和传输系统已经实现数字化，提高了信息交换、传输的速度和准确率，信令系统开始使用公共信令，实现了话路和信令系统的分离。这一阶段的通信网仍以电话业务为主，但可以支持窄带数字业务的运营了。

3. 和计算机网络融合阶段（1995 年至今）

随着计算机技术的迅猛发展，通信网络产生了深远的变革。这一阶段中，由于网络中交换节点的计算能力的大大增强、光传输技术的成熟和大规模应用，通信网络的带宽较第二阶段有了大幅提高。对于网络带宽要求较高的多种数字通信业务开始出现并迅猛发展，语音业务已经只是通信网络业务中的一小部分，并且各种应用业务可以基于分组交换网络实现。通信网络中的计算机技术使用更为普遍，如当前的通信网络中的智能网、电信管理、计费、多媒体业务的发展都已离不开计算机技术。

1.4.3　通信网与计算机网络的关系

计算机网络作为一种新型的网络应用形式，当然可以独立建网，在全球范围内建立一张独立于通信网的物理网络，为其提供运行环境。但这无疑将极大地增加计算机网络的建设成本和建设时间。因此，现在的计算机网络的数据（如 Internet 上的数据）也借助通信网的平台进行传送；而通信网的设备计算机化，使得原先通信网的传统业务（如：语音、电视）也可以采用计算机网络的分组交换技术转发（VOIP、IPTV 等），这两种网络的界限愈发模糊。

总体来说，通信网为各类网络应用提供了网络平台；而原先通信网上的业务也越来越多地可以通过计算机技术来实现。

1.5　推动计算机网络发展的国际组织

计算机网络的发展，离不开各种协议和规范，下面就介绍一些有影响力的国际组织，它们对计算机网络，乃至整个信息技术的发展都做出了重要贡献。

1. ISO

国际标准化组织（International Standards Organization，ISO）是一个全球性的政府组织，在国际标准化领域中起着十分重要的作用。ISO 被 130 多个国家应用，其总部设在瑞士日内瓦，ISO 的任务是促进全球范围内的标准化及其有关活动的开展，以利于国际间产品与服务的交流以及在知识、科学、技术和经济活动中发展国际间的相互合作。它显示了强大的生命力，吸引了越来越多的国家参与其活动。

2. ITU

国际电信联盟（ITU），1865 年成立于法国巴黎，1947 年成为联合国的一部分，成员包括 188 个国家，总部设在瑞士日内瓦。ITU 是世界各国政府的电信主管部门协调电信事务方面的一个国际组织。其下的电信标准化部门 ITU-T（前身称为 CCITT，1993 年更名为 ITU－T）针对网络领域提出过很多标准，如 ITU-T X. 25。

3. TIA

美国通信工业协会（TIA）是一个全方位的服务性国家贸易组织。其成员包括为美国和世界各地提供通信和信息技术产品、系统和专业技术服务的 900 余家大小公司，本协会成员有能力制造供应现代通信网中应用的所有产品。此外，TIA 还有一个分支机构——多媒体通信协会（MMTA）。TIA 还与美国电子工业协会（EIA）有着广泛而密切的联系。

4. EIA

美国电子工业协会（EIA）广泛代表了设计生产电子元件、部件、通信系统和设备的制造商以及工业界、政府和用户的利益，在提高美国制造商的竞争力方面起到了重要的作用。在信息领域，EIA 在定义数据通信设备的物理接口和电气特性等方面做出了巨大的贡献，尤其是数字设备之间串行通信的接口标准，例如 EIA RS-232、EIA RS-449 和 EIA RS-530。

5. IEEE

电气和电子工程师协会（Institute of Electrical and Electronics Engineers，IEEE）由美国电气工程师学会（AIEE）和美国无线电工程师学会（IRE）在 1963 年合并而成，是美国规模最大的专业学会。IEEE 有一个标准化组制定各种标准，如著名的局域网标准就是由 IEEE 的 802 分委会制定的。

6. IETF

互联网工程任务组（Internet Engineering Task Force，IETF）是松散的、自律的、志愿的民间学术组织，它汇集了与互联网架构演化和互联网稳定运作等业务相关的网络设计者、运营者和研究人员，并向所有对该行业感兴趣的人士开放。任何人都可以注册参加 IETF 的会议。IETF 大会每年举行三次，规模均在千人以上。IETF 成立于 1985 年底，其主要任务是负责互联网相关技术规范的研发和制定。

IETF 产生两种文件：一个叫做 Internet Draft，即"互联网草案"，互联网草案任何人都可以提交，没有任何特殊限制，而且其他的成员也可以对它采取无所谓的态度，而 IETF 的一些重要的文件是从互联网草案开始的；第二个叫做 RFC，它的名字是历史原因造成的，原意是"意见征求书"或"请求注解文件"，现在它的名字和它的内容并不太相符。RFC 实际上较互联网草案要正式得多，而且它历来都是存档的，一般来讲，它被批准出台以后，内容就不做改变。很多 RFC 实际就成为了一种标准。

1.6   计算机网络在我国的发展

1.6.1   我国计算机网络的发展历史

我国计算机网络虽然起步较晚，但发展的速度非常迅猛。尤其在因特网（Internet）出现以后，我国的计算机网络建设出现了一个新的高潮，现在我国的网络规模和网络设备水平已居世界前列，网络用户数量居世界第一。这里，就以因特网为例来说明我国的计算机网络发展的历史。

我国的因特网发展史可以大略地划分为三个阶段：

第一阶段从 1987～1993 年，也是研究试验阶段。在此期间我国一些科研部门和高等院校开始研究因特网技术，并开展了相关的科研课题和科技合作，但这个阶段的网络应用仅限于小范围内的电子邮件等简单应用。

第二阶段从 1994～1996 年，为起步阶段。1994 年 4 月，中关村地区教育与科研示范网络（NCFC）联入因特网，标志着我国正式接入世界互联网，之后，CHINANET、CERNET、CSTNET 和 CHINAGBNET 等多个因特网项目在全国范围相继启动，因特网开始进入公众生活，并在我国得到了迅速的发展。至 1996 年底，我国因特网用户数已达 20 万，利用因特网开展的业务与应用逐步增多。

第三阶段从 1997 年至今，是因特网在我国发展最为快速的阶段。我国因特网用户数在 1997

年以后基本保持每半年翻一番的增长速度，因特网使用迅速普及、网络应用也日渐丰富。1997年 6 月 3 日，根据国务院信息化工作领导小组的决定，中国科学院网络信息中心组建了中国互联网信息中心（CNNIC），负责我国因特网的规划和发展的管理工作。据 CNNIC 的最新统计，截至2009 年 9 月，我国的因特网用户数已超过 3 亿，成为世界上"网民"数目最多的国家。

1.6.2 我国建成的四大互联网络

目前，我国建成的因特网的四大主干网络情况如下：

1. 中国公用计算机互联网（CHINANET）

CHINANET 是原邮电部组织建设和管理的。目前，CHINANET 在北京、上海分别有两条专线，作为国际出口。CHINANET 由骨干网和接入网组成。骨干网是 CHINANET 的主要信息通路，连接各直辖市和省会网络节点。骨干网已覆盖全国各省市、自治区，包括 8 个大区网络中心和31 个省市网络分中心。接入网是由各省内建设的网络节点形成的网络。

2. 中国教育科研网（CERNET）

CERNET 是全国最大的公益性互联网络。CERNET 已建成由全国骨干网、地区网和校园网在内的三级层次结构网络。CERNET 分四级管理，分别是全国网络中心、地区网络中心和地区主节点、省教育科研网和校园网。

CERNET 的骨干网传输速率已达到 2.5 Gbit/s，地区网的传输速率达到 155 Mbit/s，联网的大学、中小学等教育和科研机构已近千所。

3. 中国科学技术网（CSTNET）

CSTNET 是利用公共数据通信网建立的信息增值服务网，在地理上覆盖全国各省市，逻辑上连接各部、委和各省、市科技信息机构，是国家科技信息系统骨干网。

4. 国家公用经济信息通信网络（CHINAGBNET）

CHINAGBNET 是为金桥工程建设的业务网络，支持金关、金税和金卡等"金"字工程的应用。它是覆盖全国，实施国际互联，为用户提供专用信道、网络服务和信息服务的骨干网络。

小结

计算机网络是计算机技术和通信技术相结合的产物，最早，是美国军方为了解决在战争环境下，如果出现通信线路被损坏，如何保证计算机间仍能保证正常通信这一课题而逐步发展起来的。经过 50 多年的发展，计算机网络技术已经进入了一个全新的时代，它和传统电信网络已经融合的相当紧密，并在其基础上，产生了许多革命性的进步。今天，计算机网络除了完成终端节点间相互通信的功能外，还具有资源共享、多媒体应用、网上教学和网上金融等多种现代增值服务。

计算机网络由资源子网和通信子网组成，资源子网是指为用户提供网络资源的部分，而通信子网是指为用户通信能力的部分。根据网络的规模、特性和功能等不同，计算机网络可以有多种类型的划分。比如，以网络覆盖范围划分，可分为局域网、城域网和广域网等；以网络交换方式划分，可分为线路交换网、分组交换网等；以网络传输介质划分，可分为有线网和无线网等；以工作性质划分，可分为公用网、专用网等；以网络服务方式，可以分为对等网和客户机－服务器网络。

计算机网络和通信网络有着紧密的联系，也有着不同的技术特点。传统的通信网络是以电话业务为主，其带宽较小但稳定，运营的业务单一，它的交换技术是面向连接的线路交换；而随着计算机技术的迅猛发展，今天的通信网络也向数字化方向发展，网络交换技术还出现了更适合数据通信的分组交换技术，同时通信网的带宽、节点处理能力也在不断提高，所以，现在通信网能够支持的业务类型也大为丰富。

　　今天，计算机网络技术仍在迅速的发展之中，许多新的网络组织形式和网络技术在不断的产生，如：无线 Internet、无线传感器网络和云计算等新的领域都有待于计算机科研人员深入探索。

习题

1. 什么是计算机网络？计算机网络有什么特点和功能？
2. 计算机网络由哪些部分组成？各自的功用是什么？
3. 请列举一些计算机网络的新技术。
4. 什么是云计算？云计算有何特点？
5. 计算机网络按照拓扑结构，可以划分成哪几类？各自有何特点？
6. 计算机网络按照地域范围，可以划分成哪几类？
7. 什么是对等网？什么是客户机－服务器网络？它们各有什么特点？
8. 试说明计算机网络和通信网络的关系。
9. 请列举四个知名的推动计算机网络发展的国际组织。

第 2 章

数据通信系统

数据通信是计算机与计算机或计算机与终端之间的通信。它传送数据的目的不仅是为了交换数据，更主要是为了利用计算机来处理数据。可以说它是将快速传输数据的通信技术和数据处理、加工及存储的计算机技术相结合，从而给用户提供及时准确的数据。数据通信系统是通信系统的一种，因此，先了解一下通信系统的知识。

2.1 通信系统基础

2.1.1 信息、数据和信号

信息是人对现实世界事物存在方式或运动状态的某种认识。

数据是一种承载信息的实体，是表征事物的具体形式，例如文字、声音和图像等。数据可分为模拟数据（analog data）和数字数据（digital data）两种形式。模拟数据是指在某个区间连续变化的物理量，例如声音的大小和温度的变化等。数字数据是指离散的不连续的量，例如文本信息和整数。

信号是数据的具体的物理表现，是数据的电磁或电子编码。信号在通信系统中可分为模拟信号（analog signal）和数字信号（digital signal）。其中，模拟信号是指一种连续变化的电信号，例如，电话线上传送的按照话音强弱幅度连续变化的电波信号，如图 2-1 所示。数字信号是指一种离散变化的电信号，例如：计算机产生的电信号就是 "0" 和 "1" 的电压脉冲序列串，如图 2-2 所示。

图 2-1　模拟信号　　　　　　　　　图 2-2　数字信号

从图 2-3 上可以更直观地理解信息、数据及信号之间的联系。

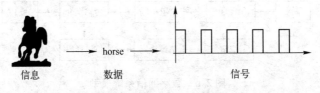

信息　　　　　数据　　　　　　　信号

图 2-3　信息、数据、信号

2.1.2 通信系统的构成

通过任何一种传输介质（或称"传输媒介"）将信息从一地传送到另一地都称之为通信。如图 2-4 所示，通信系统由信源、发信终端、传输介质、收信终端和信宿组成。

图 2-4　通信系统模型

信源提供的语音、数据和图像等待传递信息由发信终端设备变换成适合于在传输介质上传送的通信信号发送到传输介质上传输，当该信号经传输介质进行传输时，由于外界存在各种干扰，因此原通信信号被叠加上了各种噪声干扰，收信终端将收到的信号经解调等逆变换，恢复成信宿适用的信息形式，这一过程就是对通信系统工作原理的简单描述。

以上是通信系统的一个综合模型，实际上，根据传送信号的不同类型，通信系统可以再分为模拟通信系统和数字通信系统。以模拟信号来传送信息的通信方式称为模拟通信，以数字信号传送信息的通信方式称为数字通信。

1. 模拟通信系统

模拟通信系统模型如图 2-5 所示。在模拟通信中，信源输出的模拟信号经调制器进行频谱搬移，使其适合传输介质的特性，再送入传输信道传输。在接收端，解调器对收到的信号进行解调，使其恢复成调制前的信号形式，传送给信宿。

图 2-5　模拟通信系统模型

模拟通信的传输信号的频带占用比较窄，信道的利用率较高。但是模拟通信的缺点也很突出，如抗干扰能力差、保密性差、设备不易大规模集成，不适应计算机通信的需要。

2. 数字通信系统

图 2-6 所示为数字通信系统。图中信源编码器的作用是将信源发出的模拟信号变换为数字信号，称为模/数（A/D）转换，经过 A/D 转换后的数字信号称为信源码。信源编码器的另一个功能是实现压缩编码，使信源码占用的信道带宽尽量小。信源码不适于在信道中直接传输，因此要经过信道编码器进行码型变换，形成信道码，以提高传输的有效性及可靠性。在接收端，信道译码器对收到的信号进行纠错，消除信道编码器插入的多余码元，信源译码器再通过数/模（D/A）转换把得到的数字信号还原为原始的模拟信号，提供给信宿使用。当然数字信号也可采取频带传输方式，这时需用调制器对数字信号进行调制，将其频带搬移到光波或微波频段上，利用光纤、微波和卫星等信道进行传输。

图 2-6　数字通信系统模型

数字通信系统相对模拟通信系统具有以下特点：

1）抗干扰能力强、无噪声积累。在模拟通信中，为了提高信噪比，需要在信号传输过程中及时对衰减的传输信号进行放大，信号在传输过程中叠加上的噪声也不可避免地被同时放大，随着传输距离的增加，噪声累积越来越多，以致使传输质量严重恶化。

对于数字通信，由于数字信号的幅值为有限个离散值（通常取两个幅值），在传输过程中虽然也受到噪声的干扰，但在适当的距离采用判决再生的方法，可将叠加了噪声和干扰的信道码再生成没有噪声干扰的、和原发送端一样的数字信号，所以可实现高质量的传输。

2）便于加密处理。信息传输的安全性和保密性越来越重要，数字通信的加密处理比模拟通信容易得多。以话音信号为例，经过数字变换后的信号可用简单的数字逻辑运算进行加密、解密处理。

3）便于存储、处理和交换。数字通信的信号形式和计算机所用信号一致，都是二进制代码，因此便于与计算机联网，也便于用计算机对数字信号进行存储、处理和交换，可使通信网的管理和维护实现自动化、智能化。

4）设备便于集成化、微型化。数字通信采用时分多路复用，不需要体积较大的滤波器。设备中的大部分电路是数字电路，可用大规模和超大规模集成电路实现，因此体积小、重量轻、功耗低。

5）便于构成综合数字网和综合业务数字网。采用数字传输方式，可以通过程控数字交换设备进行数字交换，以实现传输和交换的综合。另外，电话业务和各种非话业务都可以实现数字化，构成综合业务数字网。

6）数字通信占用信道频带较宽，信道利用率低。但随着宽频带信道（光缆、数字微波）的大量使用（一对光缆可以开通几千路电话），以及数字信号处理技术的发展，带宽问题已不是主要问题了。

*2.2 信号分析基础

在本章的开头，我们知道信号按取值情况的不同可分为模拟信号（连续信号）和数字信号（离散信号）。这些信号的描述方式都是以时间 t 为自变量，用一个时间函数来表示信号，称为时域描述，如图 2-7a 所示。信号也可以用频率的函数来描述（即频域描述），把信号从时间域变换到频率域，即以频率 f 作为自变量建立信号与频率之间的函数关系，如图 2-7b 所示。

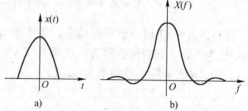

图 2-7 信号的时域描述和频域描述

2.2.1 信号的时域分析

在信号分析过程中，如果不经过任何变换，所涉及的变量都是时间，那么这种分析方法称为时域分析法。此方法常用来分析周期信号。

周期信号：不管是连续信号还是离散信号，如相同的信号形式能周期性地重复，则称为周期信号。周期信号的数学表达式为：

$$x(t) = x(t + nT) \qquad (n = \pm 1, \pm 2, \cdots)$$

其中 T 为信号周期。

正弦波是基本的连续信号，它可用三个参量表示，即幅度（A）、角频率（ω_0）和相位（θ）。正弦波可表示为：

$$x(t) = A\sin(\omega_0 t + \theta) \qquad \omega_0 = 2\pi/T$$

周期方波表示为：

$$x(t) = \begin{cases} A, & 0 \leqslant t \leqslant T/2 \\ -A, & -T/2 \leqslant t \leqslant 0 \end{cases}$$

数字信号的基本波型即为方波，方波为多频率结构，因此，必须设法获得方波的频域描述。

2.2.2 信号的频域分析

将信号由时域变量变换为频域变量进行分析，称为频域分析法。

在 19 世纪早期，法国数学家傅里叶证明了：一个周期为 T 的周期函数 $x(t)$，如果满足狄里赫利条件，在一个周期内，可以展开为傅里叶级数，即在区间 $(t, t + T)$ 内可以表示成若干频率的正弦或余弦函数之和。

狄里赫利条件为：

1）在一个周期内，处处连续或只存在有限个间断点；

2）在一个周期内，极值点的个数是有限的；

3）在一个周期内，函数绝对可积。

傅里叶级数如下：

$$x(t) = a_0 + \sum_{n=1}^{\infty}(a_n \cos n\omega_0 t + b_n \sin n\omega_0 t)$$

$$x(t) = a_0 + \sum_{n=1}^{\infty} A_n \sin(n\omega_0 t + \theta_n)$$

其中各参数分别为：

$$a_0 = \frac{1}{T}\int_{-\frac{T}{2}}^{\frac{T}{2}} x(t)\mathrm{d}t \quad \text{（直流分量）}$$

$$a_n = \frac{2}{T}\int_{-\frac{T}{2}}^{\frac{T}{2}} x(t)\cos n\omega_0 t\mathrm{d}t \quad \text{（余弦分量系数，表示余弦分量的幅值）}$$

$$b_n = \frac{2}{T}\int_{-\frac{T}{2}}^{\frac{T}{2}} x(t)\sin n\omega_0 t\mathrm{d}t \quad \text{（正弦分量系数，表示正弦分量的幅值）}$$

$$A_n = \sqrt{a_n^2 + b_n^2}, \theta_n = -\operatorname{arctg}\left(\frac{b_n}{a_n}\right)$$

说明：当 $n=1$ 时，所对应的正、余弦项 $a_1\cos\omega_0 t$ 和 $b_1\sin\omega_0 t$ 或 $A_1\sin(\omega_0 t+\theta)$ 称为基波，频率 ω_0 称为基频，其余依次称为二次谐波（$n=2$，角频率为 $2\omega_0$）、三次谐波（$n=3$，角频率为 $3\omega_0$），…，n 次谐波（角频率为 $n\omega_0$）。

由此可见，一个周期信号总可以看成若干个正弦信号及余弦信号之和，这对分析信号的频率特性非常有帮助。

接下来，看一下傅里叶级数在分析方波频率结构方面的应用。

例：周期方波的傅里叶级数，该方波信号的时域描述如图 2-8 所示。

解：此信号的特点为：

1）在一个周期内，波形与横轴围成的面积上、下相等，所以它的平均值

$$a_0 = \frac{1}{T}\int_{-\frac{T}{2}}^{\frac{T}{2}} x(t)\mathrm{d}t = 0$$

2）因为该方波为奇函数，因此余弦项的系数

$$a_n = \frac{2}{T}\int_{-\frac{T}{2}}^{\frac{T}{2}} x(t)\cos n\omega_0 t\mathrm{d}t = 0$$

其各次正弦波的系数（幅值）：

$$\begin{aligned} b_n &= \frac{2}{T}\int_{-\frac{T}{2}}^{\frac{T}{2}} x(t)\sin n\omega_0 t\mathrm{d}t \\ &= \frac{2}{T}\int_{-\frac{T}{2}}^{0} -\sin n\omega_0 t\mathrm{d}t + \frac{2}{T}\int_{0}^{\frac{T}{2}} \sin n\omega_0 t\mathrm{d}t \\ &= \frac{2}{n\pi}[-\cos n\pi + 1] \\ &= \frac{2}{n\pi}[-(-1)^n + 1] = \begin{cases} 0, & n = 2,4,\cdots\text{（偶数）} \\ \dfrac{4}{n\pi}, & n = 1,3,\cdots\text{（奇数）} \end{cases} \end{aligned}$$

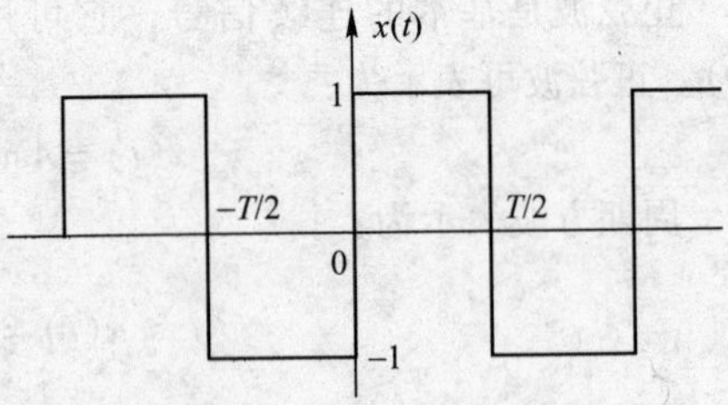

图 2-8　周期方波信号

因此，方波展开的傅里叶级数为：

$$x(t) = \frac{4}{\pi}\left(\sin\omega_0 t + \frac{1}{3}\sin 3\omega_0 t + \frac{1}{5}\sin 5\omega_0 t + \cdots\right)$$

通过以上实例可见，傅里叶级数把一个复杂周期信号（方波）表示成为无限的正（余）弦

信号之和的形式，由于级数中的每一项都对应一个频率分量，既是该分量的时域描述又是频域描述，因此，傅里叶级数可以用来分析复杂周期信号的频率结构。

事实上，任何一个非正弦信号总可以分解成若干（或无限）个正弦信号的叠加。所有这些正弦信号的频率分量的集合称为该信号的"频谱"，其占据的频率范围称为频带宽度，简称"带宽（bandwidth）"。

为了能够既简单又清楚地表示一个信号函数包含哪些频率分量以及各分量所占比重，可以采用频谱图的方法。频谱图是由一系列按频率高低排列起来的线段组成的，线段的长度表示各次谐波的振幅。方波的频谱图如图 2-9 所示。

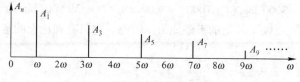

图 2-9 方波的频谱图

由频谱图可看出：信号的频谱是由不连续的线条组成的，称为离散频谱；每条谱线只出现在基波及各次谐波频率上，即频谱中不可能存在频率为基波频率非整数倍的分量；各条谱线的长度（振幅）随着谐波次数的增大而逐渐减小，又因为各谐波的振幅表征了该谐波的能量，所以，一般信号的主要能量都集中于低频分量，对于高频分量在多数情况下可以忽略不考虑。

傅里叶变换可以很直观地表示信号的频率成分，为信号的研究工作提供了一种更加有效的手段。

2.2.3 信道特性

信道是信号从发送端到接收端之间进行传输的路径。但信道并不特指具体的某种电缆或电线等，而是指数据流过的由介质提供的路径。因此，信道是一个泛指的概念。一般可以由带宽、信道容量和误码率等指标来表征该信道的特性。

不同的介质有不同的带宽。带宽越宽，该介质所能承载的数据传输速率就越高。虽然也可以在窄带的信道上传输高速数据，但这样将会产生较大的误码率。

1. 信道带宽

模拟信道的带宽如图 2-10 所示，如果取信道衰减值为 $1/\sqrt{2}$ 处为极限值，即 f_1 是信道能通过的最低频率，f_2 是信道能通过的最高频率，那么，该信道的带宽 $W = f_2 - f_1$，f_1 和 f_2 都是由信道的物理特性决定的。当组成信道的电路制成了，信道的带宽也就决定了。这样，如果某个信号的主要频谱分量落在 $f_1 \sim f_2$ 之间时，这个信号就可以通过该信道进行传送；否则，无法通过该信道传送。

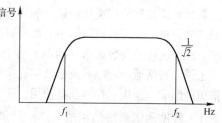

图 2-10 模拟信道的带宽

数字信道是一种离散信道，它只能传送取离散值的数字信号。数字信道的带宽决定了该信道中能不失真地传输数字信号的最高速率。在数字通信中，一个数字脉冲称为一个码元，若信号码元宽度为 T 秒，则码元速率 $B = 1/T$，单位为波特（Baud）。

早在 1924 年，AT&T 的工程师奈奎斯特（Henry Nyqusit）就认识到，即使一条理想的信道，它的传输能力也是有限的。他推导出奈奎斯特定律，用来表示一个有限带宽、无噪声信道的最大数据传输速率。该定律指出：如果信道的带宽为 W，则该信道中所能传输的最大码元速率为：$B = 2W(\text{Baud})$。

那么，对于 N 进制的数字信号，由于每个码元所包含的信息量为 $\log_2 N$，所以信息传输速率为：
$$R = B \log_2 N = 2W \log_2 N (\text{bit/s})$$

1948 年，香农（Claude Shannon）进一步把奈奎斯特定律扩展到具有随机噪声的信道的情形，并给出了著名的香农公式。由于信道中总是会存在噪声，所以，香农公式更符合实际通信系统的情况。香农公式的内容如下：

$$C = W \log_2(1 + S/N)$$

其中：C 是该信道的最大信息传输速率，又称为"信道容量"；W 为信道带宽；S 为信号的平均功率，N 为噪声的平均功率，S/N 称为"信噪比"。

例如一条信道的带宽为 3000 Hz，信噪比为 1000（这是电话系统中模拟部分的典型参数），则该信道的信道容量（亦即其上的最大信息传输速率）为：

$$C = 3000 \log_2(1 + 1000) = 3000 \times 9.97 = 30\ 000(\text{bit/s})$$

事实上，信道容量也反映了信道的极限能力，因此，它只有理论上的意义，信道的实际信息传输速率要远低于信道容量。

2. 误码率

在信道中传输信号时，会受到噪声或瞬时中断等干扰，使接收端收到的信号出现概率性错码。可以使用误码率来表示出现错码的程度。误码率的计算公式为：

$$Pe = \frac{\text{错误接收的码元数}}{\text{接收的码元数}}$$

在计算机通信网中，通常要求误码率要低于 10^{-6}。

3. 频带利用率

在比较不同的通信系统的效率时，只看它们的传输速率是不够的，还要看传输这样的信息所占用的带宽。通信系统占用的频带愈宽，传输信息的能力应该愈大。在通常情况下，可以认为二者成比例。所以真正用来衡量数字通信系统信息传输效率的指标应该是单位频带内的传输速率，记为 η：

$$\eta = \frac{\text{传输速率}}{\text{占用频带}}$$

单位为比特/（秒·赫兹）（bit/(s·Hz)）或波特/赫兹（B/Hz）。

例如某数字通信系统，其信息传输速率为 9600 bit/s，占用带宽为 6 kHz，则其频带利用率为 $\eta = 1.6$ bit/(s·Hz)。

2.3   数据通信系统

数据通信是指依据通信协议，利用数据传输技术（模拟传输或数字传输）在两个功能单元之间传递信息。在计算机网络中，数据通信系统的任务是：把数据源计算机所产生的数据迅速、可靠、准确地传输到数据宿（目的）计算机或专用外设。数据通信离不开计算机技术，从某种意义上说，数据通信可以看成是数字通信的特例。研究数据通信系统包括两方面内容：一方面研究信道的组成、连接、控制及其使用；另一方面研究信号如何在信道上传输和控制。

2.3.1   数据通信系统的组成

数据通信系统的基本构成如图 2-11 所示。一个完整的数据通信系统，一般有以下几个部分组成：数据终端设备、通信控制器、通信信道和信号变换器。

图 2-11   数据通信系统

- 数据终端设备（Data Terminating Equipment，DTE）：能生成并向数据通信网络发送和接收数据信息的设备，起着实现人与数据通信网之间的联系的作用，是人机之间的接口。在数据通信网络中，如果是信息的发出者称为信源，如果是信息的接收者称为信宿。常见的数据终端设备有终端机、POS 机（电子收款机）、PC 机等。
- 通信控制器：它的功能除了进行通信状态的连接、监控和拆除等操作外，还可接收来自多个数据终端设备的信息，并转换信息格式，完成中央处理机与数据通信组网设备之间进行数据交换所必需的通信控制功能，如数据缓冲、速度匹配、串/并转换等任务。如微机内部的异步通信适配器（UART）、数字基带网中的网卡就是通信控制器。
- 通信信道：通信信道是数据传输所使用的通道，信道可以是模拟的（如电话线路），也可以是数字通信信道（如 SDH 传送网、以太网等）。
- 信号变换器：它的功能是把通信控制器提供的数据转换成适合通信信道要求的信号形式，或把信道中传来的信号转换成可供数据终端设备使用的数据，最大限度地保证传输质量。在计算机网络的数据通信系统中，最常用的信号变换器是调制解调器和光纤通信网中的光电转换器。

信号变换器和其他的网络通信设备又统称为数据电路设备（Data Circuit Equipment，DCE），即用于连接数据终端设备与传输信道，将原始数据信号转换成特殊的电信号使其适合于在信道上进行传输的设备。它提供信号的变换和编码，建立、保持和释放线路连接等功能，为用户设备提供入网的连接点。

对于模拟信道，DCE 的作用是将 DTE 送来的数据信号变换为模拟信号再送往信道，或者反过来，将信道送来的模拟信号变换成数据信号再送到 DTE。对于数字信道，DCE 的作用是实现信号码型与电平的转换、信道特性的均衡、收发时钟的形成与供给，以及线路接续控制等。

2.3.2 数据传输

数据在传输通道中是以电信号的形式传输的，其基本传输形式有两种：一种为模拟传输方式；另一种为数字传输方式。在模拟传输方式中，需要注意的问题是保真，即保持波形不变，如电话、部分电视节目、音频传输设备等。它的优点是带宽较窄，只占用了部分带宽，适合于多路频分复用；缺点是信号容易失真，不失真恢复信号困难。在数字传输方式中，传输的是电平编码，各电平之间的电位差较大，容易识别，也容易保持其性质不变。它的优点是信号抗干扰能力强，比模拟传输更容易保真；缺点是带宽大、占用了整个通道、不适合频分复用，这是由数字信号的特性决定的。

根据待传送数据和通信信道的不同类型（模拟或数字），可以将数据通信的情况分为如下四类：

1. 模拟数据在模拟信道上传输

将模拟信号通过载波调制后，直接利用模拟信道传送出去，接收方收到载波信号后，进行解调，得到原模拟信号。

这是一种比较简单的通信系统，它的实现成本低、操作方便，但系统抗干扰性能、安全性都很差。

早期的通信系统（如早期的电话系统、无线电广播）都使用过这种通信方式，但现在这种通信系统已逐渐淘汰。

2. 模拟数据在数字信道上传输

用数字信道传输模拟数据时，需要对模拟数据进行相应的编码，以使得其变换成可以在数字信道上传输的数字数据。

一个典型的模拟数据在数字信道上传输的例子是程控电话系统。作为模拟信号的语音，先要进行脉冲编码调制（PCM），得到数字编码信号，再将此数字编码放到数字信道上传送。PCM的原理详见 2.6 节（脉冲编码调制）。

3. 数字数据在模拟信道上传输

计算机和很多终端设备都是数字设备，它们只能接收和发送数字数据，而本地电话线只能传输模拟信号，所以这个数字数据要进入到模拟信道之前，先需要作数/模转换，以便它能在模拟信道上传输，这样的一个变换过程叫调制（注意：这个调制过程并不改变数据的内容，仅是把数据的表示形式进行了改变）。而当调制后的模拟信号传到接收端以后，在接收端通过解调器，完成模/数转换。

最常见的数字数据在模拟信道上传输的例子是：计算机通过调制解调器（Modem）拨号，使用电话线访问 Internet（如图 2-12 所示）。这时计算机中的数字信号经过 Modem 变换成模拟信号，可以在电话线（模拟信道）上传输。

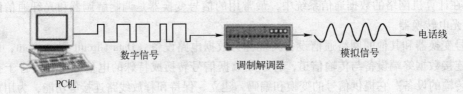

图 2-12　计算机通过 Modem 拨号访问 Internet

4. 数字数据在数字信道上传输

这是一种非常"理想"的数字通信系统，因为从终端到信道都是数字的，不需要进行任何的调制和解调等工作。但这并不意味着数字终端里的数据就可以直接放在信道上传输，有时，还需要对数字终端的数字数据进行码型变换，变换之后的数据才适合于数字信道中传输。有关数据码型的知识会在 2.4 节数据编码技术中详细介绍。

这种传输方式最典型的例子是将两台计算机使用线缆（以太网线等）直接相连，它们之间的数据通信就是数字数据在数字信道上传输。

图 2-13 列出了四种数据传输方式的特点。

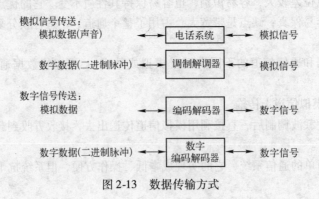

图 2-13　数据传输方式

2.4　数据编码技术

在通信设备内部传输数据，由于各电路功能模块之间的距离短，工作环境可以控制，在传输过程中一般采用简单高效的数据信号传输方式，比如直接将二进制信号送上传输通道进行传输等。在远距离传输的过程中，由于线路较长，数据信号在传输介质中将会产生损耗和干扰，为减少在特定的介质中的损耗和干扰，需要将传输的信号进行转换，使之成为适于在该介质上传输的信号，这一过程称为数据编码。最普遍而且最容易的办法是用两个不同的电压电平来表示两个二进制数字。例如，无电压（也就是无电流）常用来表示"0"，而恒定的正电压用来表示"1"。下面介绍几种常用的传输数据码型。

2.4.1 归零码

所谓归零码是指每个码元在结束前都会回到零电平，因此，任意两个相邻的码元都有零电平隔开。归零码能比较方便地对电平进行识别，有较好地抗噪声性能。

1. 单极性归零码

单极性归零码的编码规则为：数据代码中的每一个"1"都对应一个脉冲，可能是正脉冲也可能是负脉冲，脉冲宽度比每位的传输周期短，即脉冲提前回到零电位；数据"0"仍然为零电平，如图 2-14 所示。

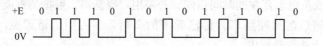

图 2-14　单极性归零码波形

2. 双极性归零码：

双极性归零码的编码规则为：对于数据中的"1"用一个正或负的脉冲来表示，数据"0"用相反的脉冲来表示，这两种脉冲的宽度都小于一位的传输时间，即提前回到零电平。对于任意组合的数据位之间都有零电平间隔。这种码有利于传输同步信号。波形如图 2-15 所示。

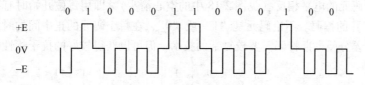

图 2-15　双极性归零码波形

2.4.2 不归零码

使用负电压（低）表示"0"，使用正电压（高）表示"1"。该编码也是很普遍的。由于每个码元占满一个时钟周期，这种技术称为不归零制（Non-Return to Zero，NRZ）。

1. 单极性不归零码

单极性不归零码的编码规则为：对于数据传输代码中的"1"用 +E 电平表示，"0"用零电平表示，如图 2-16 所示。它通常用在近距离传输上，接口电路十分简单。它的缺点有两个：一是容易出现连续"0"和连续"1"，不利于接收端同步信号的提取；二是因为电平不归零和电平的单极性造成这种码型有直流分量，不利于码型的抗噪声性能。

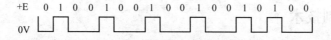

图 2-16　单极性不归零码波形

2. 双极性不归零码

双极性不归零码的编码规则为：对于数据中的"1"用正电平或负电平表示，对数据"0"用相反的电平表示，如图 2-17 所示。常用的 RS-232 接口电平标准即采用这种编码方式。

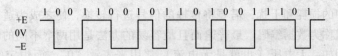

图 2-17　双极性不归零码波形

使用这种不归零制信号的最大问题是，难以确定一位的结束和另一位的开始，并且当出现一长串连续的"1"或连续的"0"时，接收端无法从收到的比特流中提取位同步信号。而曼彻斯特编码则可解决这一问题。

2.4.3　曼彻斯特码

曼彻斯特码（Manchester encoding）的编码规则为：在每个码元的1/2周期处产生一个跳变，如：从高电平跳变到低电平表示"1"，从低电平跳变到高电平表示"0"（反之亦可）。

这种码型的优点是：首先，每传输一位电压都存在一次跳变，有利于同步信号的提取；另外，每一位正电平或负电平存在的时间相同，若采用双极型码，可抵消直流分量。其缺点是：由于跳变的存在，编码后的脉冲频率为传输频率的2倍，多占用信道带宽。这种码广泛应用于10 Mbit/s以太网和无线寻呼网中。

2.4.4　差分曼彻斯特码

曼彻斯特码还有一个变种叫做差分曼彻斯特码（differential Manchester encoding），如图2-18所示。这种差分曼彻斯特码与上面讲的曼彻斯特码有着共同的特点，即在每一个码元的正中间有一次电平的变换，这种编码在表示码元"1"时，其前半个码元的电平与上一个码元的后半个码元的电平一样（见图2-18中的实心箭头）；但若码元为"0"，则其前半个码元的电平与上一个码元的后半个码元的电平相反（见图2-18中的空心箭头），即用每位开始时有无电平的跳变来表示"0"（"1"）的编码。不论码元是"1"或"0"，在每个码元的正中间的时刻，一定要有一次电平的转换。差分曼彻斯特码需要较复杂的技术，但可以获得较好的抗干扰性能。

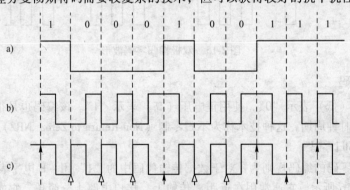

图 2-18　曼彻斯特码及差分曼彻斯特码

a）基带数字信号　b）曼彻斯特编码信号　c）差分曼彻斯特编码信号

2.5　数字调制技术

在2.4节中讨论过了数字数据在数字信道中所常采用的码型。数字数据在有些情况下，需要借助于模拟信道（如无线电波）来进行传送，这种情况下，可以使用正弦载波调制这些数字信号，使之成为适合在模拟信道传输的模拟信号。这种将数字数据调制成模拟信号的技术称为数字调制技术。根据正弦载波的不同参数，有三种基本的数字调制方式：幅移键控（ASK）、频移键控（FSK）和相移键控（PSK），如图2-19所示。

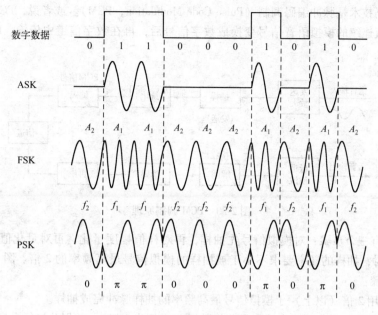

图 2-19 数字调制的三种方式

2.5.1 幅移键控

幅移键控又称振幅调制，是用数字基带信号控制正弦载波信号的振幅。它通过改变载波信号的幅度值表示数字信号 "1"、"0"，以幅度 A_1 表示数字信号的 "1"，以幅度 A_2 表示数字信号的 "0"（通常 A_1 取 1，A_2 取 0），而载波的频率 f 和相位 φ 不变。

ASK 方式易受突变干扰的影响，是一种不理想的调制方式。在传输声音的音频线路中，传输的典型速率只能达到 1200 bit/s。

2.5.2 频移键控

频移键控又称频率调制，是用数字基带信号控制正弦载波信号的频率。它通过改变载波信号的频率来表示数字信号 "1"、"0"，如：用频率 f_1 表示数字信号 "1"，用频率 f_2 表示数字信号 "0"，而载波的振幅 A 和相位 φ 不变。

FSK 方式的抗干扰能力优于 ASK，在音频线路中，传输速率也只有 1200 bit/s。FSK 还常用于高频无线传输。FSK 比 ASK 的编码效率高，不易受干扰的影响，抗干扰性较强。在音频电话线路上的传输速率可以大于 1200 bit/s，因而在现代数字通信系统的低、中速数据传轴中得到广泛的应用。

2.5.3 相移键控

相移键控又称相位调制，是用数字基带信号控制正弦载波信号的相位。它通过改变载波信号的相位来表示数字信号 "1"、"0"，如：用相位 $\varphi = \pi$ 表示数字信号 "1"，用相位 $\varphi = 0$ 表示数字信号 "0"，而载波的振幅 A 和频率 f 不变。

PSK 方式较 FSK 方式有更强的抗干扰能力和更高的效率，在音频线路中，传输速率可达 9600 bit/s。在实际的 Modem 中，一般将这些基本的调制技术组合起来使用，以增强抗干扰能力和编码效率。常见的组合是 PSK 和 FSK 方式的组合或者 PSK 和 ASK 方式的组合。

2.6 脉冲编码调制

模拟的语音数据在进入数字化的程控交换和传输系统之前，需要先将其编码成数字信号。

这里常用的编码技术是脉冲编码调制（Pulse Code Modulation，PCM）。或者说，PCM 就是把一个时间连续、取值连续的模拟语音信号变换成数字信号后，再在数字信道中传输。PCM 原理如图 2-20 所示。

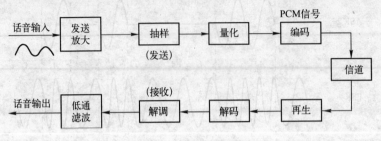

图 2-20　PCM 调制原理

PCM 编码有三个步骤：对模拟信号先抽样，再对样值幅度量化，再对量化值编码。需要注意的是，抽样时，抽样的频率要求不小于被抽样的模拟信号最高频率的 2 倍。图 2-21 表示的是 PCM 的三个步骤：

1）抽样：用 2 倍（以上）于模拟信号最高频率的抽样脉冲完成抽样。

2）量化：在量化前，可以先确定量化级数（如本例为 8 级），并划分好每个量化级的幅度范围，然后，将采样值与量化级幅值比较，将之量化为最接近的量化值。

3）编码：将各量化值编码成对应的二进制码。如："2"编码成"010"；"4"编码成"100"。

在实际的电话 PCM 编码系统中，由于语音的最高频率是 4 kHz，所以对语音的抽样速率为 8 kHz，量化采用了 128 个量化等级，而且采用的是非均匀量化，即：每个量化间隔幅度并不相同，为了使小信号能更好地被识别（有较大的信噪比），一般量化值越小，其量化间隔也越小。由于每个量化值在编码时，被编成 7 位（因有 128 个量化等级），所以，语音经过 PCM 编码后的数据速率为：$7 \times 8k = 56$ kbit/s。而在图 2-21 中，为方便起见，使用了均匀量化的方法。

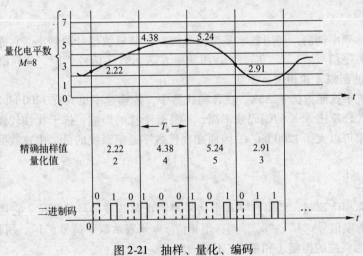

图 2-21　抽样、量化、编码

2.7　数据传输技术

2.7.1　单工、半双工、全双工

数据传输按信息传送的方向与时间可以分为：单工、半双工、全双工三种传输方式，如图 2-22 所示。

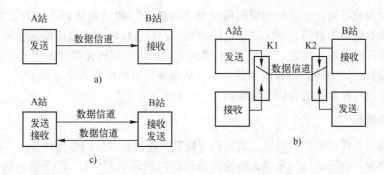

图 2-22 单工、半双工、全双工示意图

a) 单工 b) 半双工 c) 全双工

如果 A 可以向 B 发送数据，但是 B 不能向 A 发送数据，这样的通信就是单工通信（simplex communication）。单工通信是只在一个方向上进行的通信，使用一条单方向的信道。例如：无线广播和电视等。

如果 A 可以向 B 发送数据，B 也可以向 A 发送数据，但是这两个方向的通信不能同时发生，这样的通信就是半双工通信（half-duplex communication）。半双工通信中，在任意一个时刻，只允许一方发数据，另一方接受。例如：无线步话机，一个人在说话时，另外一个人只能听。

如果在 A 向 B 发送数据的同时，B 也可以向 A 发送数据，这样的通信就是全双工通信（full-duplex communication）。全双工通信是可以同时在两个方向上进行的通信，使用两条双方向的信道。例如，电话通信时，通话对方可以同时说话。

单工通信是最简单的，也是通信效率最低的。全双工通信是最复杂的，其通信效率最高。双向通信比较复杂，特别是在网络上，协议必须确保信息能被正确而有序地接收，并允许设备有效地进行通信。网络设备中集线器是半双工的，多数交换机都是全双工的。

2.7.2 基带传输和频带传输

基带信号是指未经载波调制的电信号，由于数字基带信号（如 2.4 节中所示的各种码型）所占据的频带通常从直流和低频开始，称为数字基带信号。在传输距离不远的环境下，尤其在局域网中，数字基带信号可以直接传送，这种传输方式称之为数字信号的基带传输。

频带信号是指基带信号经过载波调制后的电信号，因为在长距离传输或在模拟信道中传输数据时，数字基带信号则必须经过调制，将信号频谱搬移到高频处才能在信道中传输。把这种传输方式称为数字信号的频带传输。如 2.5 节中所列出的经过正弦波调制的 ASK 和 FSK 等信号均为频带信号。

基带传输实现比较简单，设备成本小。但信号抗噪声能力弱，传输距离短，信道无法多路复用。频带传输实现复杂，但信道传输速率高，信道可以多路复用。

2.8 差错控制

在实际的数据传输系统中，由于信道中总存在着一定的噪声或电磁扰动，数据到达接收端后，可能已经与发送端的原始数据产生了失真。接收端的信号实际上是数据信号和外界干扰信号的叠加，接收端会根据阈值判断接收信号的电平。如果噪声对信号的影响非常大时，就会造成数据的误判。为了检测这种错误，在发送前，按照某种差错编码规则给有效数据加上校验码（冗余码），当信息到达接收端后，再按照相应的校验规则检验收到的数据是否正确。这种技术就称为"差错控制"。

根据检错能力的不同，差错控制编码可分为"检错码"和"纠错码"两种，前者接收端仅能检测出收到的数据是否有错，而无法定位错误码元；后者接收端不仅能检测错误，还能定位出接收数据中的错误码元，并将之"取反"，实现纠错。虽然纠错码比检错码更利于差错控制，但这是以增加校验码（冗余码）的长度为代价的，从而使信道的传输效率下降了。

本节中将介绍几种常见的差错控制编码。

2.8.1　奇偶校验码

奇偶检验码是一种简单的检错码，其编码规则是：先将要发送的数据块分组，且在每一组的数据码元后面附加一个冗余位，使得该组连冗余位在内的码字中"1"的个数为偶数（偶校验）或奇数（奇校验）。在接收端按同样的规则检查，如果不符，就说明传输有误。

偶校验可以用公式：$a_{n-1} \oplus a_{n-2} \oplus \cdots \oplus a_1 \oplus a_0 = 0$ 来表示，其中，$\oplus$ 表示模 2 加，则校验码元 a_0 可以经过下列公式计算得出：

$$a_0 = a_{n-1} \oplus a_{n-2} \oplus \cdots \oplus a_1$$

偶校验的一个例子见表 2-1。

同样，奇校验用公式：$a_{n-1} \oplus a_{n-2} \oplus \cdots \oplus a_1 \oplus a_0$ $=1$ 来表示，则校验码元 a_0 可以经过下列公式计算得出：

$$a_0 = a_{n-1} \oplus a_{n-2} \oplus \cdots \oplus a_1 \oplus 1$$

这种奇偶校验码虽然实现简单，但只能发现奇数个码元错误，而不能发现偶数个码元错误，所以它的检错能力不高。

表 2-1　偶校验码

数据分组	校验码元
1 1 0 0 1 0 1 0 1 0 0 0	0
0 1 0 0 0 0 1 1 0 1	0
0 1 1 1 1 0 0 0 0 1	1
1 0 1 0 1 0 1 0 1 0	1

2.8.2　海明码

海明码是一种具备纠错能力的线性分组码，其编码原理是：设传输的数据位是 k 位，加了 r 位冗余位，那么总共传输的数据单元是 $k+r$ 位。为了能够发现这 $k+r$ 位数据单元在传输到目的端后是否出错，并能够指明是在哪一位出错，那么 r 至少应该能够代表 $k+r+1$ 种状态。r 比特能够代表 2^r 不同状态。因此，$2^r \geq k+r+1$，若 $k=7$，则满足上式的最小 r 值为 4。

在编码时，以 D 表示数据位，P 表示冗余位，则把冗余位分别插入到位序号数为 2^n（$n=0$，1，2，$\cdots$）的地方，形成 $P_1 P_2 D_3 P_4 D_5 D_6 D_7 P_8 D_9 D_{10} D_{11}$ 的排列。如果把各数据位 D 的下标写成 2 的幂次之和，即下标 $3=1+2$；$5=1+4$；$6=2+4$；$7=1+2+4$；$9=1+8$；$10=2+8$；$11=1+2+8$，这表示：数据位 D_3 要参与冗余位 P_1、P_2 的生成；数据位 D_5 要参与冗余位 P_1、P_4 的生成；等等。各冗余位的生成公式有：

$$P_1 = D_3 \oplus D_5 \oplus D_7 \oplus D_9 \oplus D_{11}$$
$$P_2 = D_3 \oplus D_6 \oplus D_7 \oplus D_{10} \oplus D_{11}$$
$$P_4 = D_5 \oplus D_6 \oplus D_7$$
$$P_8 = D_9 \oplus D_{10} \oplus D_{11}$$

在接收端，按照下列公式检验：

$$S_1 = P_1 \oplus D_3 \oplus D_5 \oplus D_7 \oplus D_9 \oplus D_{11}$$
$$S_2 = P_2 \oplus D_3 \oplus D_6 \oplus D_7 \oplus D_{10} \oplus D_{11}$$
$$S_3 = P_4 \oplus D_5 \oplus D_6 \oplus D_7$$
$$S_4 = P_8 \oplus D_9 \oplus D_{10} \oplus D_{11}$$

若校正因子 $S_1 = S_2 = S_3 = S_4 = 0$，则接收数据无错；若 $S_1 \sim S_4$ 不全为 0，则接收数据有错。（思考一下，为什么？），且错误位置的下标为 $S = S_4 S_3 S_2 S_1$（二进制）。

例：A 的 ASCII 码为 1000001，由于海明码为 $P_1 P_2 D_3 P_4 D_5 D_6 D_7 P_8 D_9 D_{10} D_{11}$ 的形式，即此处

$D_3 = D_{11} = 1$，$D_5 = D_6 = D_7 = D_9 = D_{10} = 0$，则由冗余位的生成公式，算得：$P_1 = 0$，$P_2 = 0$，$P_4 = 0$，$P_8 = 1$，所以发送端形成的海明码为：00100001001。

若接收方接收错误，收到00100001011（D_{10}错误），则检/纠错过程如下：计算校正因子 S_1、S_2、S_3、S_4，得：$S_1 = 0$，$S_2 = 1$，$S_3 = 0$，$S_4 = 1$。因为 $S_2 = S_4 = 1$，所以检测有错，且错误位置在 $S = 1010$（即十进制10）处，即 D_{10}，将 D_{10} 取反即可。

2.8.3 循环冗余码

循环冗余码（Cyclic Redundancy Code，CRC）又称多项式码，因为每一个二进制码都可以用一个多项式表示。循环冗余码有很好的检错能力，且易于用硬件实现，被广泛使用在局域网编码中。

CRC 的多项式原则是：以要发送的数据比特（k 位）为系数，编排成一个数据多项式 $K(x)$，其最高幂次为 $k-1$ 次。如在此数据比特后加上 r 位的冗余比特用于校验，则相当于构造了一个新的多项式：$K(x) \cdot x^r + R(x)$，其中 $R(x)$ 是由冗余比特构成的冗余多项式，其最高幂次为 $r-1$ 次。

由数据比特产生冗余比特的编码过程，就是已知 $K(x)$ 求 $R(x)$ 的过程，在 CRC 编码中，可以通过一个特定的 r 次多项式 $G(x)$ 来实现，用 $G(x)$ 去除 $K(x) \cdot x^r$ 得到的余式也正好是 $R(x)$。这个特定多项式 $G(x)$ 就称为生成多项式。事实上，$G(x)$ 并不是可以随意选取的，它还应该包括以下数学特性：

1）$G(x)$ 是一个常数项为 1 的 r 次多项式。

2）$G(x)$ 是 $x^{k+r} + 1$ 的一个因式。

3）该循环码中其他码多项式都是 $G(x)$ 的倍式。

CRC 校验的能力与 $G(x)$ 的构成有密切关系，$G(x)$ 的幂次越高，CRC 检错的能力就越好，但寻找合适的 $G(x)$ 并很不容易，目前，常用的高幂次生成多项式有：

$$CRC - 12 = x^{12} + x^{11} + x^3 + x^2 + x + 1$$
$$CRC - 16 = x^{16} + x^{15} + x^2 + 1$$
$$CRC - CCITT = x^{16} + x^{12} + x^5 + 1$$

而当已知 $G(x)$ 时，可以使用下面的方法来进行 CRC 校验：

1）在发送端用 $K(x) \cdot x^r$ 除以 $G(x)$，得到的余式即为冗余多项式 $R(x)$。

2）把冗余多项式 $R(x)$ 加到数据多项式 $K(x)$ 之后（即构成多项式：$K(x) \cdot x^r + R(x)$），发送到接收端。

3）接收端用收到的多项式除以生成多项式 $G(x)$，得到余式 $R'(x)$ 应为 0（详细推导略，提示：在模 2 加环境下，$K(x) \cdot x^r + R(x) = Q(x) \cdot G(x) + R(x) + R(x) = Q(x) \cdot G(x)$）。如果 $R'(x) \neq 0$，说明传输有误，则由发送端重新发送此数据，直至 $R'(x) = 0$。

CRC 校验的工作过程如图 2-23 所示。

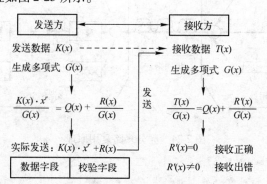

图 2-23 CRC 校验过程

例：一组 8 比特的数据码组 11100110，通过数据链路传送，采用 CRC 校验进行差错控制，已知生成多项式的码组为：11001，写出：

1）冗余比特产生的过程。

2）差错检验的过程。

解：1）据题意知，数据码组的位数 $k=8$。数据码组 11100110 的数据多项式 $K(x)=x^7+x^6+x^5+x^2+x$。

由生成多项式的码组 11001 可得出：生成多项式 $G(x)=x^4+x^3+1$，其最高幂次 $r=4$。

那么，冗余多项式 $R(x)$ 即为 $K(x) \cdot x^r/G(x)$ 的余式，经计算：

$$K(x) \cdot x^r/G(x) = (x^7+x^6+x^5+x^2+x) \cdot x^4/(x^4+x^3+1)$$
$$= (x^7+x^5+x^4+x^2+x)+(x^2+x)/(x^4+x^3+1)$$

所以，$R(x)$ 为 x^2+x。又因冗余比特的位数 $r=4$，所以冗余比特为：0110。

2）将冗余比特加在数据码组之后，得到：111001100110，由发送端一起发送出去。在接收端，如正确接收，则 $T(x)/G(x)=(x^{11}+x^{10}+x^9+x^6+x^5+x^2+x)/(x^4+x^3+1)=x^7+x^5+x^4+x^2+x$，$R'(x)=0$；若 $R'(x) \neq 0$，说明接收有误，需要重发。

（注：本例还可以使用二进制码直接计算，更为简便，请读者自行完成。）

2.9 多路复用技术

为了提高信道传输数据的效率，在同一信道上，同时传输多个有限带宽信号的方法被称为多路复用。当前主要采用的多路复用方式有频分复用（Frequency Division Multiplexing，FDM）、时分复用（Time Division Multiplexing，TDM）和波分复用（Wave-length Division Multiplexing，WDM）。

2.9.1 频分复用

在频带传输系统中，如果信道的频谱宽度远大于信号的频谱宽度，就可以将信道的频宽划分成多个频谱"通路"。利用频率变换或调制的方法，将不同路的信号搬移到不同的信道频谱"通路"上，相邻的频谱"通路"之间留有一定的频率间隔。这样，不同路的信号就不会发生干扰，可以一起在这个信道中传送。而在接收端，利用不同的带通滤波器就可以把不同路的信号"选取"出来。在频分复用中，如果被分配了"通路"的用户没有数据传输，那么该"通路"就保持空闲状态，别的用户不能使用。

频分复用的原理如图 2-24 所示，主要的应用有广播和有线电视（CATV）。

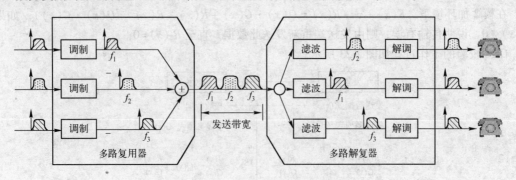

图 2-24 频分多路复用原理

2.9.2 时分复用

频分复用适用于传输模拟信号，时分复用适用于传输数字信号。时分复用是将一条物理信道按时间分成若干时间片（即时隙），轮流地分配给每个用户，每个时间片由一个用户占用，如图 2-25 所示。

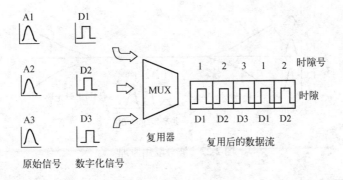

图 2-25 时分多路复用原理

时分复用根据时隙是否被固定分配可分为同步时分复用（Synchronous Time Division Multiplexing,STDM）和统计时分复用（Asynchronous Time Division Multiplexing, ATDM）。

同步时分复用是指每个用户总是固定地使用被分配给自己的时隙信道，如果某个用户有数据要发送，而其对应的时隙又正忙，那么该用户必须等待，哪怕有其他时隙正处于空闲。统计时分复用也称异步时分复用。统计时分复用中，把时隙动态地分配给各个终端，即当终端有数据要传送时，才会分配到时隙，而且其每次被分配的时隙也并不固定。ATDM 的原理如图 2-26 所示。

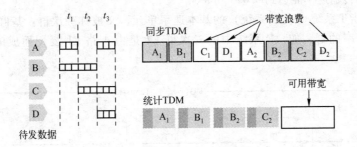

图 2-26 统计时分多路复用原理

很显然，统计时分复用比同步时分复用能更好地利用线路，从而提高了数据的传输速率。例如：线路传输速率为 9600 bit/s，4 个用户的平均速率为 2400 bit/s，当同步时分复用时，每个用户的最高速率为 2400 bit/s，而在统计时分复用方式下，每个用户最高速率可达 9600 bit/s。同步时分复用和统计时分复用在数据通信网中均有使用，如 DDN 网采用同步时分复用，X.25、ATM 采用统计时分复用。

2.9.3 波分复用

在光纤信道上使用的波分复用系统可以看成是频分复用的一个特例。波分复用将多路光信号通过一个棱柱或衍射光栅合到一根共享的光纤上，由于每路光信号处于不同的光波波段上，这样它们并不会相互干扰，到达目的地后，再通过棱柱或衍射光栅将多束光分解开来。

波分复用技术与频分复用的区别就是：在波分复用中使用的衍射光栅是无源的，因此可靠性非常高。采用波分复用技术，如在一根光纤上可以发送 8 个波长的光波，假设每个波长可以支持 10 Gbit/s 的数据传输率，则一根光纤所能支持的最大数据传输速率将达到 80 Gbit/s。波分复用原理如图 2-27 所示。

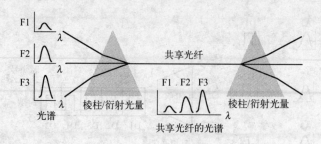

图 2-27　波分复用原理

2.9.4　数字传输系统

在 2.6 节中介绍过 PCM 系统，并知道一路语音信号的数据传输速率为 56 kbit/s。这样低的速率如果直接使用高速线路传输，显得太浪费。因此，在实际的数字传输系统中，会采用时分复用的方式，将多路语音信号复用在一起，通过一条高速线路传输。

由于历史的原因，现在全球范围内存在两种复用标准：一种是北美、日本所使用，将 24 路语音信号复用在一起，称为 T 载波或 T 系统，图 2-28 表示了 T 系统的基群（被记为 T1）的结构，它包含了 24 路语音信号。每路语音信号的 8 个比特中，前 7 位是语音 PCM 编码的结果，最后一位是同步信号。24 路信号一起会再设置一个帧同步信号，这样，T1 的传输速率能达到 1.544 Mbit/s。另一种复用标准是欧洲、中国所使用，将 30 路语音信号复用在一起，称为 E 载波，其基群 E1 的传输速率能达到 2.048 Mbit/s。

所谓基群是指 T 系统（或 E 系统）的基本速率单元，又被称一次群。基群可以再次复用，获得更高传输速率的群。如，E 系统中的二次群 E2 是由 4 路 E1 复用而成的，其速率可达 8.448Mbit/s。

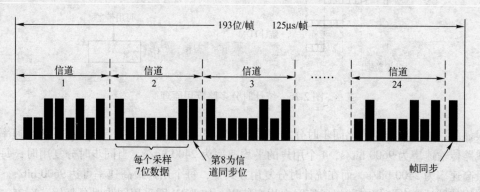

图 2-28　T1 的结构

随着光传输技术的发展，信道的传输速率不断地提高，甚至高次群都不断地被复用，加载到更高速的线路上传输。现代的骨干传输网络一般采用 SDH 光传送网，其基本传输速率 STM-1 可达 155.52 Mbit/s，而 4 路 STM-1 可复用成 STM-4，速率为 622.08 Mbit/s，…，最高可复用至 STM-64，速率为 9953.28 Mbit/s。SDH 同时可以向下兼容 T 系统和 E 系统（即：虽然 T 系统和 E 系统两者帧构成和基群速率完全不同，但它们都分别可以"填充"成 SDH 的帧结构，以 SDH 的速率传输）。

2.10 数据同步技术

数据通信按照数据代码的传输顺序可分为两种：并行传输和串行传输。并行传输中，数据以成组的方式在多个并行通道上同时进行传输（如图 2-29a 所示），这种传输方法的优点是速度快，但发送端与接收端之间必须搭建有若干条通道，导致费用高，因此，它仅用于超短距离和高速率的通信环境下，如计算机内部各部件间的数据传输。而长距离的数据通信，则常使用串行传输的方式，即：数据流按序串行地在一条通道上传输（如图 2-29b 所示）。不过，串行通信中，为了使得收、发双方的字符数据不出现"错位"和"偏移"等情况，必须保证传输数据的速率、每个字符的起止时间和持续时间都必须一致，这就是"同步"。

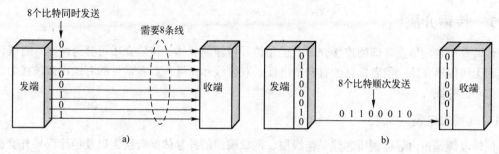

图 2-29 并行传输和串行传输

a）并行传输 b）串行传输

目前，常见的同步技术有两类：基于异步方式的同步技术和基于同步方式的同步技术。

2.10.1 基于异步方式的同步技术

在异步方式的同步技术中，每传送 1 个字符（7 位或 8 位）都要在每个字符码前加 1 个起始位，以表示字符代码的开始，在字符代码和校验码后面加 1 或 2 个停止位，表示字符结束（如图 2-30 所示）。接收方根据起始位和停止位来判断一个字符的开始和结束，从而起到通信双方的同步作用。异步方式实现比较容易，但每传送一个字符都需要多传送 2~3 位的同步信息，使得数据传输效率降低，所以异步方式适合于低速、小数据量的通信场合。

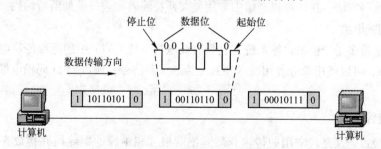

图 2-30 基于异步方式的同步技术

2.10.2 基于同步方式的同步技术

在同步方式的同步技术中，被传送数据的信息格式是一组字符或一个二进制位组成的数据块（帧）。不再需要为每个字符或数据块附加起始位和停止位，而是在发送这一组字符或数据块之前，先发送一个同步字符 SYN（以 01101000 表示）或一个同步字节（01111110），接收方据此进行同步检测，从而使收发双方进入同步状态。在同步字符或字节之后，可以连续发送任意多个字符或数据块，发送数据完毕后，再使用同步字符或字节来标识整个发送过程的结束（如图 2-31 所示）。

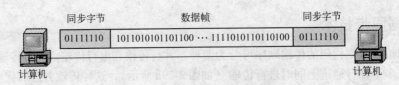

同步字节	数据帧	同步字节
01111110	1011010101101100 … 1111010110110100	01111110

图 2-31　基于同步方式的同步技术

在同步方式中，由于发送方和接收方将字符组作为数据传送单位，相对来说，附加的同步信息就非常少，从而提高了数据传输的效率。所以这种方法一般用在高速数据传输系统中，比如：骨干传输网络的节点间的数据通信，像 PCM 高次群结构中，也是基于同步方式的原理。

2.11　传输介质

传输介质是网络设备间的连接介质，也是信号传输的载体，传输介质可分为两类：有线传输介质和无线传输介质。前者常见的有同轴电缆、双绞线和光纤；后者常见的有地面微波接力、卫星通信和红外线。

2.11.1　同轴电缆

同轴电缆是由内导体铜质芯线、绝缘层、网状编织的外导体屏蔽层，以及绝缘保护外套组成的。如图 2-32 所示。由于外导体的屏蔽作用，同轴电缆具有很好的抗干扰性，所以被广泛应用于较高速率的数据传输中。同轴电缆按特性阻抗数值的不同，可分为两类：

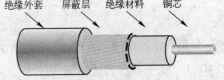

图 2-32　同轴电缆

1. 50 Ω 同轴电缆

这是为数据通信所用的，用于传送基带数字信号，所以 50 Ω 同轴电缆又称基带同轴电缆，其传输速率一般为 10 Mbit/s。这种电缆按直径又可分为细同轴电缆（直径为 0.5 mm，简称细缆）、粗同轴电缆（直径为 10 mm，简称粗缆），粗缆的抗干扰能力更强，传输距离更长，但其安装更困难，成本也更高。在传送基带数字信号时，可以采用不同的编码方法，在计算机通信中常用曼彻斯特编码和差分曼彻斯特编码。

2. 75 Ω 同轴电缆

这种同轴电缆多用于模拟传输系统，它是有线电视系统 CATV 中的标准传输电缆。这种电缆带宽可达 1 GHz，可以使用频分复用技术在其上传送多路信号，所以 75 Ω 同轴电缆又称为宽带同轴电缆。

2.11.2　双绞线

双绞线是最古老又是最常用的传输介质。把两根互相绝缘的铜导线并排放在一起，然后用规则的方法绞合起来就构成了双绞线。它有非屏蔽双绞线（Unshielded Twisted Pair，UTP）和屏蔽双绞线（Shielded Twisted Pair，STP）之分，如图 2-33 所示，由于 UTP 的成本低于 STP，所以使用的更广泛。双绞线既可以用于音频传输，也可以用于数据传输。

1991 年，美国电子工业协会 EIA 和电信工业协会 TIA 发布了一个标准 EIA/TIA-568，该标准规定了用于室内传送数据的无屏蔽双绞线和屏蔽双绞线的标准。随着局域网上数据传输速率的不断提高，EIA/TIA 在 1995 年将布线标准更新为 EIA/TIA-568-A，此标准规定了 5 个种类的 UTP（从 1 类线到 5 类线），后来又发展了超 5 类线，类别越高，其传输性能越好。对数据传输来说，目前最常用的是 UTP 的 5 类线和超 5 类线。

屏蔽双绞线(STP)　　　　　非屏蔽双绞线(UTP)
有铝箔屏蔽层以减少串扰　　双绞线外无任何屏蔽层

图 2-33　双绞线图示

2.11.3　光纤

光纤是光导纤维的简称，它是一种以玻璃纤维为材质，直径很细，能传导光信号的新型传输介质。

光纤的内层为一束玻璃芯，它的外面包了一层折射率较低的反光材料，称为覆层。由于覆层的作用，在玻璃芯中传输的光信号几乎不会从覆层中折射出去。这样当光束进入光纤中的芯线后，可以减少光通过光缆时的损耗，并且在芯线边缘产生全反射，使光束曲折前进。如图 2-34 所示。

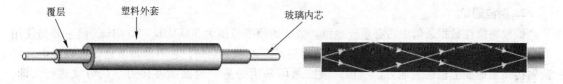

图 2-34　光纤

根据使用的光源和传输模式，光纤可分为多模光纤和单模光纤。

多模光纤采用发光二极管产生可见光作为光源，定向性较差。当光纤芯线的直径比光波波长大很多时，由于光束进入芯线中的角度不同传播路径也不同，这时光束是以多种模式在芯线内不断反射而向前传播。多模光纤的传输距离一般在 2 km 以内。

单模光纤采用注入式激光二极管作为光源，激光的定向性强。单模光纤的芯线直径一般为几个光波的波长，当激光束进入玻璃芯中的角度差别很小时，能以单一的模式无反射地沿轴向传播。因此，单模光纤的性能要优于多模光纤，但制造成本也更高。

多模光纤和单模光纤如图 2-35 所示。

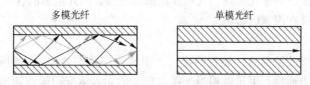

图 2-35　多模光纤和单模光纤

由于光纤传送信号，具有损耗小、频带宽、传输率高，不易受外界电磁干扰等优点，目前被广泛使用在长距离数据传输和网络的骨干线路中。

2.11.4　无线传输

无线传输是指利用自由空间中的电磁波作为传送信号的载体，当在高山、河流等特殊地形处难以铺设有线线路时，常常使用无线传输的方式来实现通信。由于电磁波的频段从低频到特高频，覆盖范围很广。因此，国际通信组织将电磁波的频段划分成若干的子频段，不同的子频段规定了不同的通信业务和通信方式。

1. 短波通信

频段在 1.5 ~ 30 MHz 范围的无线电信号，又被称为"短波"，短波由天线发出后，会形成"地波"和"天波"两条传输路径。其中，地波沿地球表面传播，但会受地面吸收和地面电气特性的影响而衰减得厉害，只适用于短距离通信；天波则在地球与地球电离层之间来回反射，可以将信号传送至很远的地方，因此短波通信的主要传播路径是天波（如图 2-36 所示）。短波通信被广泛应用于广播电台、海事通信、航空通信等领域。它的优点是：技术成熟，建设成本低，使用简单；主要缺点是：易受天气等外界因素的影响，信号幅度变化较大，容易被干扰。

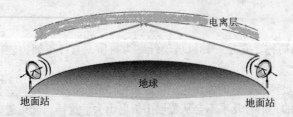

图 2-36   无线电波通信

2. 微波通信

微波通信在数据通信中占有重要地位。微波的频率范围为 300 MHz ~ 30 GHz，但主要是使用 2 ~ 40 GHz 的频率范围。由于微波会穿透电离层而进入宇宙空间，它不像短波通信可以经电离层反射传播到地面上很远的地方，所以，微波通信采用的是"地面微波接力"的方式进行，即：通过微波地面站的抛物状天线把所有能量聚集成一束，沿着直线传播出去的，因此各地面站之间不能相隔太远，且必须相互"对准"，中间不能有障碍物（如图 2-37 所示）。

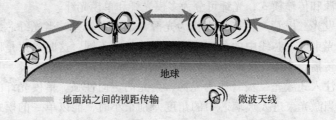

图 2-37   微波通信

总体来说，微波频段频率比较高，其频段范围也很宽，因此信道的容量很大，但通信质量容易受到天气、地形等外在因素的影响。

3. 卫星通信

卫星通信其实是微波通信的一种特殊形式。卫星通信是在地面站之间利用人造同步卫星作为中继的一种微波接力通信，卫星就相当于在太空中的无人值守的微波通信中继站（如图 2-38a 所示）。同步卫星位于约 36000 km 的高空，与地球同步旋转。从技术角度上讲，只要在地球赤道上空的同步轨道上，等距离地放置三颗相隔 120° 的卫星（如图 2-38b 所示），就能基本上实现全球的通信。

卫星通信一般可使用两个频段通信：C 频段，4/6 GHz（上行 5.925 ~ 6.425 GHz；下行 3.7 ~ 4.2 GHz）；KU 频段，11/14 GHz（上行 14 ~ 14.5 GHz；下行 11.7 ~ 12.2 GHz）。

卫星通信可实现的通信距离远，在电波覆盖范围内，任何一处都可以通信，且通信费用与通信距离无关。受陆地灾害影响小，可靠性高，易于实现广播通信和多址通信。但其通信成本高，延时较大；通信质量受天气、电磁环境等影响较大。

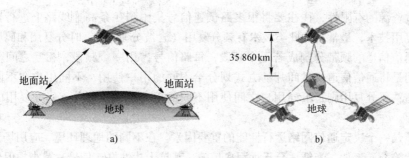

图 2-38 卫星通信

a）卫星接力 b）同步卫星

4. 红外线

无线通信中，还常用到位于 $3 \times 10^{11} \sim 2 \times 10^{14}$ Hz 范围的电磁波，即红外线。红外线传输距离短、穿透性差、传输数据量小，但易于建立点到点的通信连接。因此被广泛应用在如遥控器和手机等小型设备的小数据量通信场合中。

小结

无论是传统的电信网络，还是现在迅猛发展的数据网络，其本质上都是一种通信系统。因此，正确地理解通信系统的原理是学习网络知识的基础。

基本通信系统由信源、信道和信宿组成。信源产生的信号往往要经过适当的变换，才能在信道中传送，而在信道中又存在外界干扰或噪声，所以，信号在送入信道发送之前，往往还需要进行差错控制编码，以抵抗这些干扰或噪声。

信号和信道都可以分为模拟和数字两种类型，模拟信号是幅值连续变化的信号，而数字信号是幅值离散的信号。借助于信号的频域分析，可以得到信号的主要频率分量，以选择（或变换到）合适的信道中传送。在现实环境中，模拟信号和数字信号都可以借助于模拟信道和数字信道进行传送，这样就产生了四种信号传输情形：模拟信号的模拟传输、模拟信号的数字传输、数字信号的模拟传输和数字信号的数字传输。每种情形中，信号都要做相应的变换，如，语音（模拟信号）的数字传输采用 PCM 编码；数字信号的模拟传输可以采用 Modem 进行调制。

为了适应不同的传输介质和传输距离，常需要对数字信号采取不同形式的编码，常见的码型有：归零码、不归零码、曼彻斯特编码和差分曼彻斯特编码。为了能在模拟信道上传送数字信号，常需要使用数字调制技术来对信号进行变换，常见的数字调制技术有幅移键控、频移键控和相移键控。

电话网中一个重要的业务就是传送语音。人的语音是模拟信号，但现在的传输网络一般都是数字网络，为了能使语音信号在数字网络上传输，必须对其进行变换，这一变化过程被称为脉冲编码调制（PCM）。PCM 可分为三个步骤：抽样、量化和编码。

信号传输根据其传送方向可以分为单工、半双工和全双工。单工是信号的固定的单方向传输；半双工是通信双方可以双向传输，但在每个时刻都只能由一方发送、另一方接收；全双工是每个时刻通信双方都可以相互发送数据。根据传输的信号是否被调制，可以分为基带信号和频带信号，前者是未经调制而传输的信号，后者是经过调制而传输的信号。

由于信号在传输的过程中，会受到外界的各种干扰，可能导致信号的畸变，使得接收者收到错误的数据，为了能对接收的数据进行检错和纠错，可以在传输的数据之后加上校验码，以验证接收数据的正确性，这种编码技术就被称为"差错控制编码"。常用的差错控制编码有奇偶校验码、海明码、循环冗余码。

　　由于传输资源的有限性，往往要将很多路低速信号集中到一条高速线路上进行传送，这就借助于多路复用技术，最常见的此类技术有频分复用（含波分复用）、时分复用和码分复用。频分复用是将通信信道的频带分割成若干个频段，每路信号占用一个频段，相互之间不会产生干扰；时分复用是将通信信道按时间片的方式划分给不同的用户使用，不同用户在不同的时间片占用这个信道；码分复用则是不同用户之间使用不同的正交码加以区分，码分复用的内容将在第 7 章中介绍。

　　传输介质是一个决定通信网络运行性能的重要因素。在不同的地理环境、应用场景下，需要选择不同的传输介质，如，光纤适合于远距离传输、其抗干扰性好，信号衰减小，但建设和维护成本高；双绞线组网方便，维护简单，但信号传输距离短，多用于局域网建设；而微波和卫星等无线通信手段可以有效地解决在山地、河流等复杂地理环境下的网络建设，但无线信号却易受天气、地形等外在环境的影响。

习题

1. 请描述数据通信系统的组成，并解释 DTE 和 DCE。
2. 什么是归零码？什么是不归零码？它们各自的特点是什么？
3. 请为二进制数据"100110110001011001"分别编制：单极性归零码、双极性归零码、单极性不归零码、双极性不归零码、曼彻斯特编码和差分曼彻斯特编码。
4. 常见的数字调制技术有哪几种？请就第 3 题中的数据画出各种调制的波形图。
5. 传输语音信号时，为什么要进行 PCM 编码？PCM 编码具体可分为哪几个步骤？
6. 请解释单工、半双工、全双工通信方式。
7. 什么是差错控制编码？使用差错控制编码的好处是什么？
8. 请说明差错控制中的奇偶校验、海明码、循环冗余校验（生成多项式码组：11001）的工作原理。并为二进制数据"10101100"分别编制这三种差错控制编码。
9. 请说明频分多路复用、时分多路复用的原理。
10. 数字传输系统有哪些基本的传输制式？
11. 常见的传输介质有哪些？各自的特点是什么？

第 3 章

网络交换技术

在第 2 章中，以点到点的网络模型介绍了数据通信系统的原理，按照这些基本原理，可以实现两个（组）终端用户间的通信。而在实际的数据通信系统中，为每两个（组）终端用户去建立一条单独的通信线路是不现实的，线路资源的分配是通过网络中的具有交换、转发功能的节点来完成的。在本章中，将介绍数据通信系统中的一项重要技术——网络交换技术。

3.1 网络交换技术概述

在通信网络中，为了节省网络资源，提高传输线路的利用率，当有两个终端需要通信时，并不是为它们去建立一条直达的线路，而是动态地为其分配传输线路资源。在网络中，完成这种寻找动态线路资源的技术就叫做"**交换（switching）**"，而负责交换功能的网络设备就称为"**交换机（switch）**"。

交换技术也是随着网络的发展而不断发展的，从传统的电信网交换技术发展到包括软交换在内的现代交换技术，其发展大致经历了人工交换、机电交换（步进制、纵横制）和电子交换（程控数字交换、分组交换）等阶段。目前，主要的交换方式有线路交换、报文交换和分组交换。

3.2 线路交换

3.2.1 线路交换的原理

线路交换（circuit exchanging）也称为电路交换，是一种直接的交换方式，为一对需要进行通信的节点之间提供一条临时的专用通道，即提供一条专用的传输通道，它既可以是物理通道，也可以是逻辑通道（使用时分或频分复用技术）。每个交换节点经过适当选择、连接，最终形成一条由多个节点组成的链路。

所有线路交换的基本处理过程都包括：线路建立（连接建立）、数据传输（连接维持）、线路释放（连接释放）三个阶段，如图 3-1 所示。

- 线路建立：源端点发起一次请求，请求与目的端点建立连接，源端点发送的请求报文被称为"呼叫请求"，而目的端点对于"呼叫请求"的应答报文被称为"呼叫应答"。线路建立过程实现了源端点与目的端点的双向连接。如图 3-1 中，这个过程建立起一条由源端点 A 经过交换节点 1 和交换节点 2 到达目的端点 B 的双向传输通道。

- 数据传输：线路建立完成后，源端点 A 和目的端点 B 就可以在这条临时的专用线路上传输数据，通常为全双工传输。

- 线路释放：在完成数据传输后，源端点 A 发出释放请求信息，请

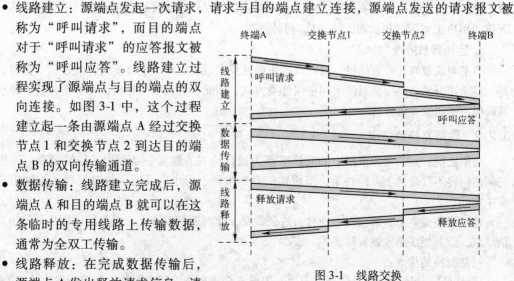

图 3-1　线路交换

求终止通信，若目的端点接受释放请求，则发回释放应答信息。在线路拆除阶段，各节点也拆除在该线路上的对应连接，释放由该线路占用的交换节点和信道资源。

在日常生活中，电话通信网是最常见的使用线路交换的例子，一次电话通信的简要过程，如图 3-2 所示。

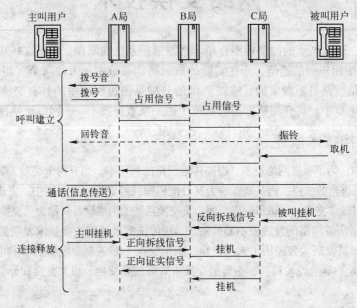

图 3-2   电话通信过程

1. 呼叫建立阶段

主叫（calling party）用户取机，听拨号音，拨被叫（called party）号码。若被叫用户不在同一个交换局，则 A 局（本地局）向 B 局（中转局）送占用信号，转接被叫号码，再由 B 局转发到 C 局（远端局）。最终 C 局按被叫号码向被叫发送振铃信号。当被叫用户取机后，C 局接收应答信号，然后通知各局加以连接。

2. 通信阶段

在通信阶段，始终在主叫与被叫用户间保持这一条通信信道。这条通信信道可以是一个时隙，它在通信过程中始终被占用。所以，如果有其他用户在此时给主叫或被叫用户打电话，他将听到"用户正忙"的提示而无法完成与其通信。

3. 连接释放阶段

当主叫或被叫任一方挂机，局间互送正向或反向拆线信号，经证实后释放连接。值得说明的是，目前我国的电路交换系统采用主叫计费方式，因此，若被叫先挂机，物理连接暂不释放，由端局向主叫送忙音催挂。

3.2.2 线路交换的特点

通信之前，必须由通信网中的交换节点为通信的双方建立一条专用的传输通路，通信双方的通信内容不受交换节点的约束，即传输信息的编码、大小以及通信控制规程等均随用户的需要决定。

通信线路建立后，通信双方便独占这条线路，此时通信双方无法再与其他用户通信，直至通信结束，该专用线路才被拆除。

线路交换的优点：

1）线路一旦接通，为通信双方专用，因此不会出现终端用户因争用信道而发生冲突的情况。

2）对于占用信道的用户来说，数据以固定的速率进行传输，通信的可靠性和实时性都很好，适用于交互式会话类通信。

线路交换的缺点：

1）线路交换建立线路所需的时间较长。

2）由于通信线路的专用性，正在通信的双方无法再与其他终端用户通信，线路的利用率低。

3）线路交换系统信息传送速率恒定，不具备差错控制的能力，不适宜于突发性、大数据量的数据业务。

3.3　报文交换

3.3.1　报文交换的原理

报文交换方式的数据传输单位是报文，报文就是站点一次性要发送的数据块，其长度不限且可变。

在报文交换中，不必要求交换网为通信双方预先建立一条专用信道，因此也就不存在建立线路和拆除线路的过程。每一个报文由传输的数据和报头组成，报头中有源地址和目标地址。交换节点根据报头中的目标地址为报文进行路径选择，并可以对收发的报文进行相应的处理，例如，差错检查、流量控制等。每个节点在收到整个报文并检查无误后，就暂存这个报文，然后利用路由信息找出下一个节点的地址，再把整个报文传送给下一个节点。一直逐个节点地转送，直到目的端。

在电路交换网中，每个交换节点就是一个电子交换设备或是机电装置，数据在交换设备中不作任何处理就传送出去；但报文交换中的交换节点通常是一台专用的计算机，它有足够的内存，以便把接收到的报文先完整地存储起来，然后分析报文中的信息，决定处理的方法（转发或是丢弃等）和转发的方向。因此，报文从一个节点传到下一个节点的时延会有三部分组成：报文在传输介质中的传输时间（传播时延）、报文的第一个字节传输开始到最后一个字节传输结束的时间（传输时延）和每个节点存储、处理报文的时间（存储/处理时延）。

在报文传输时，任何时刻一个报文都只在一条节点到节点间的"点到点"链路上传输，每一条链路的传输过程都只对报文当前的完整性、可靠性负责。这样带来许多好处，比如：

1）不必要求每条链路的数据传输速率相同，因而也不必要求终端用户的通信设备工作于相同的速率。

2）传输中的差错可由各交换节点来进行控制，而不必由终端设备来介入，从而简化了终端设备的实现。

3）由于采用接力方式工作，任何时刻一份报文只占用一条点到点的链路资源，不必占用通信线路上的所有链路资源，终端用户可以实现同时和多个用户的通信。从而提高了线路的利用率。因此，在相同的网络资源总量的情况下，报文交换网所能容纳的业务量要比线路交换网大得多。

报文交换的历史也比较悠久，早在20世纪40年代，电报通信系统就采用了报文交换方式，其工作过程如图3-3所

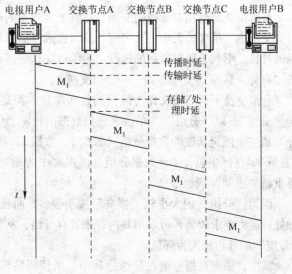

图3-3　报文交换

示，电报用户 A 向电报用户 B 发出的报文 M_1，分别经过了 A、B、C 三个交换节点，可以看到，报文 M_1 在每两个相邻节点间传输时，所耗费的时间 = 传播时延 + 传输时延 + 存储/处理时延。其中：传播时延是指报文在传输线路传送所耗费的时间；传输时延是指报文的第一个字节到报文的最后一个字节（即完整的报文）被接收所耗费的时间；存储/处理时延是指各节点存储、处理报文所耗费的时间。

3.3.2　报文交换的特点

相对于线路交换，报文交换采取了一种叫做"存储 - 转发"的交换方式（下面要介绍的"分组交换"使用的也是这种方式）。这种交换方式在源端点和目的端点间不需要先建立一条专用的通路，因此，报文交换没有建立线路和拆除线路所需的等待和时延；由于在通信过程中，线路不被"专用"，所以线路的利用率高，节点间可根据线路情况选择不同的速度传输；又由于每个交换节点具有数据存储功能，都可以进行差错控制，所以这种数据传送方式的可靠性更高。

报文交换的优点：

1）线路利用率高，许多报文可以分时共享两个端点之间的通道。

2）由于通信线路并不"专用"，通信双方在通信过程中还可以与其他用户通信，即实现多点间通信。

3）交换节点在通信过程中，可以提供差错控制功能。

报文交换的缺点：

1）由于报文经过网络的延迟不定（且一般延迟时间较长），所以，通信的实时性不好，而且报文不一定按序到达目的端，这一点不如线路交换。

2）当交换节点收到过多的报文而无空间存储或不能及时处理时，就不得不丢弃部分报文，致使数据丢失。

3.4　分组交换

3.4.1　分组交换的原理

虽然报文交换相对于线路交换更适宜于大规模的数据通信，但也还存在着不少缺陷，如：在报文交换中，报文的大小可长可短，从而造成存储管理的困难，过大的报文还会造成存储转发的延迟过长，不利于数据通信的进行。为了解决这些问题，在报文交换的基础上，出现了一种改进的"存储 - 转发"交换方式——分组交换。

分组交换不再以报文作为数据的传送单位，而是将报文按照一定的规则，切分成若干的数据"分组"，以"分组"为单位来进行数据的转发、传送。如图 3-4 所示，原较长的报文被"切分"成三个固定长度的数据分组（数据 1、数据 2、数据 3），并在每个数据分组的前面加上一个"首部"，首部中包含了该数据分组在原报文中的相对位置，接收端以此可以将收到的数据分组再重新"拼装"成原报文。

因为"分组"的大小较"报文"要小很多，而且长度固定，所以对各交换节点的存储空间和处理能力要求较低，可以用其内存来暂存分组，从而提高了交换节点的交换速度，另外，转发"分组"的延迟也大为降低。

其实，根据数据分组在传送过程中，所使用的流量控制、差错控制、路由选择等方式的不同，分组交换还可以分为数据报和虚电路两种方式。

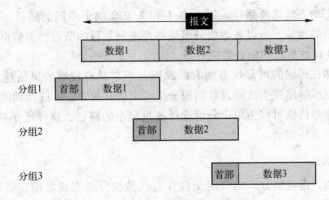

图 3-4 报文切分成分组

3.4.2 数据报方式

数据报方式的分组交换与报文交换的方法类似。每个分组都携带完整的源、目的节点的地址信息，独立地传输。每经过一个交换节点时，都要根据目标地址、网络流量及故障等网络当时的状态，按一定路由选择算法选择一条最佳的输出路径，直至传输到目的节点。

数据报方式不需要建立连接，目的端在收到分组后也不需要发送确认信息，是一种开销较小的通信方式，但由于每个分组都携带源、目的节点地址，降低了通信效率。而各数据分组独立传输，可能会通过不同的路径到达目标，因此，数据分组可能会有丢失和乱序等情况，这就需要在目的端开辟一个缓冲区，缓存所收到的分组，然后按发送顺序重排后再处理。

如图 3-5 所示，计算机 A 向计算机 B 发送了 3 个数据分组（A.B.1；A.B.2；A.B.3），同时又向计算机 C 发送 3 个数据分组（A.C.1；A.C.2；A.C.3），这些数据分组通过各交换节点时，

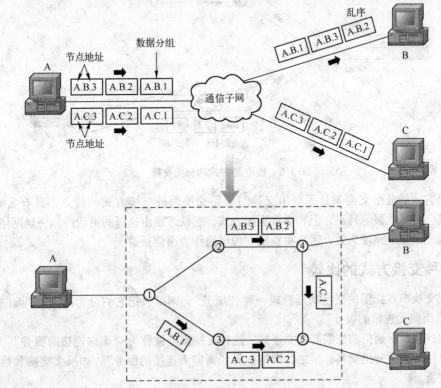

图 3-5 数据报方式的分组交换

根据当时的网络状态动态地选择路径。如 A. B. 1 和 A. B. 2 就走不同的路径。但由于每个分组中都包含有源地址、目的地址，所以各数据分组最终都能到达目的节点，但数据分组有可能是乱序到达，如图 3-5 中 B 计算机收到的各数据分组。

数据报方式虽然在传输的可靠性方面有所缺陷，但它具有较好的灵活性和均衡性。在传输过程中，若某个节点或链路发生故障，数据报分组可以绕开故障，另选择其他路径传输；当网络中发生拥挤时，数据报传输可以为单个分组选择流量较小的路径，这样既平衡了网络中的流量；又可以使分组得以迅速传输。

3.4.3   虚电路方式

与线路交换类似，虚电路方式的分组交换在每次数据分组发送之前，必须在源端点与目的端点之间建立一条逻辑连接，也包括虚电路建立、数据传输和虚电路拆除三个阶段。但需要注意的是：虚电路是一条"逻辑"链路，而不像线路交换中专用的"物理"链路（如：一条物理链路上可能承载着多条逻辑的虚电路）。

建立了虚电路的通信双方，这一次通信的所有数据分组都将通过这条虚电路传送，因此各分组不必带目的地址和源地址等辅助信息，只需要携带虚电路标识号。数据分组到达目的端也不会出现丢失、重复与乱序的现象；同时，数据分组通过虚电路上的每个节点时，节点只需要做差错检测，而不需要做路由选择。虚电路方式如图 3-6 所示，计算机 A 向计算机 B 和计算机 C 发送的数据分组都通过事先建立好的"虚电路"传送，而不是再由每个节点负责临时路由，各节点根据虚电路标识号来转发数据分组，所以，数据分组也是顺序到达目的端。

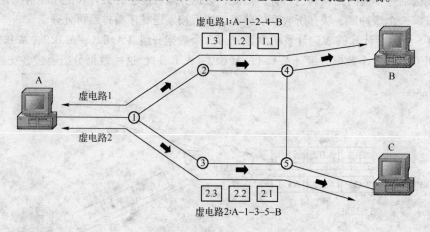

图 3-6   虚电路方式的分组交换

虚电路方式的分组交换兼具了分组交换与线路交换两种交换方式的特点，具有实时性好、传输速率高、可靠性强等特点，但相对数据报方式，它缺乏路由选择的灵活性，一旦网络出现故障，先前建立的虚电路便失效，需再重新建立虚电路作为通信通道。

3.5   三种交换方式的比较

如果把交换节点提供的交换功能看成一种"服务"，则可以把它们分为两类："面向连接的服务"和"面向无连接的服务"。

很显然，在数据通信前先需要建立连接，这种交换服务被称为"面向连接的服务"，如线路交换和虚电路方式的分组交换；反之，则被称为"面向无连接的服务"，如报文交换和数据报方式的分组交换。

现用表 3-1 和图 3-7 分别列出了三种交换技术的工作特点和工作时序。

表 3-1 三种交换方式特点比较

交换方式		优 点	缺 点	适 用 场 合
线路交换		在数据传送之前必须先建立连接，实时性好、可靠性好	线路为通信双方专用，利用率低	实时性要求高、小数据量业务，如电话
报文交换		线路利用率高、路由选择灵活	报文过大，容易产生传输延迟和丢失，通信实时性不好	实时性要求不高的数据业务，如电报
分组交换	数据报	线路利用率高、路由选择灵活	实时性一般，仍有丢包、乱序等情况	实时性要求一般的大数据量业务，如 Internet 网络服务
	虚电路	在数据传送之前必须先建立虚通道，实时性好、可靠性好	路由选择不够灵活，网络适应能力稍弱	实时性要求高的大数量业务，如宽带网络服务

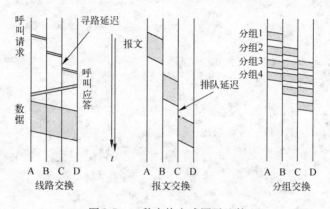

图 3-7 三种交换方式图示比较

小结

网络交换是网络通信中的重要技术，也是引领网络通信不断革新的重要力量。现在主流的网络交换技术可以分为线路交换、报文交换和分组交换三种。其中，报文交换和分组交换又因为需要进行存储 – 转发，可统称为"存储 – 转发交换"。

线路交换是一种传统的交换方式，电话网络使用的就是这种交换方式。线路交换中，通信双方在通信前需先建立连接；在通信过程中，这条连接是被通信双方专用而无法再与其他用户通信；在通信结束后，需要拆除这条通信线路。

报文交换是将需要传送的整个数据（即报文），按点到点的方式不断传送出去。报文头中包含了地址信息，各交换节点采取存储 – 转发的方式来传送数据，而不是采取线路交换中在通信双方间建立专用线路的通信方式。因此，报文交换可以提高网络的线路利用率。但报文长度一般较大，且长度不一，会增加交换节点的处理时间和处理的复杂程度，所以报文交换中，最大的问题是实时性不好。

分组交换是对报文交换的改进，它将报文分割成若干个长度一致的数据分组。各节点根据分组中的地址信息对数据分组进行"存储 – 转发"，在接收端再将收到的分组重新排序，组合出原报文，这样提高了交换节点的处理效率，从而提高整个数据网络的传输速率。

分组交换其实还可以分为两类：数据报方式和虚电路方式。数据报方式是面向无连接的服务，这种方式路由灵活，线路利用率高，但不能保证数据传输的质量；虚电路方式是分组交换借鉴了线路交换的特点，在通信之前，先建立"虚电路"，但这条电路是动态分配的，在某一时间段，它可以被分配给多个不同用户使用。虚电路兼具线路交换服务质量高和分组交换灵活性的特点。虚电路方式的分组交换和线路交换都是提供面向连接的服务的。

习题

1. 有哪几种网络交换技术？它们各自的特点是什么？
2. 线路交换的过程有哪几步？请叙述电话通信的过程。
3. 分组交换有哪两种类型？各自的工作过程是如何进行的？
4. 请解释"面向连接"和"面向无连接"这两种服务。
5. 常见的网络交换技术具体应用场合有哪些？

第4章

网络体系结构

人们的日常交流中，无论采用语音或是文字，为了保证交流能顺利进行，交流的各方须使用同样的语言和文字。这样，每个人才能正确无误地理解其他人所发送信息的意义，交流过程才能畅通、高效。

同样，在计算机网络通信中，也需要为各通信节点建立起一套完整而统一的通信规则。

4.1 网络体系结构的概念

利用计算机网络进行通信时，各通信节点之间需要不断地交换数据和处理数据。要做到有条不紊地交换数据和正确无误地处理数据，各节点就必须遵守一些事先约定好的规则。这些规定网络中的节点该如何交换和处理数据的标准或规范即称为网络协议。

由于网络协议多而复杂，所以，人们采用分层的办法来描述和研究网络的协议。这样，将完成不同功能或应用的协议划分到不同层次中，使得每一层完成的功能相对简单，便于人们对协议的进一步研究和开发；同时，当某个网络功能需要改变时，仅需要去改动其所在层的协议，而不会影响到其他层的协议内容。在此基础上，人们将计算机网络的层次及其各层协议的结合，称为网络的体系结构。换言之，计算机网络的体系结构即指这个计算机网络及其部件所应该完成功能的精确定义。它为计算机网络的实现提供了一种宏观的指导。

世界上第一个网络体系结构是美国 IBM 公司于 1974 年提出的，它取名为系统网络体系结构 SNA（System Network Architecture，系统网络体系结构）。在这之后，陆续又出现了多种网络体系结构，再经过数十年的发展、改进之后，目前最著名的两类体系结构分别是：国际标准化组织于 1984 年提出的开放式系统互连（Open System Interconnection，OSI）模型和计算机工业界既成事实的标准——TCP/IP 体系结构。

4.2 OSI 体系结构

4.2.1 OSI 体系结构介绍

开放式系统互连模型（又称 OSI 体系结构、OSI 模型）是为了给计算机设备互联提供一个开放的、统一的标准。所谓"开放"，是指各设备厂家只要遵循 OSI 的标准，他们生产的设备就可以互联，共同工作，而不会出现不兼容的情况。OSI 模型如图 4-1 所示，它将网络自下而上划分为七层：物理层、数据链路层、网络层、传输层、会话层、表示层和应用层。最低 3 层（1 ~ 3）是依赖网络的，涉及将两台通信计算机连接在一起所使用的数据通信网的相关协议，实现通信子网功能。高 3 层（5 ~ 7）是面向应用的，涉及允许两个终端用户应用进程交互作用的协议，通常是由本地操作系统提供的一套服务，实现资源子网功能。中间的传输层为面向应用的上 3 层遮蔽了与网络有关的下 3 层的详细操作。

各层的主要功能如下：

1）物理层：是 OSI 模型的最低层或第一层，负责

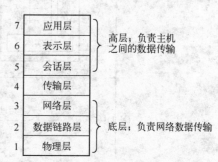

图 4-1 OSI 七层模型

通过物理连接传输比特流，它为数据链路层提供建立、维护和取消物理连接以及在相连的网络系统间传输比特流这两种服务。物理层对传输介质或接口定义了机械特性、电气特性、功能特性、规程特性这四种特性。

2）数据链路层：将数据分成一个个数据帧，以数据帧为单位传输。数据链路层为网络层提供可靠的信息传送机制。将数据组成适合于正确传输的帧格式。帧中包含应答、流量控制和差错控制等信息，以实现应答、差错控制、数据流控制和发送顺序控制，确保接收数据的顺序与原发送顺序相同等功能。

3）网络层：定义了网络地址的结构，并给出网络中各节点对数据包（packet）进行路由寻址的方法。

4）传输层：数据在传输层被分割重组为数据段（segment），传输层负责准确可靠地将数据从网络一端传到另一端。在传输层提供两种服务：面向连接服务（connection-oriented）和无连接服务（connection-less）。前者在进行一次通信前必须先建立专用的链路；在通信过程中维持这条链路；而在通信结束后拆除链路。后者则无需为通信去建立（维持及拆除）链路。

5）会话层：会话类似于人们之间的一次谈话，谈话者遵从相应的谈话约定。计算机网络通信时，进程间的对话也称为会话，会话层管理不同主机上各进程间的对话。

6）表示层：提供数据信息的语法表示的变换，如数据存储的格式，数据压缩或加密的方法等。

7）应用层：它是计算机网络与最终用户间的接口，为用户提供具体的网络应用服务。如Web服务、FTP服务等。

4.2.2 层与层之间的关系

OSI体系结构中的每一层都有独立的功能，并且每一层只和其相邻层存在接口，可以进行数据通信。OSI体系结构中的每一层通过接口为其上一层提供服务。例如，（$N+1$）层对等实体间的通信是通过N层提供的服务来完成的，而N层的服务则要使用（$N-1$）层及其更低层提供的功能服务（如图4-2所示）；而两个计算机进程在通信时，对等层之间进行通信的规则称为该层的通信协议，它虽然要依赖于其以下的层为它提供服务，但各层的通信协议并不关心其下层的服务是如何实现的，这样，每一层的数据好像是只在本层进行透明的传输一样（如图4-3所示）。

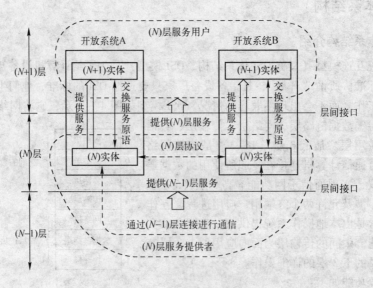

图4-2　下层为上层提供服务

在 OSI 参考模型中，常涉及一些与分层模型相关的概念，它们经常在有关网络的文献中出现，在此做一些说明。

1. 实体（entity）

每层的具体功能是由该层的实体完成的。所谓实体是指在某一层中具有数据收发能力的活动单元。一般就是该层的软件进程或者实现该层协议的硬件设备（如网卡），在不同机器上同一层的实体互称为对等实体（peer entity）。

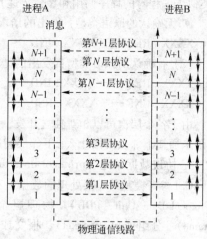

图 4-3　层与层之间的通信协议

2. 服务（service）

服务就是网络中各层向其相邻上层提供的一组功能集合，是相邻层的界面。由于网络分层结构中的单向依赖关系，使得网络中相邻层之间的界面也是单向性的：下层是服务提供者，上层是接受服务的用户。上层实体是通过下层的服务访问点（Service Access Point，SAP）来使用下层所提供的服务，每个 SAP 都有一个唯一地址或标识，并且每个层间接口可以有多个 SAP。

3. 服务原语（service primitive）

服务在形式上是用服务原语来描述的，这些原语供用户实体访问该服务或者向用户实体报告某个事件的发生。服务原语可以分为四类：

- 请求（request）——用户实体请求服务做某种工作。
- 指示（indication）——用户实体被告知某件事发生。
- 响应（response）——用户实体表示对某件事的响应。
- 确认（confirm）——用户实体收到关于它的请求的答复。

在通信过程中，可能会用到一些或全部原语。图 4-4 表示的是系统 A 中 $N+1$ 层用户和系统 B 中 $N+1$ 层用户之间建立通信连接时，四种类型原语的应用。

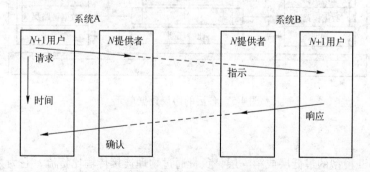

图 4-4　连接建立时的系统原语

首先，系统 A 中第 $N+1$ 层用户发出请求原语，调用本系统的第 N 层服务提供者的一些程序，于是 N 层服务提供者向对方发送一个或一组第 N 层的协议数据单元（N-PDU）。当系统 B 的 N 层服务提供者收到 N-PDU 之后，向本系统的 $N+1$ 层用户发出指示原语，说明本系统的 $N+1$ 层用户需要调用一些程序，或者 N 层服务提供者已经在同级服务访问点调用了一个程序。响应原语是由系统 B 的 $N+1$ 层用户发出的，这个响应原语是对 N 层协议的一个指令，以完成原来由指示原语调用的程序。N 层协议产生一个 PDU，传送至系统 A 的 N 层。系统 A 的 N 层服务提供者发出确认原语，表示在服务访问点已经完成了由请求原语调用的程序。

在 OSI 环境中，服务原语是层服务被引用的工具。服务原语由原语名和原语参数两部分组成（类似于编程时的程序调用和参数传递）。服务原语主要分为两大类：

- 无确认的原语类型：发出的请求原语无需对方予以确认。

XXXX . REQ ⟶ XXXX . IND

（2）有确认的原语类型：发出的请求原语要求得到确认。

XXXX . REQ ⟶ XXXX . IND

XXXX . CNF ⟵ XXXX . RSP

由于各个层次可以相对独立开发，因此服务原语也确定了层次之间的接口。上邻层利用服务原语来通知下邻层要做什么；下邻层利用服务原语来通知上邻层已做了什么。

4. 协议数据单元（protocol data unit）

OSI 参考模型每一层处理的数据是不一样的。每一层协议处理数据的单位叫做协议数据单元（Protocol Data Unit，PDU）。物理层至传输层的协议数据单元分别又称为比特（bit）、帧（frame）、分组或包（packet）、报文或段（segment）。其他更高层的协议数据单元可称为数据（data）。网络中，一台主机的数据传送到另一台主机的过程，在发送端，是经过从高层到低层逐层封装的，每一层都是在上一层的协议数据单元的基础上，加上本层的控制信息，形成本层的协议数据单元，直至成为比特序列在物理介质上传送。而在接收端，则是与之相反的解封装的过程，去掉本层的控制信息后再交给上一层处理。各层间的协议数据单元关系如图4-5 所示。

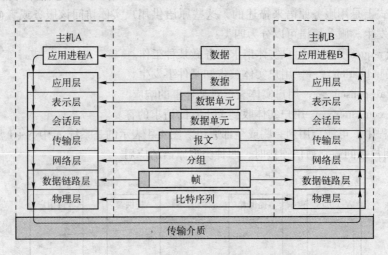

图 4-5   各层的协议数据单元

4.2.3   物理层

物理层是 OSI 模型的最低层或第一层，负责通过物理连接传输比特流，它为数据链路层提供建立、维护和取消物理连接以及在相连的网络系统间传输比特流这两种服务。

物理层定义了网络的物理结构（拓扑）和传输介质的电气、机械规格等有关物理特性。除了不同的传输介质自身的物理特性外，物理层还对通信设备和传输媒体之间使用的接口作了详细的规定。物理层的四个特性如下：

1. 机械特性

机械特性规定了物理连接所需接插件的规格尺寸、针脚数量和排列情况等。如 EIA-232 标准规定的 D 型 25 针接口、ITU-T X. 21 标准规定的 15 针接口等。图 4-6 分别列出了 EIA-232、EIA-449 和 EIA-530 等接口的形状。

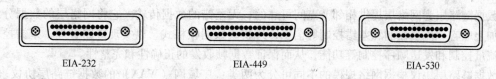

图 4-6 常见接口的机械特性

2. 电气特性

电气特性规定了数据交换信号及有关电路的特性。一般包括最大数据传输速率的说明，信号状态（逻辑电平，通/断，传号/空号）的电压和电流的识别，以及电路特性的说明和与互连电缆相关的规定，比如：双绞线长度不能大于 100 m，RS-232 接口传输距离不大于 15 m，最大速率为 19.2 kbit/s 等。在表 4-1 中列出了 EIA-232 接口的信号电平规定。

表 4-1　EIA-232 接口的信号电平定义

EIA-232 信号电平（采用"负逻辑"）		
状态	0 （High）	1 （Low）
驱动器逻辑电平	+3 ~ +15 V	−3 ~ −15 V
名称	Space	Mark

3. 功能特性

功能特性定义了各个信号线的确切含义，即各个信号线的功能。比如，EIA-232 接口的每针的用处。EIA-232 接口的功能特性见表 4-2。

表 4-2　EIA-232 接口的功能特性

引 脚 编 号	信号线名称	功 能 说 明	信 号 线 类 型	连 接 方 向
1	AA	保护地线 （GND）	地线	
2	BA	发送数据 （TD）	数据线	→DCE
3	BB	接收数据 （RD）	数据线	→DTE
4	CA	请求发送 （RTS）	控制线	→DCE
5	CB	清除发送 （CTS）	控制线	→DTE
6	CC	数据设备就绪 （DSR）	控制线	→DTE
7	AB	信号地线 （sig. GND）	地线	
8	CF	载波检测 （CD）	控制线	→DTE
20	CD	数据终端就绪 （DTR）	控制线	→DCE
22	CE	振铃指示 （RI）	控制线	→DTE

4. 规程特性

规程特性定义利用信号线进行比特流传输的一组操作规程，是指在物理连接的建立、维护和交换信息时数据通信设备之间交换数据的顺序。如，EIA-232 的工作过程是在各条控制信号线有序的"on"和"off"状态的配合下进行的，分为建立连接、传送数据、拆除连接等步骤。

4.2.4　数据链路层

数据链路层在物理层和网络层之间，它利用物理层提供的通道，在相邻节点之间建立数据链路。

数据链路层为网络层提供相邻节点间可靠的、无差错的数据传输。它将网络层的数据分组，再添加上应答、流量控制和差错控制等信息，封装成数据帧格式，以实现链路管理、差错控制、数据流量控制和发送顺序控制等功能，从而保证数据帧收发的正确性和完整性。

数据链路层协议根据网络规模的不同可分为两类：广域网（WAN）的数据链路层协议（如HDLC、PPP、SLIP 等）和局域网（LAN）的数据链路层协议（如 MAC 子层协议和 LLC 子层协议）。根据帧同步方式的不同，数据链路层协议还可分为面向字符和面向比特两类。前者多用于低速率、小数据量的传输环境；后者可用于大数据量、高速的传输环境。这里主要分析后一种情况。

总体来看，数据链路层完成的功能有以下几点：

1. 数据帧的封装

为了向网络层提供服务，数据链路层必须使用物理层提供的服务。而物理层并不保证比特流在传输过程中的质量，接收到的比特数量可能会和发送的比特数量不一致，而且有些比特在传送过程中可能发生了变化（错误码）；有时收发双方速率不一致，致使某些节点发生数据拥塞。为了解决这些情况，就在数据链路层采用了一种"帧"的数据单元进行传输。数据帧将网络层的数据再加上相应的控制信息，来保证相邻节点间数据传送的质量。

常见的数据帧格式如图 4-7 所示。其中各字段说明如下。

标志字段 F：用于标注帧的起始或结束，即用于数据帧的定界。

地址字段 A：用于标注主机的地址。该字段可以标注出一个或一组节点的地址。

控制字段 C：用于构成各种命令和响应，以便对链路进行监视和控制。

信息字段 I：各节点间传送的信息所在的区域，一般是网络层的数据被封装在这个部分。

校验和 FCS：用于对整个帧的完整性和正确性做出检验的字段。

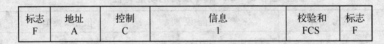

标志 F	地址 A	控制 C	信息 I	校验和 FCS	标志 F

图 4-7　数据帧格式

2. 数据差错控制

在通信过程中，由于信道的不稳定或受到外界干扰，接收节点接收到的数据有可能会出现错误，在两个节点之间传送数据时，物理层是不负责这些数据的正确性和完整性的。因此，数据链路层在数据帧中加入了"校验和（FCS）"字段，用于检验数据的正确性和完整性。

校验和字段是根据数据帧中其他的字段经过差错控制编码而生成（请参见 2.6 节），例如奇偶校验和循环冗余检验（CRC），目前，最常用的方式是循环冗余校验方式。

3. 数据流量控制

由于收发节点各自使用的设备工作速率和缓冲存储空间的差异，可能出现发送方发送能力大于接收方接收能力的现象，若此时不对发送方的发送速率（也即链路上的信息流量）做适当的限制，前面来不及接收的帧将被后面不断发送来的帧"淹没"，从而造成帧的丢失而出错。流量控制实际上是对收发双方数据流量的控制，使得双方的速率适配，这需要有一些规则使得发送方知道在什么情况下可以接着发送下一帧，而在什么情况下必须暂停发送，以等待收到某种反馈信息后再继续发送。在流量控制中，有三种常用的协议，而三种协议都要用到滑动窗口。

所谓"滑动窗口"是指：在发送方或接收方一次可以处理的数据帧的范围。在发送方的滑动窗口称为"发送窗口（W_T）"，而接收方的则称为"接收窗口（W_R）"。发送方（或接收方）

每次只能发送（或接收）落在发送窗口（或接收窗口）里的数据帧。如图 4-8a 所示，由于接收窗口大小为 3，所以，即使发送方每次能发送 4 个帧，接收方都只会接收落在接收窗口内的数据帧，正确接收后，接收方会请求发送方从下一个帧（如图 4-8b 所示）开始发送。所以此时，发送窗口的位置向后发生了"滑动"。同样的道理，接收窗口也会随着正确接收到的数据帧而向后"滑动"。

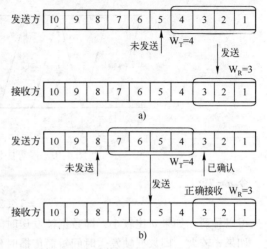

图 4-8　滑动窗口工作原理

需要注意的是，在本例中，虽然发送方的第 4 帧曾正确发送给了接收方，但由于接收方的接收窗口的限制而被丢弃，因此，接下来，接收方请求发送方仍然从第 4 帧开始发送下一批数据。

基于滑动窗口的原理，数据链路层的流量控制功能可以有三种实现方式：停等协议、连续 ARQ 协议和选择性重传 ARQ 协议。下面详细地介绍一下这三种方式。

（1）停等协议

发送方每发送一个数据帧之前，都需要等待来自接收方的应答（ACK），当确认接收方正确接收了上一帧之后，发送方才发送当前帧；否则，发送方将重发上一帧。停等协议的工作原理如图 4-9 所示。具体如下：

1）发送方向接收方发送第 i 帧数据（frame i）。

2）接收方正确接收到此帧后，用确认帧（ACK i）对其做出响应。

3）发送方发送后续数据帧，其中第 $i+2$ 帧数据（frame $i+2$）丢失。

4）发送方在规定的时间内，未接收到来自接收方的对第 $i+2$ 帧的确认信息（ACK $i+2$），在等待超时的情况下，发送方会重新发送刚才的第 $i+2$ 帧数据。

5）如果某一帧被接收方正确接收，但其确认信息丢失，那么在发送方等待超时的情况下，该数据帧也会被重发（如 frame $i+3$）。

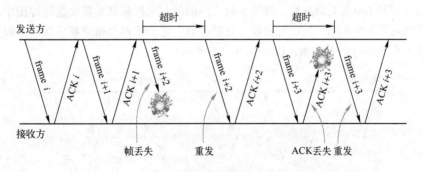

图 4-9　停等协议

可以看到停等协议是收发双方的滑动窗口大小都等于 1 的一种特殊情况。

停等协议实现比较简单，但通信效率很低。以图 4-10 中的半双工的通信环境为例，即使不考虑数据帧在传输过程中可能出现的丢弃或错误情况，即每次发送的数据帧都能被接收方正确接收，此时信道的利用率为：

$$\eta = T_b / (2T_d + T_b)$$

其中 T_d 为传播时延，T_b 为发送一帧所用的时间。

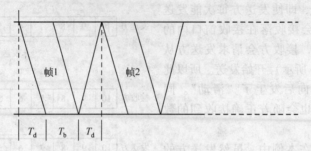

图 4-10　停等协议的信道利用率

令 $a = T_d / T_b$，则

$$\eta = 1/(2a + 1)$$

可以看到，如果 a 比较小，即数据帧发送时间长而传播时延短，则信道的利用率会提高；反之，如果 a 较大，即数据帧发送时间短而传播时延长（如卫星链路），则信道利用率会降低，如果再考虑到在数据帧中所包含的一些控制信息，如地址、校验和等，实际应用中的停等协议的信道利用率会更低。

（2）连续 ARQ 协议

停等协议虽然简单，但通信效率太低，为了解决这个问题，人们提出了连续 ARQ 协议。发送方发完一帧后，不必停下来等待对方的应答，可以连续发送若干帧；如果在发送过程中收到接收方的肯定应答，可以继续发送；若收到对其中某一帧的否认帧，则从该帧开始的后续帧全部重发。连续 ARQ 协议的工作原理如图 4-11 所示。具体如下：

1）发送方连续发送数据帧，接收方在正确接收到前 3 帧后，它向发送方发送确认信息（ACK 4），表示前 3 帧均已正确接收，下面请从第 4 帧开始发送。发送方继续发送数据。

2）接下来，接收方也正确接收到了第 4 帧和第 5 帧，并以 ACK 6 作为确认。此时，发送方又发送了第 6、7、8 帧。

3）然而，接收方发现第 6 帧出错，因此，它向发送方发送出错信息（NACK 6），表示未能正确接收第 6 帧，希望对方重新发送。

4）发送方收到 NACK 6 信息后，将第 6 帧之后的所有数据帧都重新发送（即图中的第 6、7、8 帧），即使此前第 7 帧和第 8 帧已被接收方正确接收，它们依然会被重新发送给接收方。

5）接收方正确接收到上述帧，以 ACK 9 作为确认。

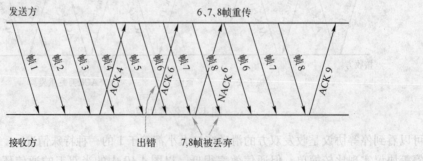

图 4-11　连续 ARQ 协议

连续 ARQ 协议对停等协议作了改进，使得通信系统的信道利用率得以提高。但另一方面，如果在已发送的数据帧中，有一个前面的数据帧出错，则其之后的所有帧（无论对错）都要重传，这又降低了信道利用率。在信道的传输质量不佳，误码率较高时，连续 ARQ 协议的工作效率甚至可能会低于停等协议。

连续 ARQ 协议采用全部重传的工作方式的一个好处是：保证了数据帧到达接收方的顺序，接收方无需再重新排序。

（3）选择性重传 ARQ 协议

连续 ARQ 协议虽比停等协议有所改进，但其全部重传机制仍然会降低通信效率。而在选择性重传 ARQ 协议中，接收方只重发出错的帧。其工作方式如图 4-12 所示，当发送方得知接收方未正确接收第 6 帧时，它仅重新发送第 6 帧，而其之后的第 7、8 帧将不再被重新发送。但选择性重传 ARQ 协议中，接收方必须开一个缓存空间，先缓存收到的各数据帧，对其正确排序后，才能处理。

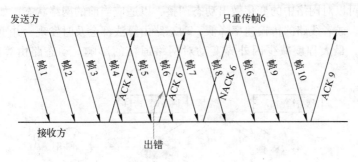

图 4-12　选择性重传 ARQ 协议

4. 介质访问控制

在共享介质的网络环境下，各节点同时发送数据会产生冲突，为此，必须提出一套共享介质的访问规则，以保证各节点间能合理地使用信道资源。关于数据链路层的这个功能，将在第 6 章中详细介绍。

4.2.5　网络层

网络层的主要任务是允许主机分组发送到网络上，并且让这些分组独立地到达目的端，网络层会通过路由算法，为数据分组选择一条合适的路径。尤其在广域网中，要产生从源端点到目的端点的路由，并要求这条路由具有尽量少的网络耗费。如果在某个子网处同时出现过多的数据分组，子网会形成拥塞，必须加以避免，此类控制也属于网络层的功能。

当数据分组不得不跨越两个或多个网络时，又会遇到新问题。例如，相连的网络的拓扑结构不同、使用的网络协议不同、处在不同的 IP 网段等，因此网络层还有将不同网段互联，为其提供协议转换等功能。

网络层要实现的功能主要有：路由选择、拥塞控制与网络互联等。

1. 路由算法

路由选择功能是由路由算法决定的，路由算法是网络层软件的一部分，它负责确定一个进来的数据分组应被传送到哪一条输出线上。路由算法可分为静态的和动态的，静态路由算法不会根据当前测量或者估计的流量和拓扑结构来调整它们的路由决策，一旦写成，就不会自动改变，如图 4-13 所示；

动态路由算法中，路由策略并不是由管理员手动设定的，而是由各路由设备自行计算产生的。各路由设备会相互广播路由信息，从而掌握整个网络的通信状态，根据这个状态来决定路由的策略。

因此，动态路由算法会根据网络拓扑结构的变化、网络流量的变化等情况主动改变它们的

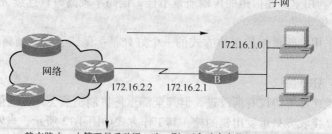

静态路由，由管理员手动添、改、删,不会动态变化

图 4-13   静态路由示例

路由决策，这样可以对网络中的变化做出动态调整，以适应当前的网络状态。如果当前网络中某条线路出现断裂，或者线路的传输速率降低，动态路由算法都会及时发现，并重新计算，选择出最合适的新路由，最大程度减少因外界变动对网络通信的影响。动态路由算法示例如图 4-14 所示。

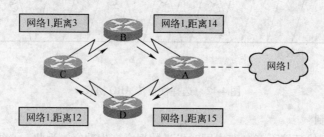

图 4-14   动态路由算法示例

动态路由算法根据算法的方式还可分为距离矢量、链路状态两种主要类型，这些都将在第 5 章中详细介绍。

2. 拥塞控制算法

拥塞是指当一个网络或者网络的一部分出现太多分组，网络设备无法处理，致使网络性能下降的现象。拥塞控制也是网络层的一个重要功能。

网络的吞吐量与通信子网负荷（即通信子网中正在传输的分组数）有着密切的关系。当通信子网负荷比较小时，网络的吞吐量（分组数/秒）随着网络负荷（每个节点中分组的平均数）的增加而线性增加。当网络负荷增加到某一值后，若网络吞吐量反而下降，则表明网络中出现了拥塞现象。

在一个出现拥塞现象的网络中，到达某个节点的分组将会遇到无缓冲区可用的情况，从而使这些分组不得不由前一节点重传，或者需要由源节点重传。当拥塞比较严重时，通信子网中相当多的传输能力和节点缓冲区都用于这种无谓的重传，从而使通信子网的有效吞吐量下降。由此引起恶性循环，使通信子网的局部甚至全部处于死锁状态，最终导致网络有效吞吐量接近为零。

可能造成拥塞的原因有：

1）多条流入线路有分组到达，并需要同一输出线路，此时，如果路由设备没有足够的内存来存放这些分组，则有的分组就会丢失。

2）路由设备的处理器速度慢缘故，以至于难以完成必要的处理工作，如缓冲区排队、更新路由表等。

网络层用于拥塞控制的算法有以下几种。

（1）缓冲区预分配法

该算法用于虚电路分组交换网中。在建立虚电路时，让呼叫请求分组途经的节点为虚电路预先分配一个或多个数据缓冲区。若某个节点缓冲区已被占满，则呼叫请求分组另择路由，或者返回一个"忙"信号给呼叫者。这样，通过该路由的各节点为每条虚电路开设的永久性缓冲区（直到虚电路拆除），就总能有空间来接纳并转送经过的分组。

此时的分组交换跟电路交换很相似。当节点收到一个分组并将它转发出去之后，该节点向发送节点返回一个确认信息。该确认一方面表示接收节点已正确收到分组，另一方面告诉发送节点，该节点已空出缓冲区以备接收下一个分组。上面是停等协议下的情况，若节点之间的协议允许多个未处理的分组存在，则为了完全消除拥塞的可能性，每个节点要为每条虚电路保留等价于窗口大小数量的缓冲区。这种方法不管有没有通信量，都有可观的资源（线路容量或存储空间）被某个连接占有，因此网络的信道利用率不高。这种控制方法主要用于带宽要求高和低延迟的场合，例如传送数字化语音信息的虚电路。

（2）分组丢弃法

该算法不必预先保留缓冲区，当缓冲区占满时，将到来的分组丢弃。若通信子网提供的是数据报服务，则用分组丢弃法来防止拥塞不会造成大的影响。但若通信子网提供的是虚电路服务，则必须在某处保存被丢弃分组的备份，以便拥塞解决后能重新传送。

有两种解决被丢弃分组重发的方法：一种是让发送被丢弃分组的节点超时，并重新发送分组直至分组被收到；另一种是让发送被丢弃分组的节点在尝试一定次数后放弃发送，并迫使数据源节点超时而重新开始发送。

但不加分辨地随意丢弃分组也有不利之处，因为一个包含确认信息的分组可以释放节点的缓冲区，若因节点原空余缓冲区来接收含确认信息的分组，这便使节点缓冲区失去了一次释放的机会。解决这个问题的方法是：为每条输入链路永久地保留一块缓冲区，以用于接纳并检测所有进入的分组，对于捎带确认信息的分组，在利用了所捎带的确认释放缓冲区后，再将该分组丢弃或将该捎带好消息的分组保存在刚空出的缓冲区中。

（3）定额控制法

这种方法是在通信子网中设置适当数量的"许可证"信息，一部分许可证在通信子网开始工作前预先以某种策略分配给各个源节点，另一部分则在子网开始工作后在网中四处环游。当源节点要发送数据分组时，它必须首先拥有许可证，并且每发送一个分组的同时注销一张许可证。目的节点每收到一个分组并将其递交给目的端系统后，便生成一张许可证。这样便可确保子网中分组数不会超过许可证的数量，从而防止了拥塞的发生。

3. 网络互联

网络互联是指按需求将不同网段的主机通过网络层设备相连，使各主机间可以通信。网络互联不仅牵涉到网络协议，还涉及网络设备的使用、网络规划等知识。有关网络互联的知识将在第 8 章中作详细介绍。

4.2.6　传输层

传输层协议为运行在不同主机上的应用进程提供了逻辑通信功能，使得从应用程序的角度来看运行不同进程的主机好像是直接相连的。应用进程使用传输层提供的逻辑通信功能相互发送消息，而无需考虑承载这些消息的物理网络的细节。

在网络体系结构中设置传输层有以下两个原因。

第一，端系统上通常运行多个进程，为允许多个进程共享网络，需要有一个层次来处理多个应用进程的并发功能，即如何区分这些发生在同一台主机上的不同应用服务。具体来说，就是传输层要解决应用进程之间通信的问题，而且应用层可以同时存在多个进程。那么，如何区别这些在同一个网络地址之上的不同进程呢？

在传输层，使用了"端口（port）"的概念来关联不同的应用服务。用不同的端口号来标识应用层中不同的进程。端口可以理解为是传输层与上层接口处的服务访问点（SAP）。网络层只是根据网络地址将源节点发出的数据包传送到目的节点，而传输层则负责将数据可靠地传送到相应的端口（如图 4-15 所示）。端口是一种抽象的软件结构，包括一些数据结构和输入、输出缓冲队列。应用程序与端口绑定后，操作系统就创建输入和输出缓冲队列，容纳传输层和应用进程之间所交换的数据。

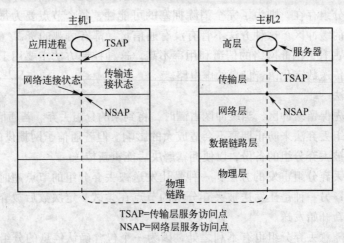

图 4-15　传输层的端口

第二，网络层提供的服务有时不能满足应用程序的需要，需要有一个层次将网络层中低于要求的服务转变成应用程序需要的高级服务。比如，应用程序要求消息按顺序传输，并且是无差错的，而网络层（如数据报网络）提供的是不可靠无连接服务，这时传输层必须负责对数据报进行差错控制和排序，以使应用进程得到满意的服务。

ISO 定义了 5 类面向连接的传输协议，这 5 类协议从简单到复杂，分别用于 3 种不同类型的网络。ISO 定义的 3 种网络服务如下。

- A 型网络服务：A 型网络提供的服务本质上很完善，其分组丢失率、重复或篡改的概率可以忽略。A 型网络仅需要尽可能简单的传输层协议，如局域网的服务接近 A 型网络。
- B 型网络服务：B 型网络提供的服务具有可接受的残留差错率和不可接受的被告知的故障率，如 X.25。
- C 型网络服务：C 型网络提供的服务相当不可靠，具有不可接受的残留差错率和不可接受的被告知的故障率，如无连接的分组交换网。

基于 3 类网络服务，ISO 定义了 5 类传输协议。

- TP0：简单类，支持 A 型网络，只提供建立与释放连接的机制。
- TP1：基本差错恢复类，支持 B 型网络。
- TP2：多路复用类，支持 A 型网络，是 TP0 的增强型。
- TP3：差错恢复与多路复用类，支持 B 型网络。
- TP4：差错检测与恢复，比较复杂，支持 C 类网络。

传输服务是通过在两个传输实体间执行传输协议来实现的。在某些方面传输服务和数据链路层服务很类似，比如都要进行差错控制、流量控制、排序等。然而由于这两个协议工作的环境不同，它们之间还是有很大的区别。数据链路层处理相邻两个节点间的数据传输，而传输层处理两个端主机（中间可能隔了一个网络）之间的数据传输，这种差异对协议有很大的影响。具体体现在以下几点。

1）寻址：在点 – 点网的数据链路层上，一条线路仅连接两个节点，因此节点不需要显式指出它要和谁通信；但在传输层上，通信的两个实体中间隔了一个网络，一个传输实体必须显式指出它要与之通信的目的传输实体。传输层和数据链路层的面向连接的工作范围不同，前者是端到端的连接，而后者是点到点的连接，如图 4-16 所示。

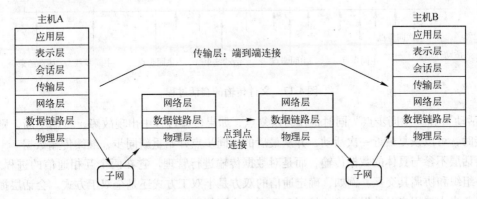

图 4-16　传输层和数据链路层的面向连接

2）建立连接的难易：在数据链路层上建立连接很简单，但在传输层上，由于数据包在穿过通信子网时会丢失、失序或重复，这使得可靠地建立传输连接非常困难。

3）存储管理和流量控制：数据链路层上存储管理很容易，只需要为每条线路固定分配与发送窗口和接收窗口相同大小的缓冲区就可以了；但是在传输层上，由于连接数目很大且动态可变，这种固定的存储分配就行不通了，必须采用动态存储管理方法。

因此，传输层提供了主机应用程序进程之间的端到端的服务，基本功能有：

- 分割与重组数据。
- 按端口号寻址。
- 连接管理。
- 差错控制和流量控制。

传输层要向会话层提供通信服务的可靠性，避免报文的出错、丢失、延迟时间紊乱、重复和乱序等差错。

4.2.7　会话层

在 OSI 环境中，所谓一次会话，就是两个用户进程之间为完成一次完整通信而建立会话连接。应用进程之间为完成某项处理任务而需进行一系列内容相关的信息交换，会话层就是为有序而方便地控制这种信息交换提供控制机制。例如：合作的用户进程该哪一方发送信息，数据流中哪些段在逻辑上是独立的对话单元，发送的信息进行到何处以及会话连接的释放而不要丢失数据等。会话层的目的就是有效地组织和同步进行合作的会话服务用户之间的对话，并对它们之间的数据交换进行管理。

一次会话的过程可以细分为多个"活动"来进行。例如，一次完整的文件传输的过程如图 4-17 所示，首先需要建立"会话连接"，通知通信对方"会话开始"，会话连接建立后，通信双方可进行文件传输；可以把每传输一个文件作为一个"活动"，发送方在开始传输该文件时，通知接收方

"活动开始"；为使接收方接收同步，每发送一段数据后，设置一个"次同步点"，使得接收方可以检查数据接收的正确性；发送一组相对完整的数据后，设置一个"主同步点"，接收方收到主同步点信息后，给予确认，表示在这之前的数据已完全正确接收。一个文件传输结束时，通知接收方，本次"活动结束"，如要继续发送下一文件，则通知接收方"新的活动开始"，继续发送文件。直至本次连接需要传输的文件都传输完毕，通知接收方"会话结束"，拆除会话连接。

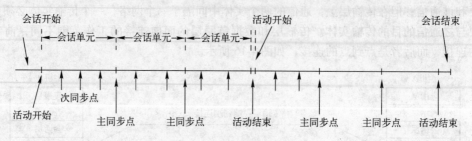

图 4-17   文件传输的会话过程

"活动"和"主同步点"同时也作为恢复点，如果传输过程中出现故障，传输中断，则等再次连接时，可以恢复最近一次活动，并从最后的主同步点开始重新同步，继续传输数据。

会话层不参与具体的数据传输，而是对数据传输进行管理。它在两个互相通信的进程之间，建立、组织和协调其交互。例如，确定通信的双方是半双工方式还是全双工方式。会话层提供丰富的服务来支持用户对数据交换的控制和管理，为了便于会话层服务的实现，OSI 标准中将这些服务进行了分类，组合成以下 12 个功能单元。

1）核心功能单元：支持会话连接的建立和释放，以及常规数据的传输。

2）协商释放功能单元：支持协商式地有序释放会话连接，发起协商式有序释放会话连接的一方必须事先获得对应的令牌。

3）半双工功能单元：支持用户以半双工方式交换数据，此时，申请发送数据的一方必须拥有数据令牌。

4）全双工功能单元：支持用户以全双工方式交换数据。

5）加速数据功能单元：支持用户之间进行优先级较高的数据传输。

6）特权数据功能单元：支持用户之间传输特权数据（控制信息），这些数据传输独立于数据令牌的控制。

7）能力数据功能单元：支持用户在活动外部交换少量的用户数据，这种数据交换要求对方的确认信息。

8）次同步功能单元：支持用户分割会话单元内部的数据流。

9）主同步功能单元：支持用户分割会话单元，要求活动和主同步令牌的支持；对于主同步点请求，对方必须予以应答。

10）重新同步功能单元：支持用户在异常情况下进行恢复动作。

11）异常功能单元：支持将异常情况通知用户，以便于用户进行恢复。

12）活动管理功能单元：支持活动管理服务，利用活动划分逻辑工作段，并加以控制和恢复。

用服务原语描述的在令牌网的数据传输过程中，会话控制过程如下：

用户端1	方向	用户端2	说 明
① S-CON. req	⟶	S-CON. ind;	会话连接（包括选择功能
S-CON. cnf	⟵	S-CON. rsp	单元和分配令牌）

② S-ACT_START. req ⟶ S-ACT_START. ind; 活动开始

③ S-DATA. req ⟶ S-DATA. ind ; 传输一块数据

④ S-SYNC-MINOR. req ⟶ S-SYNC-MINOR. ind; 检验数据完整性（同步）

   S-SYNC-MINOR. cnf ⟵ S-SYNC-MINOR. rsp

⑤ S-DATA. req ⟶ S-DATA. ind ; 传输一块数据

⑥ S-SYNC-MINOR. req ⟶ S-SYNC-MINOR. ind; 检验数据完整性（同步）

   S-SYNC-MINOR. cnf ⟵ S-SYNC-MINOR. rsp

⑦ S-DATA. req ⟶ S-DATA. ind ; 传输一块数据

   …… ……; 继续传输动作等

⑧ S-TOKEN-PLEASE. ind ⟵ S-TOKEN-PLEASE. req; 用户 2 请求数据令牌

   …… ……; 用户 1 继续发送数据，保留令牌

⑨ S-ACT-END. req ⟶ S-ACT-END. ind ; 用户 1 数据传输完毕

   S-ACT-END. cnf ⟵ S-ACT-END. rsp 活动结束

⑩ S-TOKEN-GIVE. req ⟶ S-TOKEN-GIVE. ind; 用户 1 释放数据令牌；

⑪ S-ACT_START. ind ⟵ S-ACT_ START. req; 用户 2 获得令牌（活动开始）

⑫ S-DATA. ind ⟵ S-DATA. req 用户 2 开始传输数据

⑬ S-SYNC-MINOR. ind ⟵ S-SYNC-MINOR. req 用户 2 发同步信息

   S-SYNC-MINOR. rsp ⟶ S-SYNC-MINOR. cnf

⑭   S-DATA. req; 低层故障，用户 1 未收到数据

⑮ S-P-EXECP. ind ⟵ ⟶ S-P-EXECP. ind ; 低层故障报告

⑯ S-CON. ind ⟵ S-CON. req ; 重新连接

   S-CON. rsp ⟶ S-CON. cnf

⑰ S-ACT-RESUME. ind ⟵ S-ACT-RESUME. req; 恢复活动和同步点

⑱ S-DATA. ind ⟵ S-DATA. req ; 用户 2 继续数据传输

4.2.8 表示层

    会话层向用户提供了信息交互的控制和管理的手段，使用户能够控制信息交互的过程。但是计算机联网的最终目的是实现用户之间的数据交换。然而，由于不同的计算机系统可能采用了不同的信息编码（如，PC 机采用的是 ASCII 码，而 IBM 主机采用的是 EBCDIC 码），或者具有不同的信息描述和表示方法（如，对于同样一个整数，有些机器可能采用 2 个字节表示，而有些计算机系统则可能采用 4 个字节表示），如果不加以处理，不同的信息描述（表示）将导致通信的计算机系统之间无法正确地识别信息。

    因此，不同类型计算机之间交换的数据，一般需经过格式转换才能保证其意义不变。表示层要解决的问题是如何描述数据结构并使之与具体的机器无关，其作用是对原站内部的数据结构进行编码，使之形成适合于传输的比特流，到了目的站再进行解码，转换成用户所要求的格式，除数据描述和数据表示方法，数据的压缩和数据加密也是数据的重要表示，也属于表示层的范畴。

    表示层具体功能包括：数据的编码格式（EBCDIC 和 ASCII 码等）、数据的压缩格式与恢复方法和数据的加密、解密等。

    一个表示层工作过程的例子如图 4-18 所示，用户 A（使用计算机系统 1，数据的内部表示为 ASCII 码），希望传送一个文件给用户 B（使用计算机系统 2，数据的内部表示为 EBCDIC 码），双方在建立通信关系后，在传输文件前，首先要进行协商（采用什么数据编码进行传输、传输

过程中数据是否要压缩、采用什么压缩算法等）。选择一种双方都能处理的数据表示方式进行通
信，如双方采用 ASCII 码进行传输，计
算机系统 1 发送 ASCII 码的数据，计算
机系统 2 接收到 ASCII 码数据后进行转
换，转换成 EBCDIC 码。其通信步骤
如下：

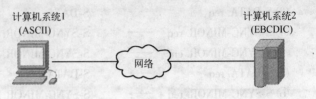

1）建立通信连接。

图 4-18   表示层工作原理

2）传输编码协商。

系统 1 询问系统 2：ASCII OR EBCDIC?

系统 2 应答系统 1：ASCII

3）通信双方按约定的编码 ASCII 码进行数据交互，系统 2 需将接收到的 ASCII 码信息转换成
EBCDIC 码。

4）数据传输结束，拆除连接。

4.2.9   应用层

应用层是网络可向最终用户提供应用服务的唯一接口，其目的是支持用户联网的应用的要
求。由于用户的要求不同，应用层含有支持不同应用的多种应用实体，提供多种应用服务，常见
的应用层服务有：远程登录协议 Telnet、文件传输协议 FTP、超文本传输协议 HTTP、域名服务
DNS、简单邮件传输协议 SMTP、邮局协议 POP3 等。

应用层进程通常采用客户端 – 服务器（Client/Server，C/S）模式工作。在 Web 环境下，客
户端 – 服务器模式又演进为浏览器 – 服务器（Browser/Server，B/S）模式。这两种模式各有
特点：

1. C/S 模式及其特点

C/S 模式即所谓客户端和服务器，它们分别是两个应用进程，可以位于网络的多台不同主机
上，它们分工协作，为用户提供相应的网络应用。在 C/S 模式中，客户端主机上必须安装客户
端软件，才能够与服务器上的服务进程通信。由于客户端主机上运行有客户端软件，所以，C/S
结构的优点是能充分发挥客户端 PC 的处理能力，很多工作可以在客户端处理后再提交给服务
器。对应的优点就是客户端响应速度快。但另一方面，由于有客户端软件的限制，给系统的使
用、维护带来不便。还有，C/S 模式的软件需要针对不同的操作系统系统开发不同版本的客户端
软件，由于产品的更新换代十分快，系统的开发和后续升级成本高。

2. B/S 模式及其特点

随着 Internet 和 Web 技术的流行，以往的 C/S 模式无法满足当前的全球网络开放、互连、信
息随处可见和信息共享的新要求，于是就出现了 B/S 型模式。B/S 模式中，用户可以通过浏览器
去访问 Internet 上的文本、数据、图像、动画、视频点播和声音信息，这些信息都是由许许多多
的 Web 服务器产生的，而每一个 Web 服务器又可以通过各种方式与数据库服务器连接，大量的
数据实际存放在数据库服务器中。客户端除了 Web 浏览器，一般无须再安装客户端程序，只需
从 Web 服务器上下载程序到本地来执行，在下载过程中若遇到与数据库有关的指令，由 Web 服
务器交给数据库服务器来解释执行，并返回给 Web 服务器，Web 服务器又返回给用户。

B/S 模式的一个重要特点就是平台无关性，浏览器与 Web 服务器间的通信可以在多种操作
系统上实现；系统的后续开发、升级主要集中在服务器端，这样方便了用户的使用。但它相对于
C/S 模式的不足之处在于：系统响应速度慢，系统多面向于所有用户使用，安全性往往不如 C/S
模式。

4.3 TCP/IP 体系结构

虽然 OSI 模型是一种很理想化的网络体系结构，但在计算机网络领域实际使用的更多的是 TCP/IP 体系结构。TCP/IP 是 Transmission Control Protocol/Internet Protocol（传输控制协议/国际协议）的缩写。美国国防部高级研究计划局（DARPA）为了实现异种网络之间的互连与互通，曾大力资助互联网技术的开发，并于 1977 年到 1979 年间推出目前形式的 TCP/IP 体系结构和协议。TCP/IP 协议使用范围极广，是目前异种网络通信使用的唯一协议体系，适用于连接多种机型，既可用于局域网，又可用于广域网，许多厂商的计算机操作系统和网络操作系统产品都采用或含有 TCP/IP 协议。TCP/IP 协议已成为目前事实上的国际标准和工业标准。

TCP/IP 体系结构实质上是个协议集，它将其中最重要的两个协议：TCP 协议和 IP 协议作为这个协议集的缩写代表。TCP/IP 体系结构也是分层的，不过它与 OSI 模型所分的层次有所不同。TCP/IP 从底至顶分为网络接口层、网际层、传输层、应用层等 4 个层次。层次结构如图 4-19 所示，OSI 模型的 7 层被整合，从功能上看，近似的与 TCP/IP 体系结构的各层相对应。

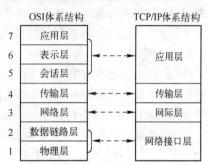

图 4-19 TCP/IP 协议模型及与 OSI 参考模型对照关系

TCP/IP 体系结构各层的主要功能如下。

1）网络接口层：TCP/IP 模型的最底层是网络接口层，它相当于 OSI 参考模型的物理层和数据链路层，它包括那些能使 TCP/IP 与物理网络进行通信的协议。然而，TCP/IP 标准并没有定义具体的网络接口协议，而是旨在提供灵活性，以适应各种网络类型。一般情况下，各物理网络可以使用自己的数据链路层协议和物理层协议，不需要在数据链路层上设置专门的 TCP/IP 协议。

2）网际层：该层负责相同或不同网络中计算机之间的通信，主要处理数据报和路由。在网际层中，最常用的协议是网际协议（IP），此外还包含互联网控制报文协议 ICMP、地址转换协议 ARP 和反向地址转换协议 RARP。

3）传输层：在 TCP/IP 模型中，传输层的主要功能是提供从一个应用程序到另一个应用程序的通信，常称为端对端的通信。现在的操作系统都支持多用户和多任务操作，一台主机可能运行多个应用程序（并发进程），因此所谓端到端的通信实际是指从源进程发送数据到目标进程的通信过程。该层提供传输控制协议（TCP）和用户数据报协议（UDP）两种常用协议，它们都建立在 IP 协议的基础上，其中，TCP 提供可靠的面向连接服务，UDP 提供简单的无连接服务。

4）应用层：TCP/IP 模型的应用层是最高层，实际上，它的功能相当于 OSI 参考模型的会话层、表示层和应用层 3 层的功能。它包含了向用户提供的各种应用服务的应用程序和应用协议。最常用的应用层协议包括：文件传输协议（FTP）、远程登录（Telnet）、域名服务（DNS）、简单邮件传输协议（SMTP）和超文本传输协议（HTTP）等。

4.4 两种体系结构的比较

OSI 参考模型与 TCP/IP 体系结构作为两个为了完成相同任务的协议体系结构，因此二者有比较紧密的关系，下面我们从分层、标准特点、连接服务、应用范围、发展趋势等方面比较了两个模型的异同。

1. 分层结构

OSI 参考模型与 TCP/IP 体系结构都采用了分层结构，都是基于独立的协议栈的概念。OSI 参考模型有 7 层，而 TCP/IP 体系结构只有 4 层，即 TCP/IP 体系结构没有了表示层和会话层，并且把数据链路层和物理层合并为网络接口层。不过，二者的分层之间有一定的对应关系，而且各层的功能大体相似。例如，两个模型的传输层及传输层以上的各层都为希望进行通信的进程提供了一种端到端的、与网络无关的服务。这些层形成了传输提供方。另外，在这两个模型中，传输层之上的各层也都是传输服务的用户，并且是面向应用的用户。

2. 标准的特色

OSI 参考模型的标准最早是由 ISO 和 CCITT（ITU 的前身）制定的，有浓厚的通信背景，因此也打上了深厚的通信系统的特色，比如对服务质量（QoS）、差错率的保证，只考虑了面向连接的服务。并且是先定义一套功能完整的构架，再根据该构架来发展相应的协议与系统。

TCP/IP 体系结构产生于对 Internet 网络的研究与实践中，是应实际需求而产生的，再由 IAB、IETF 等组织标准化，而并不是之前定义一个严谨的框架。而且 TCP/IP 最早是在 UNIX 系统中实现的，考虑了计算机网络的特点，比较适合计算机实现和使用。

3. 连接服务

OSI 的网络层基本与 TCP/IP 的网际层对应，二者的功能基本相似，但是寻址方式有较大的区别。OSI 的地址空间为不固定的可变长，由选定的地址命名方式决定，最长可达 160byte，可以容纳非常大的网络，因而具有较大的成长空间。根据 OSI 的规定，网络上每个系统至多可以有256 个通信地址。TCP/IP 网络的地址空间为固定的 4byte（在目前常用的 IPV4 中是这样，在 IPV6 中将扩展到 16byte）。网络上的每一个系统至少有一个唯一的地址与之对应。

4. 应用范围

作为一个完整、全面的体系结构，OSI 模型在理论研究中有极为重大的贡献，例如，它使服务、接口、协议的区别变的更加明确了。但同时，也由于 OSI 体系的复杂，而且设计先于实现，有许多设计过于理想，不太方便计算机软件实现，完全实现 OSI 参考模型的系统并不多，应用的范围有限。

而 TCP/IP 体系结构最早在计算机系统中实现，在 UNIX、Windows 平台中都有稳定的实现，并且提供了简单方便的编程接口（API），可以在其上开发出丰富的应用程序，因此得到了广泛的应用。TCP/IP 体系结构已成为目前网际互联事实上的国际标准和工业标准。不过，缺点也是明显的，首先，TCP/IP 没有区分服务、接口和协议的概念；它没有区分物理层和数据链路层这两个任务完全不同的层次。就一个网络体系结构来讲，它是不完备的。第二，TCP/IP 模型并不通用，它不适合用来描述 TCP/IP 之外的任何其他协议栈，例如用它来描述 Bluetooth（蓝牙）就完全不可能。

5. 发展趋势

从以上的比较可以看出，OSI 参考模型和 TCP/IP 体系结构大致相似，也各具特色。虽然 TCP/IP 在目前的应用中占了统治地位，在下一代网络（NGN）中也有强大的发展潜力，甚至有人提出了 "Everything is IP" 的预言。但是 OSI 作为一个完整、严谨的体系结构，也有它的生存空间，它的设计思想在许多系统中得以借鉴。

TCP/IP 目前面临的主要问题有地址空间问题、QoS 问题、安全问题等。地址问题有望随着 IPV6 的引入而得到解决，QoS、安全保证也正在研究，并取得了不少的成果。因此，TCP/IP 在一段时期内还将保持它强大的生命力。OSI 的缺点在于太理想化，不易适应变化与实现。

4.5　其他网络体系结构

在网络的发展过程中，还出现过一些其他的网络体系结构，虽然，在现代网络中已不再广泛使用，但它们的出现与发展都对网络技术的发展曾产生过重要意义。下面就介绍一些曾经流行的网络体系结构。

1. IBM SNA 体系结构

1974 年，IBM 公司为了实现本公司产品的互操作，制定了系统网络体系结构（System Network Architecture，SNA），SNA 是国际上最早提出的网络体系结构，IBM 的一些主机中均使用该体系结构。图 4-20 表示了 IBM SNA 与 ISO OSI 参考模型之间的对应关系。

OSI		SNA体系结构		
应用层	事务服务层	DIA, SNADS, DDM, 用户应用		
表示层	网络可寻址部件(NAIL)服务层	APPC, CICS, IMS, TSO, DB2		
会话层	数据流控制层 传输控制层	APPN, VTAM		
传输层				
网络层	路径控制层	NCP		
数据链路层	数据链路控制层 物理控制层	令牌环	SDLC	X.25
物理层			V.24	RS-232

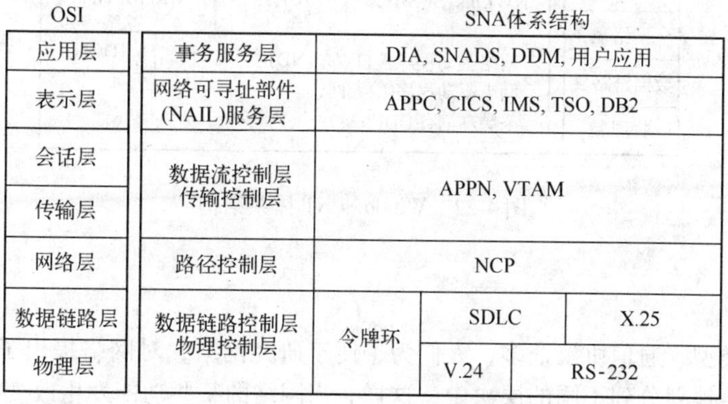

图 4-20　IBM SNA 体系结构

2. Netware 体系结构

Netware 是 Novell 公司推出的局域网（Novell）操作系统，其产品曾经创下占据 60% 局域网市场份额的记录。Netware 主要面向 PC 机市场，以客户端/服务器（C/S）模式工作。作为一个独立的网络，Novell Netware 具有自己的网络体系结构。图 4-21 示意了 Netware 体系结构与 ISO OSI 参考模型之间的对应关系。

OSI		Netware 体系结构			
应用层	应用层	Netware实用程序			
表示层		SHELL	NFS	SAP	……
会话层	会话层	NETBIOS			
传输层	运输	NETWARE	STREAM		
网络层	协议层	SPX/IPX	NCP/IPX		TCP/IP
数据链路层	链路支持层	开放式数据链路接口(ODI) 网卡驱动程序(以太网, 令牌环网, ARCnet,FDDI …)			
物理层					

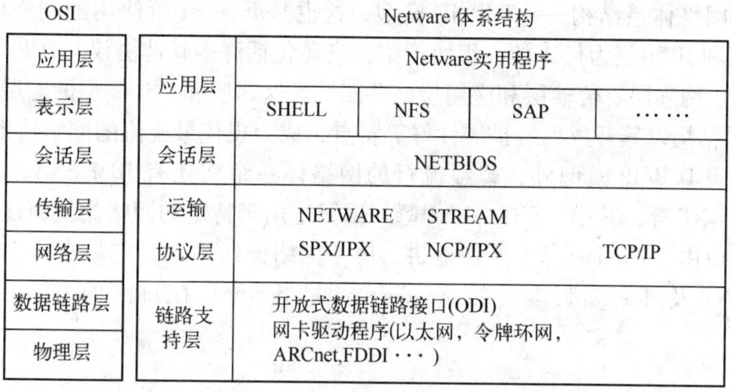

图 4-21　Netware 体系结构

3. Windows NT 体系结构

Windows NT 是微软（Microsoft）公司开发的网络操作系统，它完全采用 Windows（视窗）界面，增加了"即插即用"的功能，系统能够自动检测硬件配置，具有用户使用方便和直观的特点，被认为是新一代的网络操作系统。

Windows NT 网络可以支持各种网络适配卡，不同的适配卡采用不同的网卡驱动程序。Windows NT 采用网络驱动程序接口规范（NDIS）来屏蔽不同的网卡，并支持不同的高层协议（如 TCP/IP、SPX/IPX, NetBEUI、DCL 等）。图 4-22 示意了 Windows NT 的体系结构与 ISO OSI 参考模型之间的对应关系。

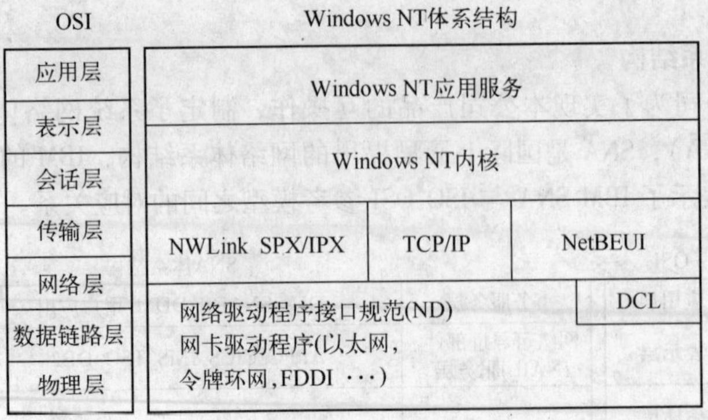

图 4-22   Windows NT 体系结构

小结

由于网络的类型、通信协议众多，人们为了便于研究网络，对网络提出了分层的体系结构。网络的不同功能会被划分到不同的层次中，这样，当网络的某些功能发生改变时，只需要改变其对应层次中内容，以便于网络功能的改动、扩展。

1984 年，国际标准化组织提出了开放式系统互连模型（OSI 模型），它为设备生产商提供了一套完整的标准。OSI 模型将网络分为七层，分别是物理层、数据链路层、网络层、传输层、会话层、表示层和应用层。每一层都完成相应的网络处理工作，层与层之间协同工作。下一层为上一层提供服务，并对其屏蔽更低层的内容，使得上一层感觉下一层的服务是"透明"的。对等层间的通信被称为"协议"。

OSI 七层模型虽然完善，但对网络功能的划分比较繁琐，实际上工业界并未采纳。在工业界流行的是另一个网络体系结构——TCP/IP 模型，这也是 Internet 所使用的网络标准。TCP/IP 模型是以 TCP 协议和 IP 协议为代表的一组协议集，它还包括许多其他协议。TCP/IP 模型将网络划分成网络接口层、网际层、传输层和应用层，共四层。这四层和 OSI 模型的七层有近似的对应关系。TCP/IP 体系结构以其开放性、扩展性好等特点，成为现代最主流的网络体系结构。

除 OSI 模型和 TCP/IP 模型外，曾经流行的网络体系结构还有 IBM SNA、Novell Netware 和 Microsoft Windows NT 等，其中，SNA 和 Netware 因只适用于特定的网络类型而逐渐淘汰，在一些特定领域或还有应用。Windows NT 严格地讲，属于网络操作系统，它是支持 TCP/IP 协议集的，所以，Windows NT 及其后续版本（如 Windows 2003 Server）在目前的 Internet 中仍有广泛的使用。

习题

1. 什么是网络体系结构？为什么采用分层的方法来描述网络体系结构？
2. OSI 网络体系结构分为哪几层？各层的功能是什么？
3. OSI 体系结构中，相邻层的关系是什么？对等层的关系如何？每一层的协议数据单元的名称是什么？
4. 物理层有哪几方面的特性？各自的功能是什么？
5. 数据链路层的作用是什么？有哪些具体的功能？
6. 请写出数据链路层的一般数据帧格式，并解释其中的各个字段。
7. 请说明利用滑动窗口机制进行流量控制的原理。
8. 请说明停等协议、连续 ARQ 协议、选择性重传 ARQ 协议的工作过程和各自的优缺点。

9. 一个数据率为 50 kbit/s 的卫星信道，采用停等协议，帧长度为 1000 bit，卫星的上行和下行链路的延迟都是 125 ms，不考虑误码率和帧处理时间，求该卫星信道的利用率。

10. 常见的应用层服务有哪些？

11. 什么是 C/S 模式，什么是 B/S 模式？两者各自的特点是什么？

12. TCP/IP 体系结构将网络划分为哪几层？

13. 试比较 OSI、TCP/IP 这两种体系结构，说明它们各自的特点。

14. 请叙述 SNA、Netware 体系结构的特点，它们和 OSI 模型的分层对应关系。

第 5 章

Internet 的协议及应用

Internet 是目前世界上规模最大、用户最多、影响最广的国际互联网络。当你使用浏览器访问 Web 站点时，当你使用网络视频软件在线观看电视或电影时，当你给远在千里之外的朋友发送电子邮件时，当你使用 Skype 拨打 IP 电话时，当你使用 FTP 工具下载共享资源时……你是否意识到你正享受着 Internet 为你带来的种种便捷服务？

Internet 现在已遍及世界各地，已经有数以亿计的人在使用 Internet。Internet 可以提供多种类型的网络服务，本章将详细介绍 Internet 所使用的主要协议和应用服务。

5.1 Internet 简介

5.1.1 Internet 的发展历史

Internet 最早来源于美国国防部高级研究计划局（Defense Advanced Research Projects Agency, DARPA）的前身 ARPA 建立的 ARPAnet，该网于 1969 年投入使用。从 20 世纪 60 年代开始，ARPA 就开始向美国国内大学的计算机系和一些公司提供经费，以促进基于分组交换技术的计算机网络的研究。1968 年，ARPA 为 ARPAnet 网络项目立项，该项目基于这样一种主导思想：网络必须能够经受住故障的考验而维持正常工作，一旦发生战争，当网络的某一部分因遭受攻击而失去工作能力时，其他部分应当能够维持正常通信。最初，ARPAnet 主要用于军事研究目的，它有五大特点：

1）支持资源共享。

2）采用分布式控制技术。

3）采用分组交换技术。

4）使用通信控制处理机。

5）采用分层的网络通信协议。

1969 年 11 月，完成第一阶段的工作，组成了四个节点的试验性网络，称为 ARPAnet，这四个节点分布在加州大学洛杉矶分校、加州大学圣芭芭拉分校、斯坦福大学、犹他大学的四台大型计算机上。选择这四个节点的一个因素是考虑到不同类型主机联网的兼容性（如图 5-1 所示）。ARPAnet 采用称为接口报文处理器（IMP）的小型机作为网络的节点机，为了保证网络的可靠性，每个 IMP 至少和其他两个 IMP 通过专线连接，主机则通过 IMP 接入 ARPAnet。IMP 之间的信息传输采用分组交换技术，并向用户提供电子邮件、文件传送和远程登录等服务。ARPAnet 被公认为世界上第一个采用分组交换技术组建的网络。

1972 年，ARPAnet 在首届计算机后台通信国际会议上首次与公众见面，并验证了分组交换技术的可行性，由此，ARPAnet 成为现代计算机网络诞生的标志。

A: 斯坦福大学
B: 犹他大学
C: 加州大学洛杉矶分校
D: 加州大学圣芭芭拉分校

图 5-1 分布在四所大学的 ARPAnet

1973 年,DARPA 正式启动并实施了一个研究项目,称为"The Interneting Project"。该项目着眼于互联各种基于分组交换技术的计算机网络,并设计出一类通信协议以便于在网络计算机中透明地交互。由该项目构建的网络可视为现在 Internet 的前身,其所研发的通信协议最终发展成为著名的 TCP/IP 体系结构。

1980 年,DARPA 投资把 TCP/IP 加进 UNIX(BSD4.1 版本)的内核中,在 BSD4.2 版本以后,TCP/IP 协议即成为 UNIX 操作系统的标准通信模块,这其中美国国防部的作用功不可没。

1982 年,Internet 由 ARPAnet 和 MILNET 等几个计算机网络合并而成,作为 Internet 的早期骨干网,ARPAnet 试验并奠定了 Internet 存在和发展的基础,较好地解决了异种机网络互联的一系列理论和技术问题。

1983 年,ARPAnet 分裂为两部分:ARPAnet 和纯军事用的 MILNET。该年 1 月,DARPA 把 TCP/IP 协议作为 ARPAnet 的标准协议。其后,人们称呼这个以 ARPAnet 为主干网的网际互联网为 Internet,TCP/IP 协议族便在 Internet 中进行研究、试验,并改进成为使用方便、效率极好的协议族。

1986 年,美国国家科学基金会(National Science Foundation,NSF)建立了 6 大超级计算机中心,为了使全国的科学家和工程师能够共享这些超级计算机设施,NSF 建立了自己的基于 TCP/IP 协议族的计算机网络 NSFnet。NSF 在全国建立了按地区划分的计算机广域网,并将这些地区网络和超级计算中心相连,最后将各超级计算中心互联起来。地区网一般是由一批在地理上局限于某一地域,在管理上隶属于某一机构或在经济上有共同利益的用户的计算机互联而成。连接各地区网上主通信节点计算机的高速数据专线构成了 NSFnet 的主干网,这样,当一个用户的计算机与某一地区相连以后,它除了可以使用任一超级计算中心的设施,可以同网上任一用户通信外,还可以获得网络提供的大量信息和数据。这一成功使得 NSFnet 于 1990 年 6 月彻底取代了 ARPAnet 而成为 Internet 的主干网。

到了 20 世纪 90 年代,美国政府意识到仅靠政府资助难以适应应用的发展需求,故鼓励商业部门介入。MCI、IBM 和 MERIT 公司联合组建 ANS(高级网络和服务公司),建立覆盖全美的 T3(44.746M)速率的 ANSnet,连接 ARPAnet 和 NSFnet。随后,DARPA 和 NSF 撤销对 ARPAnet、NSFnet 的资助,Internet 开始商用。由于商业机构的介入,出现大量的网络服务运营商,丰富了 Internet 的服务和内容。

Internet 的早期发展时间表如图 5-2 所示,图中给出了在 Internet 发展中涉及的重大事件。

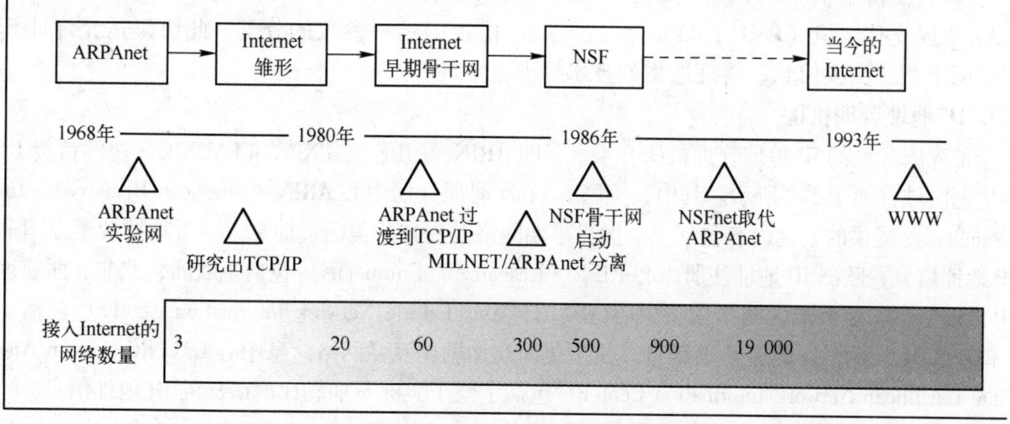

图 5-2 Internet 早期发展时间表

5.1.2 Internet 管理机构

Internet 的发展和正常运转需要一些管理机构的管理，如 IP 地址的分配需要有 IP 地址资源的管理机构，各种标准的形成需要有专门的技术管理机构。本小节将介绍 Internet 各个管理机构的职能及它们之间的关系。

1. Internet 管理机构

Internet 工作委员会（Internet Activities Board，IAB）成立于 1980 年，属于非营利机构，负责技术的方针和策略的拟定，以及管理工作的导引协调，例如，有关 TCP/IP 的发展、决定哪些协议能成为 TCP/IP 的一员、在何时可以成为标准，以及因特网的演进、网络系统与通信技术的研发等工作。在 IAB 之下，有研究小组及工作小组两个主要单位，并有一些小型指导群，共同进行设定标准及决定策略的工作。IAB 的组织架构可用图 5-3 来说明。

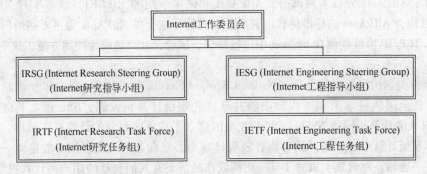

图 5-3   IAB 的组织架构图

2. Internet 域名与地址管理机构

Internet 域名与地址管理机构（ICANN）是为承担域名系统管理、IP 地址分配、协议参数配置以及主服务器系统管理等职能而设立的非营利机构，现由 IANA 和其他实体与美国政府约定进行管理。ICANN 理事会是 ICANN 的核心权力机构，共由 19 位理事组成：9 位 At-Large 理事，9 位来自 ICANN 3 家支持组织提名的理事（每家 3 名）和一位总裁。根据 ICANN 的章程规定，它设立 3 个支持组织，从 3 个不同方面对 Internet 政策和构造进行协助、检查以及提出建议。这些支持组织帮助促进了 Internet 政策的发展，并且在 Internet 技术管理上鼓励多样化和国际参与。每家支持组织向 ICANN 董事会委派 3 位董事。这 3 个支持组织是：

1）地址支持组织（ASO），负责 IP 地址系统的管理。

2）域名支持组织（DNSO），负责互联网上的域名系统（DNS）的管理。

3）协议支持组织（PSO），负责涉及 Internet 协议的唯一参数的分配。此协议是允许计算机在因特网上相互交换信息、管理通信的技术标准。

3. IP 地址管理机构

全世界国际性的 IP 地址管理机构有 4 个，即 ARIN、RIPE、APNIC 和 LACNIC，它们负责 IP 地址的地理区域，如图 5-4 所示。其中，美国 Internet 号码注册中心 ARIN（American Registry for Internet Numbers）提供的查询内容包括了全世界早期网络及现在的美国、加拿大、撒哈拉沙漠以南非洲的 IP 地址信息；欧洲 IP 地址注册中心 RIPE（Réseaux IP Européens）包括了欧洲、北非、西亚地区的 IP 地址信息；亚太地区网络信息中心 APNIC（Asia Pacific Network Information Center）包括了东亚、南亚和大洋洲的 IP 地址注册信息；拉丁美洲及加勒比互联网络信息中心 LACNIC（Latin American and Caribbean Network Information Center）包括了拉丁美洲及加勒比海诸岛的 IP 地址信息。

中国的 IP 地址管理机构称为中国互联网络信息中心（China Internet Network Information Center，CNNIC），它是成立于 1997 年 6 月的非营利管理与服务机构，担负国家互联网络信息中心的

职责。中国科学院计算机网络信息中心承担 CNNIC 的运行和管理工作。它的主要职责包括域名
注册管理、IP 地址及 AS 号的分配与管
理、目录数据库服务、互联网寻址技术
研发、互联网调查与相关信息服务、国
际交流与政策调研，并承担中国互联网
协会政策与资源工作委员会秘书处的
工作。

5.1.3 Internet 中的网络协议

　　Internet 所使用的体系结构就是第 4
章中介绍过的 TCP/IP 体系结构，TCP/IP

图 5-4　IP 地址管理机构覆盖范围图

实际上是一个采取分层结构的协议族。在每一层中，都有一些重要的网络协议，如图 5-5 所示。
在本章中，将重点介绍应用层、传输层、网际层的协议，网络接口层的协议将分别在第 6 章和第
7 章的相关内容中介绍。

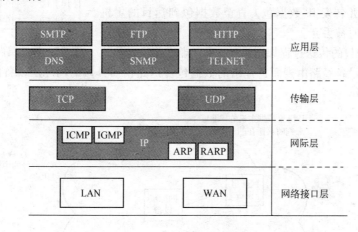

图 5-5　Internet 中所使用的网络协议

　　TCP/IP 网络是四层模型，所以，数据从一个端节点发送到另一个端节点也是按照层次不断
"封装－解封装"的过程。比如，如图 5-6 所示，某台主机上的 FTP 数据，经过应用层、传输
层、网际层、网络接口层的封装，最后由设备的物理接口转换成光/电信号，发送出去。

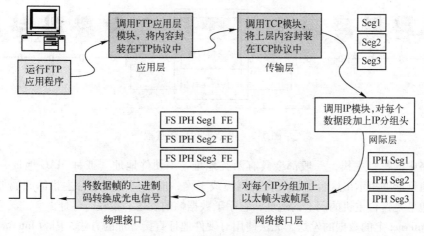

图 5-6　FTP 数据的封装过程

5.2　网际层协议

5.2.1　概述

Internet 中，网际层是一个很重要的层，它主要负责寻址、数据封装成包和路由选择。网际层是 IP 网络互联的基础。这一层的核心协议有 IP、ARP 和 ICMP 等。

IP（Internet Protocol，网际协议）是一个路由协议，负责 IP 寻址、路由选择、分段及包重组。它是一个面向无连接，不保证传送质量的分组传送协议。网际层把传输层交下来的数据段封装成 IP 数据包，其中包含有源主机和目的主机的 IP 地址（见 5.2.3 节中 IP 数据包格式）。而每个网际层设备内部会由路由算法动态产生一张路由表（如图 5-7 所示），当它收到某个 IP 数据包后，根据其目的 IP 地址在路由表中查找，找到合适的路径，并转发给下一个网际层设备，同样，下一个设备再继续查找路由表并转发 IP 数据包，直至数据包到达目的主机所在网段或因超时被丢弃。

图 5-7　网际层设备内的路由表

一个 IP 数据包的传送过程如图 5-8 所示，虚线路径表示的就是由各网际层设备经路由表而选择出的数据包传送路由。具体的网际层设备的工作原理将在第 8 章作详细介绍。

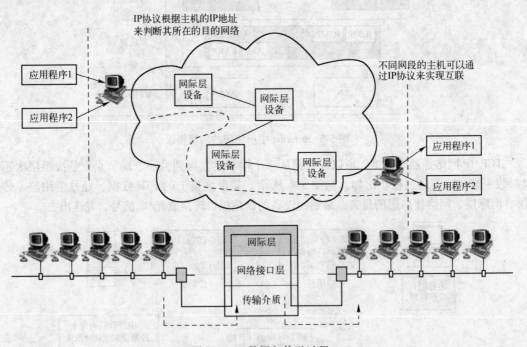

图 5-8　IP 数据包传送过程

在网络中的每台主机，一般都会具有两类地址——硬件地址（或称 MAC 地址）和逻辑地址。逻辑地址能够表示出这台主机所在的网段或子网，能够判别出这台主机的归属域等逻辑信息；硬件地址是这台主机的网卡的地址，它用于数据帧的发送、接收时寻址。

对于 Internet 上的数据的发送，无法使用对硬件地址直接寻址的方法，因为 Internet 上的主机的硬件地址数量众多，且编排无规律，采用直接找硬件地址的方法会产生大量的广播数据且效率低下。因此，人们先使用逻辑地址寻找到该数据所在的子网，从而大大地缩小了寻址的范围，再在子网中按硬件地址去确定出接收的主机。这就好比是要寻找一个叫"张三"的人，应先确定他所在的市、区、街道、楼宇、楼层等信息，再在该楼层中逐户打听张三的信息，这样才是省时省力的。有的时候我们只知道主机的逻辑地址，希望知道它的硬件地址，就需要使用网际层的另一个重要协议——地址解析协议（Address Resolution Protocol，ARP），它负责把网际层的逻辑地址（如 IP 地址）解析成网络接口层地址，比如硬件地址。关于 ARP 协议在 5.2.5 节中详细介绍。

由于 Internet 中的 IP 协议是不保证服务质量的，所以，数据在网络传送中会出现错误、丢包等情况，为了能够检测、监控这些信息，网际层还提供了 Internet 控制报文协议（Internet Control Message Protocol，ICMP），它负责提供诊断功能，报告由于 IP 包投递失败而导致的错误。

5.2.2　IP 地址

为了能快速、准确地定位 Internet 上的每一台主机，人们使用了一种逻辑地址——IP 地址来标识 Internet 上的主机。

IP 地址由 4 个 8 bit 的二进制数组成。为了书写方便，IP 地址也会被写成十进制的形式，中间用"."号隔开。例如，IP 地址 10101010　01010101　00110011　11001100 一般被写成"170.85.51.204"。

为了便于对 IP 地址进行管理，同时考虑到各个网络上的主机数目差异很大，因此 IP 地址被分为 5 类，即 A~E 类。其中，A 类用于大型网络，B 类用于中型网络，C 类用于局域网等小型网络，D 类地址是一种组播地址，E 类地址保留以便以后使用。在网络中广泛使用的是 A、B 和 C 类地址，这些地址均由网络号和主机号两部分组成。规定每一组都不能用全 0 和全 1，通常全 0 表示网络本身的 IP 地址，全 1 表示网络广播的 IP 地址。为了区分 A、B、C 类地址，3 类的最高位分别为 0、10、110，如图 5-9 所示。

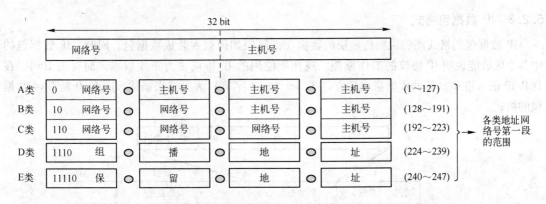

图 5-9　IP 地址的分类

A 类地址用第 1 段表示网络号，后 3 段表示主机号。网络号最小为 00000001，即 1；最大为 01111111，即 127。全世界共有 127 个（1~127）A 类网络，其主机号有 3 段共 24 位，去掉全 0 与全 1，每个网络可以有 $2^{24} - 2 = 16\ 777\ 214$ 台计算机。

B 类地址分别用两段表示网络号与主机号。最小网络号的第 1 段为 $(10000000)_2 = 128$，最大网络号的第 1 段为 $(10111111)_2 = 191$，第 2 段为 $256 - 2 = 254$。故全世界共有 $(191 - 128 + 1) \times 254 = 16\ 256$ 个 B 类网络，每个 B 类网络可以有 $2^{16} - 2 = 65\ 534$ 台主机。

C 类地址用前 3 段表示网络号，最后一段表示主机号。最小网络号的第 1 段为 $(11000000)_2 = 192$，最大网络号的第 1 段为 $(11011111)_2 = 223$。故全世界共有 $(223 - 192 + 1) \times 254 \times 254 = 2\ 064\ 512$

个 C 类网络，而每个 C 类网络可以有 254 台主机。

综上所述，从第 1 段的十进制数字即可区分出 IP 地址的类别，如表 5-1 所示。

表 5-1   IP 地址的类别

类 型	第 1 段数字范围	包含主机数
A	1 ~ 127	16 777 214
B	128 ~ 191	65 534
C	192 ~ 223	254

在 IP 地址分配方案中，专门预留了一些不能在公网（即 Internet）上路由的私有网络地址。A 类的 10.0.0.0 ~ 10.255.255.255、B 类的 172.16.0.0 ~ 172.31.255.255、C 类的 192.168.0.0 ~ 192.168.255.255 都是私有网络地址，可用于内域网络，不能够在 Internet 上直接使用。在 IP 地址中，还有些是有特殊含义的保留地址，这些地址不能分配给主机使用。常见的保留地址如表 5-2 所示。

表 5-2   常见的保留地址

地 址	例 子	用 途
主机位全 0	202.204.26.0	标识一个网络
全 1	255.255.255.255	有限广播（只对局域网主机）
主机位全 1	202.204.26.255	定向广播（到另一网络的主机）
网络位全 0	0.0.26.16	标识当前网络的特定主机
全 0	0.0.0.0	标识当前网络的当前主机
首字节 127	127.0.0.1	内部主机环状返回地址

5.2.3   IP 数据包格式

IP 数据包的格式能够说明传输层的数据在网际层如何被封装成数据包。同时，IP 数据包的中各个区域能说明 IP 协议的工作原理。现在所使用的 IP 协议多为第 4 版本，简写为 IPv4。在 TCP/IP 的标准中，各种数据格式常常以 32 bit（即 4 字节）为单位来描述。图 5-10 是 IPv4 数据包的格式。

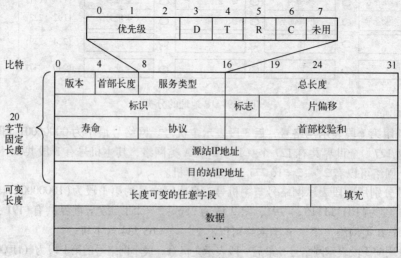

图 5-10   IPv4 数据包格式

　　从图 5-10 可看出，一个 IP 数据包由首部和数据两部分组成。首部的前一部分长度是固定的 20 字节，后一部分的长度则是可变的。下面介绍首部各字段的意义。

　　1）版本：占 4 bit，指 IP 协议的版本。通信双方使用的 IP 协议的版本必须一致。目前使用的多是 IPv4，以前的 3 个版本目前已不使用。

　　2）首部长度：占 4 bit，可表示的最大数值是 15 个单位（一个单位为 4 字节），因此 IP 的首部长度的最大值是 60 字节。当 IP 分组的首部长度不是 4 字节的整数倍时，必须利用最后一个填充字段加以填充。这样，数据部分永远在 4 字节的整数倍时开始，实现起来会比较方便。首部长度限制为 60 字节的缺点是有时（如采用源站选路时）不够用。但这样做的用意是尽量减少额外开销。

　　3）服务类型：占 8 bit，用来获得更好的服务。服务类型字段的前 3 个比特表示优先级，它可使数据包具有 8 个优先级中的一个；第 4 个比特是 D 比特，表示要求有更低的时延；第 5 个比特是 T 比特，表示要求有更高的吞吐量；第 6 个比特是 R 比特，表示要求有更高的可靠性，即在数据包传送的过程中，被节点交换机丢弃的概率更小些；第 7 个比特是 C 比特，是新增加的，表示要求选择费用更低廉的路由；最后一个比特目前尚未使用。

　　4）总长度：指首部和数据之和的长度，单位为字节。总长度字段为 16 bit，因此数据包的最大长度为 65 535 字节。

　　5）标识：当一个数据包较长时，需要将其拆分成若干小的、长度固定的数据包片。为了使各数据包片最后能准确地重组成原来的数据包，使用标识字段来标记各数据包。

　　6）标志：占 3 bit。目前只有前两个比特有意义。标志字段中的最低位记为 MF（More Fragment）。MF = 1 时，表示后面还有数据包片；MF = 0 表示这已是最后一个数据包片。标志字段中间的一位记为 DF（Don't Fragment）。只有当 DF = 0 时才允许对数据包分片。

　　7）片偏移：较长的数据包在分片后，某个片在原包中的相对位置。也就是说，相对于用户数据字段的起点，该片从何处开始。片偏移以 8 个字节为偏移单位。

　　8）寿命：又称生存时间（Time To Live，TTL），记录数据包在网络中还能继续被传送的时间，其单位为秒。寿命的最大值为 120 秒，当减到 0 时，就将该数据包从网络中清除。

　　9）协议：占 8 bit，指出此数据包携带的传输层数据使用何种协议，以便目的主机知道应将此数据上交给哪个进程。常用的一些协议和相应的协议字段值（写在协议后面的括弧中）是 UDP（17）、TCP（6）、ICMP（1）、GGP（3）、EGP（8）、IGP（9）和 OSPF（89）。

　　10）首部校验和：此字段完成对数据包首部的差错检验，不包括数据部分。

　　11）地址：源站 IP 地址字段和目的站 IP 地址字段都各占 4 字节。

　　12）可变部分及填充：可变部分就是一个个选项代码。选项代码用来支持排错、测量以及安全等措施，内容很丰富。可变部分的长度从 1 ~ 40 字节不等，取决于所选择的项目，这些选项一个个拼接起来，中间不需要有分隔符，最后用全 0 的填充字段补齐成为 4 字节的整数倍。

5.2.4　IP 地址转换技术

　　使用前面 IP 地址的规则，虽然可以实现 IP 地址的逻辑划分，但也会出现一些严重的问题，如 IP 地址资源分配不合理，每个 A 类地址中可以包含上千万台主机。而事实上，很少存在这样庞大的网络，这样，A 类网络中的很多 IP 地址资源就因不被使用而浪费，即使是 B 类地址，也会出现地址浪费的情况，例如，某个单位申请了一段 B 类地址，但该单位只有 1 万台主机，于是，这段 B 类地址中的其余 5 万 5 千多个 IP 地址资源就浪费了，因为这些地址资源无法分配给其他单位的主机使用。同时，随着局域网络的迅速发展，C 类地址资源又显得紧张。为此，人们提出了 IP 地址转换技术和 IPv6 技术，用以解决 IP 地址分配不合理的情况。其中，IP 地址转换技术的主要实现方法有两种：无类别域间路由（Classless Inter Domain Routing，CIDR）和网络地址转换（Network Address Translation，NAT）。IPv6 技术将在 5.2.7 节中介绍。

1. CIDR 技术

CIDR 是在 IP 地址的结构中再加入一个"子网号"，即一个 IP 地址由"网络号 + 子网号 + 主机号"组成。这样，我们就可以把一个大的网段分割成若干个小的子网。不同的子网分配给不同的单位或部门，从而更加合理地利用 IP 地址资源。

子网号和网络号的一个很大的不同在于，无论 A～E 类的哪一种 IP 地址，子网号的长度是可变的，而决定子网号长度的是子网掩码。子网掩码也是一个 32 bit 的二进制序列，它与 IP 地址逐位对应。其中，子网掩码的"1"标示 IP 地址的网络号和子网号，而"0"标示 IP 地址的主机号。对于图 5-11 所示的一个 B 类地址，其网络号和主机号应各占 16 bit，但如果给它配上图中所示的子网掩码后，其网络号长度不变，原主机号中与子网掩码"1"所对应的部分被分配为"子网号"，剩余的部分才为"主机号"。

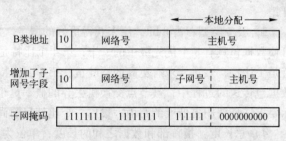

图 5-11　CIDR 技术

为了书写方便，也常将子网掩码写成十进制的格式。比如，图 5-11 中的子网掩码会被写成 255.255.252.0。很显然，对于同一个 IP 地址，配置不同的子网掩码，该 IP 地址所在的子网将有所不同。因此，通过使用子网掩码，可以根据实际的需要来动态地划分子网和分配 IP 地址资源。

具体计算时，可以将 IP 地址（二进制）与子网掩码（二进制）进行"与"运算，所得的结果为"网络号 + 子网号"；剩下的部分为"主机号"。

例如，某主机的 IP 地址为 140.128.34.79，如果其子网掩码为 255.255.255.0，则二进制格式的 IP 地址为：10001100　10000000　00100010　01001111，二进制格式的子网掩码为：11111111　11111111　11111111　00000000，两者进行"与"运算的结果是 10001100　10000000　00100010　00000000，所以 IP 地址所在网段 140.128.34.0，主机号为 79。细心的读者可能已经发现，由于子网掩码中的"255"二进制为全"1"，所以，可以直接根据"255"来判断某些"网络号 + 子网号"，而无须转换成二进制来进行复杂运算。对于同样的 IP 地址，如果子网掩码为 255.255.255.192，则其网段为 140.128.34.64，主机号为 15。

这样，可以把原来在一个网段中的主机划分到不同的子网中。如图 5-12 所示，对于主机 A、B、C、D，它们的 IP 地址分别为 192.228.17.33、192.228.17.57、192.228.17.65、192.228.17.97，均为 C 类地址，当为它们配上子网掩码 255.255.255.0 时，它们在同一个网段 192.228.17.0，主机号则分别为 33、57、65 和 97。当为它们配上子网掩码 255.255.255.224 时，原来的同一网段被划分成三个子网：192.228.17.32、192.228.17.64 和 192.228.17.96。各主机

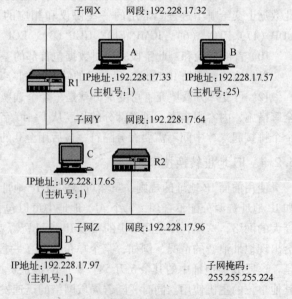

图 5-12　使用子网掩码划分子网

的主机号也相应有所变化。

2. NAT 技术

在 5.2.2 节中介绍过有一类 IP 地址为私有地址，它们并不是合法的 Internet 上的 IP 地址，这些地址可以由各个机构在内部网络中使用，但在 Internet 上是不可见的，即 Internet 上是找不到私有地址的主机的。这样，机构可以自由分配这些私有地址，且每个机构都可以使用这些地址资源，从而解决地址资源紧张的问题。

当这些私有地址的主机需要访问 Internet 时，需要先将自身的私有地址转换成一个合法的 Internet 上的公有地址，通过这个公有地址来标示自己在 Internet 上的位置。如果 Internet 上的主机要访问内部网络，则经过相反的转换。这种地址转换的方式就称为 NAT 技术。NAT 技术中私有地址和公有地址的使用，有点像有些公司的电话总机号码和分机号码之间的关系。在内部相互通话时，可以用分机号码直接通信，而要拨打公司以外的电话时，则必须转换成总机号码。

一个 NAT 的例子如图 5-13 所示。当主机 A 给 Internet 上的主机 C 发送数据时，其地址由私有地址 10.1.1.1 转换成公有地址 202.168.2.2。反之，C 回复 A 使用的也是公有地址 202.168.2.2。但如果是内部网络的主机间通信，则无需进行地址转换。

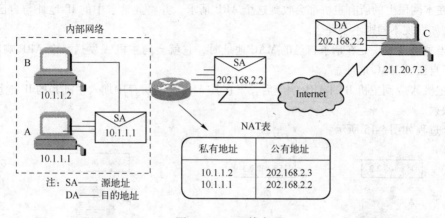

图 5-13　NAT 技术

NAT 技术中，关于公有地址和私有地址的映射方式也有几种，如静态方式、动态方式和过载方式。静态 NAT 方式是指一个私有地址对应一个公有地址，这种方式并不能节省公有地址资源，在现实中很少使用；动态 NAT 方式中，私有地址的数量多于公有地址的数量，在使用时，空闲的公有地址会动态分配给那些需要访问 Internet 的主机；过载方式中，多个私有地址会和同一个公有地址对应，采用不同的端口号来进行区分。

5.2.5　ARP 和 RARP 协议

1. MAC 地址

对于每台连接在 Internet 上的主机的网络接口，除了逻辑的 IP 地址之外，还有一个固定的物理地址，又称 MAC 地址或硬件地址。MAC 地址由一个 48 位的二进制数组成，但常被写成 6 个十六进制数的格式，中间用 "："号隔开，如 FC：2E：16：1A：2B：40。MAC 地址是在网卡出厂时就固化在其 ROM 中，是不能改变的。

网络中的数据是逐层封装处理的，网际层的数据交给网络接口层时，IP 数据包要被封装成数据帧，而在数据帧中，需要加上源节点和目的节点的 MAC 地址，如图 5-14 所示。那么，如果已知对方主机的 IP 地址，如何知道它的 MAC 地址呢？这就需要用到 ARP 协议。

2. ARP 协议

ARP 是 TCP/IP 协议族中的一个重要协议，用于把 IP 地址映射成对应网卡的物理地址。

每一台主机都有一个 ARP 高速缓存（ARP cache），里面存放着该主机所知道的各主机的 IP 地址到 MAC 地址的映射关系。当主机 A 欲向本网段上的主机 B 发送一个 IP 数据包时，会先在其 ARP 高速缓存中根据主机 B 的 IP 地址查找它的 MAC 地址，然后将此地址写入 MAC 帧，MAC 帧封装完毕后，会通过网卡传送出去。

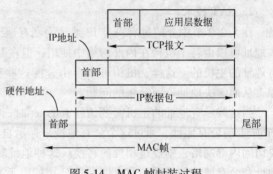

图 5-14   MAC 帧封装过程

如果在主机 A 的 ARP 表中没有查到主机 B 的信息，则可能是主机 B 才入网，也可能是主机 A 刚刚加电，其高速缓存还是空的。在这种情况下，主机 A 就自动运行 ARP 协议，按以下步骤找出主机 B 的 MAC 地址。

1）主机 A 的 ARP 进程向本网段上的所有主机广播一个 ARP 请求，该请求中包含有主机 B 的 IP 地址。

2）在本网段上的所有主机都会收到这个 ARP 请求，并将此请求中的 IP 地址与自己的 IP 地址比较，如发现不同则不予理会。

3）当主机 B 发现是在请求自己的 MAC 地址时，它就会向主机 A 发送一个 ARP 响应，这其中包含了自己的 MAC 地址。

4）主机 A 收到主机 B 的 ARP 响应后，就在其 ARP 高速缓存中加入主机 B 的 IP 地址到 MAC 地址的映射。

整个过程如图 5-15 所示。

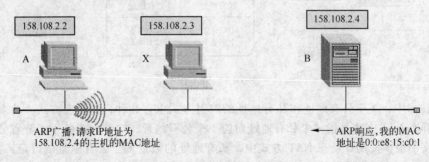

图 5-15   ARP 协议工作过程

为了提高 ARP 协议的效率，在很多情况下，某个主机广播 ARP 请求时，会主动加上自己的 IP 地址到 MAC 的映射，以便对方收到后，补充到它的 ARP 表中。

3. RARP 协议

RARP 协议是完成与 ARP 协议相反的功能，即知道了主机的 MAC 地址，询问其 IP 地址。这种主机往往是无盘工作站。无盘工作站一般只要运行其 ROM 中的文件传送代码，就可以从本网段上其他主机处得到所需的操作系统和 TCP/IP 通信软件，但这些软件中并没有 IP 地址。无盘工作站要运行 ROM 中的 RARP 协议来获得其 IP 地址。

为了使 RARP 能工作，在本网段内需要设立一台 RARP 服务器，RARP 服务器中存有各无盘工作站的物理地址到 IP 地址的映射表，当它收到某台无盘工作站的 RARP 请求（请求中包含该站的 MAC 地址）后，就会查找出其对应的 IP 地址，然后写入 RARP 响应，发回给无盘工作站。无盘工作站用此方法获得自己的 IP 地址。

5.2.6 ICMP 协议

IP 协议是一种不保证传输质量的网络协议。如果数据在传输过程中丢失或出错，IP 协议本身并没有处理这些错误的能力。对于这些差错的控制和报告，必须依靠 Internet 控制报文协议 ICMP 来完成。

ICMP 协议允许主机或交换设备报告差错情况并提供有关异常情况的报告。ICMP 报文作为 IP 数据包的数据，加上首部，封装成 IP 数据包的格式发送出去。但 ICMP 并不是高层协议，它仍是网际层中的协议。ICMP 报文格式如图 5-16 所示。

ICMP 报文的前四个字节是统一的格式，共有三个字段。但后面是长度可变部分，其长度取决于 IC-MP 的类型。ICMP 报文的类型字段占一个字节，其值与 ICMP 报文的类型的关系如表 5-3 所示。

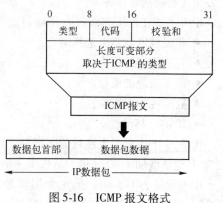

图 5-16 ICMP 报文格式

表 5-3 ICMP 类型字段的含义

类型字段的值	ICMP 报文的类型	类型字段的值	ICMP 报文的类型
0	Echo（回送）回答	12	数据报的参数有问题
3	目的站不可达	13	时间戳（timestamp）请求
4	源站抑制（source quench）	14	时间戳回答
5	改变路由（redirect）	17	地址掩码（address mask）请求
8	Echo 请求	18	地址掩码回答
11	数据报的时间超过		

ICMP 报文的代码字段也占一个字节，为的是进一步区分某种类型中的几种不同的情况。后面的校验和字段占两个字节，用于检验整个 ICMP 报文的正确性。

ICMP 报文的类型很多，如 ICMP 控制报文、ICMP 询问报文。ICMP 控制报文主要涉及拥塞控制和路由控制。ICMP 询问报文以"请求－应答"的方式双向传输，用于从网上获取某些信息，常见的有 ICMP Echo 请求报文（ping 命令即属于此报文）、ICMP 时间戳请求报文、ICMP 地址掩码请求报文等。

5.2.7 IPv6

现有的 Internet 主要是基于 IPv4 协议开发的。这一协议的成功促成了 Internet 的迅速发展。但是，随着 Internet 用户数量不断增长以及对 Internet 应用的要求不断提高，IPv4 的不足逐渐凸显出来。其中最尖锐的问题就是 IPv4 的地址资源不足，这在 5.2.4 节中已有所说明。目前可用的 IPv4 地址已经分配了 80% 左右，A 类和 B 类地址已经耗尽。据互联网工程任务组（IETF）预测，基于 IPv4 的地址资源将会在近年内枯竭。另外，由于 IPv4 地址方案不能很好地支持地址汇聚，现有的 Internet 正面临路由表不断膨胀的压力。同时，对服务质量、移动性和安全性等方面的需求，都迫切要求开发新一代 IP 协议。

为了彻底解决 Internet 的地址危机，IETF 早在 20 世纪 90 年代中期就提出了拥有 128 位地址的 IPv6 互联网协议，并在 1998 年进行了进一步的标准化工作。除了对地址空间的扩展以外，还重新定义了 IPv6 地址的结构。IPv6 还提供了自动配置以及对移动性和安全性的更好支持等新的特性。目前，IPv6 的主要协议都已经成熟并形成了 RFC 文档，其作为 IPv4 唯一取代者的地位已经得到了一致认可。国外各大通信设备厂商都在 IPv6 的应用与研究方面投入了大量的资源，并开发出了相应的软硬件。

IPv6 主要在以下方面解决 IPv4 目前存在的问题：

- 扩展寻址和路由选择能力。
- 包头格式的简化。
- 服务功能的质量。
- 安全性和保密性。
- IP 的可移动性。

IPv6 与 IPv4 最引人注目的区别是寻址空间从 32 位增加到 128 位，这使得 Internet 允许的 40 亿个 IP 地址增加了 40 亿倍，从根本上解决了 IP 地址的分配问题。

IPv6 地址有 128 bit，是 8 个用冒号分隔开的 16 比特整数串。例如，68DA：8909：3A22：FECA：68DA：8909：3122：1111 就是一个 IPv6 地址。最初应用时不可能用满 128 比特，可以把一些位置为 0。例如，68DA：0000：0000：0000：68DA：8909：8909：3A22，这种方案可以简写为 68DA：0：0：0：68DA：8909：8909：3A22 或 68DA：：68DA：8909：8909：3A22。在 IPv4 向 IPv6 过渡时，IPv6 允许 IPv4 地址保持原有表示方式，如：202.204.25.10。

IPv6 解决了目前 IPv4 中已知的问题，并且解决了 IP 协议未来需要的功能。正如第二代 Internet 正在发展一样，IPv6 与之相配合，正在逐步替代 IPv4。新一代 IP 协议提供了分阶段实现的方法。客户工作站、服务器、路由器可以逐步升级，而互相只有最小的影响。已经升级到 IPv6 的设备可以同时运行 IPv6 和 IPv4 协议，这就使得它们可以同那些没有被升级的设备进行通信，而且 IPv4 可以被"嵌入"到 IPv6 所提供的巨大寻址空间中。由于目前的 IPv4 网络中已经汇集了大量的投资，目前仍处于 IPv4 网络"海洋"包围 IPv6 网络"孤岛"，IPv4 退出历史舞台将是一个漫长的过程。

5.3 传输层协议

传输层是 TCP/IP 体系结构中重要的一层，它为运行在不同主机上的应用进程提供逻辑通信功能，使得从应用程序的角度来看运行不同进程的主机好像是直接相连的。应用进程使用传输层提供的逻辑通信功能相互发送消息，而无需考虑网络通信的细节。传输层另一个重要作用是加强网络数据传输服务质量，在不可靠的 IP 服务基础上，提高传输的可靠性。

传输层中两个最重要的协议是传输控制协议（TCP）和用户数据报协议（UDP）。TCP 利用错误检测与纠正功能提供端到端的可靠的数据传输服务；而 UDP 提供低开销的面向无连接的数据报传输服务，它不保证数据传输的可靠性，但获得了更高的数据传输效率。可以根据不同的网络应用需求，选择合适的传输层服务。

5.3.1 服务端口号

由于应用层中可能同时有多个进程在使用网络服务，传输层必须使用某种方法将它们加以标示，以便在接收端主机可以正确地区分并使用合适的处理程序来处理不同的进程数据。这种方法就是服务端口号。这样就可以通过 IP 地址加端口号的方式，来确定某一台主机上的某种网络服务。

TCP 和 UDP 均使用端口号的方式来确定网络应用进程，它们都分别可使用 65536 个端口号。在 Internet 中，一般前 1024 个端口号为通用端口号（well-known ports），指示一些常用的网络应用服务（如 FTP、TELNET 等）的端口。而 1024 以后的端口可以自由使用，网络工程师使用

socket 进行网络应用程序开发时，可以自行定义这些端口所对应的网络服务。常见的通用端口见表 5-4。

表 5-4 常见的通用端口号

端 口 号	网 络 服 务
21	文件传输协议（FTP，使用 TCP 传输方式）
69	简单文件传输协议（TFTP，使用 UDP 传输方式）
23	远程登录（Telnet）
25	简单邮件传输协议（SMTP）
80	超文本传输协议（HTTP）

5.3.2 TCP 协议

由于 TCP 协议的是建立在不可靠的网络层 IP 协议之上的，因而 TCP 协议中加入了对可靠性的控制，以保证数据传输服务质量。其主要措施有面向连接的传输机制、超时重传控制、流量控制和拥塞控制。

1. TCP 报文格式

TCP 数据报文格式如图 5-17 所示，可分为报文首部和数据区两个部分，首部由 20 字节的固定部分和长度可变的选项部分组成，因此，首部最少长度为 20 字节。

其中各参数说明如下。

1）源端口（source port）：发送主机的应用进程的端口号。

2）目的端口（destination port）：目的主机的应用进程的端口号。

3）序列号（sequence number）：在 SYN 标志未置位时，该字段指示了数据区中第一个字节的序号；在 SYN 标志置位时，该字段指示的是初始发送的序列号。

4）确认号（acknowledgment number，AN）：其值为期待接收的下一个字节的序号，同时说明该序号之前的字节都已正确接收。

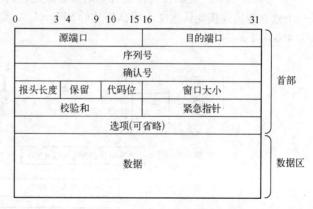

图 5-17 TCP 报文格式

5）报头长度（hlen）：以 4 字节为单位的报头的长度，用以确定数据区开始的位置。

6）保留（reserved）：设置为 0。

7）代码位（code bits）：用于标识控制型报文（如会话的建立和中止时传送的报文），包括 URG、ACK、PSH、RST、SYN 和 FIN 六个位。URG：紧急指针有效；ACK：确认号有效；PSH：Push 操作，强迫传输当前数据，不必等缓冲区满才发送，以提高数据发送的实时性；RST：连接复位，重新连接；SYN：同步序列，在建立 TCP 连接时使用；FIN：数据传送终止，释放 TCP 连接。

8）窗口大小（window）：接收方能够继续接收的字节数，用于告诉发送方自己所能接收的数据的容量。

9）校验和（checksum）：包括 TCP 报文首部和数据区在内的校验和。

10）紧急指针（urgent pointer）：当有紧急的数据报文要传送时，将紧急指针指示出紧急报文所在的位置（用与当前报文的偏移量表示）。

11）选项（option）：用于一些特殊或改进设置。如窗口比例因子、负确认等。

12）数据（data）：上层协议数据。

2. TCP 连接方式管理

TCP 协议是面向连接的，收发两端在报文传输之前要建立连接；在传输过程中要维持连接；在传输结束后释放连接。对于连接的管理是 TCP 协议的一个重要内容。

（1）建立 TCP 连接

在建立连接的过程中，TCP 协议采用"三次握手"的方法，保证新的连接不与其他连接或超时连接出现混淆性错误。以客户机与服务器通信为例，三次握手的工作过程如下（如图 5-18 所示）：

1）主机 A 的客户进程将向主机 B 的服务器进程发出连接请求报文。连接请求报文中将代码位中的 SYN = 1, ACK = 0；同时为这个报文分配一个序列号，如本例中为 1200。

2）主机 B 的服务器进程如果同意与主机 A 的客户进程建立传输连接，那么它将发出应答报文，应答报文代码位中的 SYN = 1, ACK = 1；同时也为这个应答报文分配一个序列号，比如为 4800；此外，应答报文通过使用确认号来对主机 A 的请求报文做出确认。确认号是主机 A 连接请求报文的序列号"加 1"，即为 1201，表示正确接收到序列号为 1200 的连接请求，并请求对方发送下一个报文。

3）主机 A 的客户进程在接收主机 B 的服务器进程的应答报文后，需要向服务器进程再次发送一个建立传输连接确认报文。确认报文的 SYN = 1, ACK = 1，序列号 SEQ = 1201，确认号 AN 同样为 4800 + 1 = 4801。

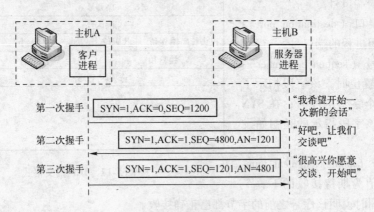

图 5-18　TCP 连接建立过程

在完成上述交互过程后，主机 A 的客户进程与主机 B 的服务器进程分别向应用层报告连接建立成功，进入数据报接受与发送的全双工交互过程。

（2）释放 TCP 连接

当数据传输结束时，需要断开通信双方的连接。参与传输的任何一方都可以提出释放连接的请求。由于 TCP 连接是一个全双工的通信方式，当仅关闭某一端（如客户端）到另一端（如服务器）的进程连接后，则反向（服务器到客户端）的进程连接可能会依然保留，因而形成一种单工的通信方式。所以，释放连接采取了"双向四次"拆线的过程，如图 5-19 所示。

连接释放的过程与建立的过程类似，需要注意的是，这里使用的是代码位（Code Bits）中的

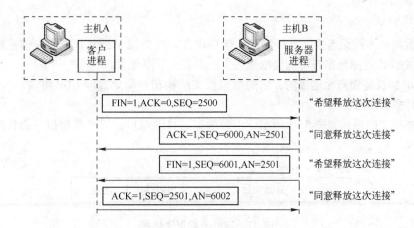

图 5-19 TCP 连接释放过程

FIN 字段而不是 SYN 字段。

3. 流量控制及拥塞控制

在 4.2.4 节中，介绍过数据链路层使用滑动窗口技术来控制数据流量。在传输层，TCP 协议也使用同样的方法完成流量控制，只不过数据链路层控制的范围是点到点，而传输层是端到端。TCP 协议采用了大小可以变化的滑动窗口方法进行流量控制。在通信过程中，接收端可以根据自己的资源情况随机、动态地调整发送窗口的大小。

拥塞现象主要是指达到通信子网中某一部分的分组数量过多，使该部分网络来不及处理，以至于引起这部分乃至整个网络性能下降的现象。

拥塞产生的原因主要是：网络交换设备的处理速度、存储空间、带宽不足；网络拓扑、结构不合理，使得局部数据量过大，负载不平衡。拥塞会导致许多分组需要重传，结果导致更多的业务量，网络性能继续下降，直至瘫痪。

解决的方式是：在 TCP 的发送端除了设立发送窗口外，还设立一个拥塞窗口（congestion window），每个窗口都反映出发送方可以发送的字节数，因此应取两个窗口中的较小者作为可以发送的字节数。

而拥塞窗口的大小往往由慢启动（slow start）方式（如图 5-20 所示）来确定：在连接建立之前，（可根据以前的连接情况）确定一个临界窗口。初期，将拥塞窗口初始化为该连接的一个数据报文长度，并发送一个数据报文，得到确认后，其拥塞窗口大小加倍，依次类推，直至达到临界窗口的大小，这之后如果收发依旧正常，拥塞窗口将继续扩

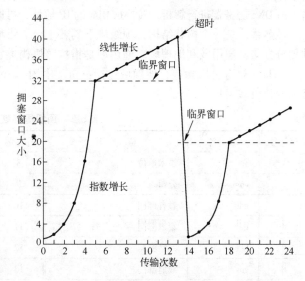

图 5-20 慢启动方式确定拥塞窗口的大小

大，但采用线性增长的方式；如果在某处出现超时，则该处的半值将作为下次慢启动的临界窗口，此后拥塞窗口大小回复到初始值，重复上述过程。

5.3.3　UDP 协议

UDP 提供的是一种无连接、不可靠的传输层服务。它提供了极其有限的差错控制功能，因而利用 UDP 协议传送的数据有可能会出现丢失、重复或乱序现象。

由于 UDP 协议是面向无连接的，它的数据报文结构相对简单，但 UDP 协议运行效率较高，多应用于实时多媒体的业务中。

UDP 数据报文的格式如图 5-21 所示，由源端口、目的端口、UDP 数据报文总长度、校验和及数据区组成。

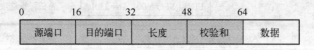

图 5-21　UDP 数据报文格式

5.4　应用层协议及应用服务

应用层协议是网络和用户之间的接口，即网络用户是通过不同的应用层协议来使用网络的，用户通过应用层协议来使用各种网络应用服务，获取网络上的资源。随着 Internet 的不断发展，网络应用服务的内容和方式还在不断改进和增加。下面只介绍几种最常见的应用层协议。

5.4.1　DNS 服务

1. DNS 的作用

如前所述，Internet 上的任何一台主机都必须拥有一个"合法"的 IP 地址，作为该主机在网络上被识别的依据，但对于用户来说，要记住成千上万的主机 IP 地址则是一件十分困难的事情。为了便于使用和记忆，Internet 在 1984 年采用了域名服务系统（Domain Name System，DNS）。域名服务系统是一个分布式的数据库系统，由域名空间、域名服务器和地址转换请求程序三部分组成，系统中存放有 Internet 上各服务器的 IP 地址和域名的对应关系。这样，用户只要输入欲访问站点的域名，由 DNS 服务器进行解析，转换成相应的 IP 地址，再通过路由设备找到这个站点。

域名系统是一个树状结构，顶级域下属若干个二级域、三级域、四级域或更多。顶级域有两种划分方法：通用域和地理域。通用域是指按照机构类别设置的顶级域，主要包括 com（商业组织）、edu（教育机构）等；地理域包括：cn（中国）、us（美国）、jp（日本）、de（德国）等。常见的顶级域名见表 5-5。

表 5-5　顶级国际域名

序　号	域　名	应　用	序　号	域　名	应　用
1	ac	学术单位	8	biz	商业组织
2	com	公司	9	info	信息服务
3	edu	教育部门	10	name	个人域名
4	mil	军事部门	11	pro	律师、医生等专业人员
5	net	网络公司	12	areo	航运公司、机场
6	gov	政府部门	13	coop	商业合作组织
7	org	非营利组织	14	museum	博物馆及文化遗产组织

图 5-22 显示了中国的域名的树状结构，其中，cn 为顶级域名，第 2 层可按单位种类划分，例如 .edu 服务器位于 CERNET 网络中心（清华大学）。第 3 层为各大专院校，第 4 层可由各院校

自己命名。一般情况下，每一个域名均对应唯一的 IP 地址，通过域名服务器 DNS 进行解析。

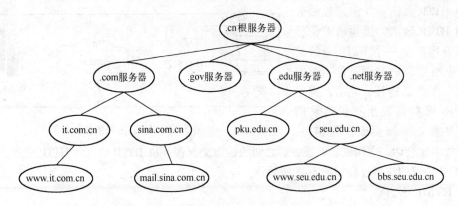

图 5-22　域名服务器树状结构

域名的一般格式为：主机名 . 单位名 . 机构名 . 最高级域名。如，北京大学主页域名为 www. pku. edu. cn；IBM 公司的域名为 www. ibm. com。

2. URL

统一资源定位符（URL）是对可以从 Internet 上得到的资源的位置和访问方法的一种简洁的表示。URL 给资源的位置提供一种抽象的识别方法，并用这种方法给资源定位。这里的"资源"是指在 Internet 上可以被访问的任何对象，包括文档目录、文档、图像和视频等。

URL 的地址格式如下：

应用协议类型：//信息资源所在主机名（域名或 IP 地址）{/路径名/.../文件名}

如：http://www. seu. edu. cn 东南大学主页

ftp://rtfm. mit. edu/Pub/abc. txt 麻省理工学院 FTP 服务器上的一个文件

5.4.2　HTTP 协议

1. 万维网

Tim Berners-Lee 在 1991 年发明的万维网给全球信息的交流和传播带来了革命性的变化，打开了人们获得信息的方便之门。

万维网（Word Wide Web，WWW）是一种 Internet 的应用服务系统，它使用超链接的方式使得人们可以方便地从一个站点访问到其他站点，从而在整个 Internet 上获取丰富的信息。正是由于万维网的出现，才使得 Internet 的应用在全球范围得到空前的普及。万维网的推广使用是计算机网络发展中的一个重要里程碑。

万维网上的站点一般被称为 Web 服务器，它呈现给用户的界面一般被称为"网页"（Web page），网页采用 HTML 语言编写，可以完成文档的超链接功能。随着 Web 技术的发展，网页从最初期的静态方式（仅供用户浏览）发展成动态、交互方式（可由用户提交、发布和下载）；同时对多媒体（图片、动画和视频等）的支持能力也越来越强。

2. HTTP 协议

HTTP 全称是 HyperText Transfer Protocol（超文本传输协议），是客户端浏览器与 Web 服务器之间的应用层通信协议。Web 服务器上存放的信息都是超文本格式，客户机需要通过 HTTP 协议传输所要访问的超文本信息。

HTTP 协议的工作过程如下：

每个 Web 服务器都有一个服务器进程，它不断地监听 TCP 的 80 端口，以便发现是否有浏览

器（即客户进程）向它发出连接建立请求。在用户需要浏览 Web 服务器中的网页文件时，就打
开一个 HTTP 会话，并向远程服务
器发出 HTTP 请求。接到请求信号
后，服务器产生一个 HTTP 应答信
息，并发回到客户端浏览器，双方
建立起一次会话连接，之后，浏览
器向 Web 服务器发出页面请求信
息，服务器返回该页面作为相应，

图 5-23　HTTP 协议的执行过程

最后释放本次会话。在浏览器和服务器之间的信息交互都是以 HTTP 请求和 HTTP 应答方式进行
的，HTTP 协议的执行过程如图 5-23 所示。

3. HTML 语言

Web 页面是由超文本标记语言（Hyper Text Markup Language，HTML）来实现的，HTML 文档
本身只是一个文本文件，只有在专门阅读超文本的程序（如 IE、Navigator 等）中才会显示成超
文本格式。

HTML 文档的一般格式如下：

```
＜HTML＞
＜HEAD＞
＜TITLE＞这是一个关于 HTML 语言的例子＜/TITLE＞
＜/HEAD＞
＜BODY＞这是一个简单的例子＜/BODY＞
＜/HTML＞
```

形如＜HTML＞、＜TITLE＞等内容叫做 HTML 语言的标记。整个超文本文档是包含在＜HT-
ML＞与＜/HTML＞标记对中的，而整个文档又分为头部和主体两部分，分别包含在标记对
＜HEAD＞ ＜/HEAD＞与＜BODY＞ ＜/BODY＞中。

HTML 语言中还有许多其他的标记（对），HTML 正是用这些标记（对）来定义文字的显示、
图像的显示、链接等多种格式的。

在利用阅读超文本的程序访问 Web 页时，在其地址栏中输入 Web 站点的域名或 IP 地址，即
可显示出 Web 页面的内容，图 5-24 即是利用微软的 IE 浏览器访问北京大学 Web 页面时的效果。

图 5-24　利用 IE 浏览器访问北大网页

事实上,通过在浏览器中选择菜单"查看"→"源文件"命令,可以看到该页面的 HTML 文档内容,如图 5-25 所示。

图 5-25 Web 页对应的 HTML 文档内容

5.4.3 FTP 协议

文件传输协议(File Transfer Protocol,FTP)的功能是用来在两台计算机之间互相传送文件。FTP 采用客户机/服务器模式,在客户机和服务器之间使用 TCP 协议建立面向连接的可靠传输服务,FTP 协议的端口号是 21。

FTP 客户端和服务器之间可建立两种类型的连接——"控制连接"和"数据连接"。控制连接负责会话的建立和维持,在整个会话期间(即使无数据传送)一直保持打开;当客户端和服务器之间有数据传送时,使用数据连接,进行数据的传输,一旦数据传输结束,这个数据连接就会断开,但控制连接依然存在,直至客户端程序关闭或服务器主动断开。FTP 客户端与服务器连接关系如图 5-26 所示。

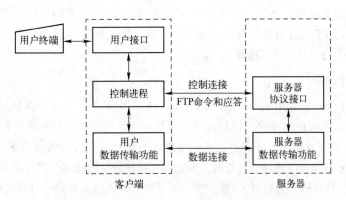

图 5-26 FTP 的客户端与服务器端连接关系

FTP 服务器可以提供"用户名、密码"或"匿名(anonymous)"两种登录方式。有多种 FTP 客户端软件(如 Leapftp 和 Cuteftp)帮助用户方便、快捷地使用 FTP 服务。

5.4.4 Telnet 协议

Telnet 被称为仿真终端协议或远程登录协议。Telnet 通过软件程序可实现使用户通过 TCP 连接注册（即登录）到远地的另一个主机上（使用主机名或 IP 地址）。Telnet 能将用户的键盘操作传到远地主机，同时也能将远地主机的输出通过 TCP 连接返回到用户屏幕。这种服务是透明的，双方都感觉到好像键盘和显示器是直接连在远地主机上。

因此，它可以将用户的计算机模拟成远程某台提供 Telnet 服务的主机的终端，通过 Internet 直接进入该主机，完成对该主机各种授权的操作。使用 Telnet 协议时，首先要通过 IP 地址或域名连接远程主机，然后再输入用户号 ID 和密码并核实无误后，Telnet 便允许用户以该主机的终端用户的身份进入系统。这个过程称为远程登录。

Telnet 也使用客户机/服务器模式。在本地系统运行 Telnet 的客户机进程，而在远地主机则运行 Telnet 的服务器进程。和 FTP 的情况相似，服务器中的控制连接等待新的请求，并通过数据连接来处理每次连接会话的数据传送。远程登录后，用户的计算机就像该主机的真正终端一样，所以也被称为网络虚拟终端（NVT）。Telnet 的原理如图 5-27 所示。

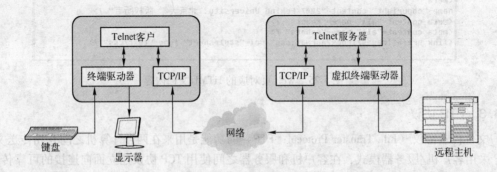

图 5-27   Telnet 协议原理图

虽然 Telnet 并不复杂，但它却应用得很广。用户通过 Telnet 不仅可以共享主机上的文件资源，也可以运行主机上的各种程序，实现对主机的远程管理，就像使用本地计算机一样。

虽然 Telnet 有广泛的应用，但主机在为用户提供 Telnet 服务时要格外当心，因为 Telnet 具有很强的交互性并且向用户提供了在远程主机上执行命令的功能。因此 Telnet 上的任何漏洞都可能会对主机的安全带来威胁。在这一点上 Telnet 服务可能会带来比 FTP 和 HTTP 服务更大安全隐患。Telnet 可以被用于进行各种各样的入侵活动，或者用来剔除远程主机发送来的信息。到目前为止，许多黑客的攻击是基于 Telnet 技术的。

5.4.5 E-mail 服务

电子邮件（E-mail）是 Internet 上应用的最广泛的服务之一。由于其快捷、方便和低成本，所以深受个人和企业用户的青睐。目前，全球平均每天发送的电子邮件数已经超过 100 亿封。

在 Internet 上发送和接收电子邮件，实际并不是直接在发送方和接收方的计算机之间传送的，而是通过邮件服务器作为代理环节实现的。发送方可在任何时间将邮件发送到邮件服务器上（因此不用顾虑接收者的计算机是否打开）。接收方在需要时登录邮件服务器中自己的邮箱，并下载邮件。电子邮件的另一个传统邮件无可比拟的优点是可以同时向多个接收者发送电子邮件，而并不增加多少工作量和成本。目前应用比较多的电子邮件协议是 SMTP、POP3 和 IMAP4 等协议。

1. 简单邮件传输协议

简单邮件传输协议（Simple Mail Transfer Protocol，SMTP）是一个简单的基于文本的电子邮件传输协议，是在 Internet 上用于在邮件服务器之间交换邮件的协议。SMTP 作为应用层的服务，可以适应于各种网络系统。

使用 SMTP 要经过建立连接、传送邮件和释放连接三个阶段。

2. 邮局协议

电子邮件的收信人使用邮局协议（Post Office Protocol，POP）从邮件服务器上获取邮件。POP 有两种版本，即 POP2 和 POP3，都具有简单的电子邮件存储转发功能。POP3 是目前与 SMTP 协议相结合最常用的电子邮件服务协议。目前大多数邮件服务器都支持 POP3。POP3 为邮件系统提供了一种接收邮件的方式，使用户可以直接将邮件下载到本地计算机，在自己的客户端阅读邮件。如果电子邮件系统不支持 POP3，用户则必须登录到邮件服务器上，在线查阅邮件。

电子邮件传送过程如图 5-28 所示。

图 5-28　电子邮件传送过程

3. 电子邮件

一封邮件由邮件头和邮件体两部分组成。邮件头类似于人工信件的信封，包括收件人、抄送和邮件主题等信息；邮件体即邮件正文部分，如图 5-29 所示。

- 收件人此栏填入收件人的 E-mail 地址，是必须填的。
- 抄送此栏填入第二收件人的 E-mail 地址，可以不填写任何内容。
- 主题是对邮件内容的一个简短概括。

收件人 E-mail 地址格式如下：

用户名@域名

其中，用户名是用户申请电子信箱时与信息服务提供商（ISP）协商的一个字母与数字的组合。域名是 ISP 的邮件服务器。字符"@"是一个固定符号，发音为英文单词"at"。

图 5-29　E-mail 示例

小结

Internet 的出现对信息技术的发展和普及是具有划时代意义的。它是一个由互相通信的计算机连接而成的全球网络。一旦连接到其中的任何一个节点上，就意味着计算机已经连入 Internet 上了。

Internet 从最早的美国军方项目 ARPAnet 逐步发展而来，使用 TCP/IP 体系结构。这种体系结构虽然不如 OSI 七层模型完美，但它更加灵活、方便，随着 Internet 的不断普及，TCP/IP 体系结构已经成为现代网络工业界的事实标准。

TCP/IP 体系结构分为四层，从下至上分别是：网络接口层、网际层、传输层和应用层。

网络接口层的功能对应于 OSI 七层模型中的物理层和数据链路层，表示与物理网络的接口，具体的物理网络可以是如以太网、令牌环网等局域网；也可以是如公用电话网、帧中继等广域网。

网际层是 TCP/IP 体系结构中重要的一层，主要负责寻址、数据封装成包和路由选择功能。这一层的核心协议有 IP、ARP 和 ICMP 等。

网际层的 IP 协议是面向无连接的，Internet 上的主机通过 IP 地址来寻址的，IP 地址根据覆盖的网络范围共分为五类，其中 A 类地址的地址资源最多。但现有的 IP 地址分配方案存在着对地址资源分配不合理的情况，为了解决这个问题，人们提出了多种解决方法，如：CIDR、NAT 和 IPv6 等。

ARP 协议是实现主机的 IP 地址向 MAC 地址的映射，当知道某台主机的 IP 地址，需要知道它的 MAC 地址时，可以使用 ARP 协议；ICMP 协议是为了控制和报告 IP 数据包在传送过程中出现的差错的。

传输层是为运行在网际层之上的一层，它为不同主机上的应用进程提供逻辑通信功能。传输层为各应用进程提供了不同的端口号，以便对同一台主机上的不同应用服务加以区分。常见的端口号有 HTTP（80）、FTP（21）和 SMTP（25）等。

传输层的服务有两种类型——面向连接（TCP 协议）和面向无连接（UDP 协议）。TCP 协议通过"三次握手"方式建立两台主机间的连接，在通信结束后，通过"双向四次"的方式来释放连接。

应用层主要提供给网络用户使用网络的人机接口，Internet 上最常用的网络应用有 Web 服务、FTP 服务和 E-mail 服务等。

习题

1. Internet 采用了什么体系结构？每一层中常用的网络协议有哪些？
2. IP 地址共分为几类？每一类有何特点？
3. 能否将 a. b. c. 0 这样的 IP 地址分配给某一台主机使用？为什么？
4. 若要将一个 B 类的网络 172. 17. 0. 0 划分为 14 个子网，请计算出每个子网的子网掩码，以及在每个子网中主机 IP 地址的范围是多少。
5. 试说明 IP 地址与 MAC 地址的区别。为什么要使用这两种不同的地址？
6. 试说明 NAT 技术的工作原理。
7. 试说明 ARP 协议和 RARP 协议的工作过程。
8. 为什么要使用传输层协议？传输层的常用协议有哪些？
9. 试说明 TCP/IP 协议中端口号的作用。
10. TCP 建立连接和释放连接的过程是怎样的？
11. 请说明使用慢启动方法进行拥塞控制的过程。
12. 在 Internet 上，为什么要使用域名？如何实现域名的使用？

第 6 章

局域网技术

局域网是我们日常生产、生活中应用范围最广的一种网络类型。它所覆盖的地理范围较小，在一个办公室内或一个园区内，都可组建成局域网；同时，局域网具有网络速度快、网络接入方式多样、网络配置灵活等特点。因此，局域网技术是计算机网络中的一个重要的知识内容，在本章中，将重点介绍基本的局域网类型和它们的工作原理。

6.1 局域网概述

局域网（Local Area Network，LAN）是将分散在有限地理范围内（如一栋大楼、一个部门）的多台计算机通过传输媒体连接起来的通信网络，通过功能完善的网络软件，实现计算机之间的相互通信和共享资源。局域网具有以下特点：

1）局域网的传输速率很高，它的传输速率一般为 1～100 Mbit/s。

2）局域网具有专用性质，它一般建在一个单位或小区内部，供内部人员使用。

3）局域网的网络拓扑、网络接入方式多样，能灵活地搭建适用于不同的场所的网络。

4）网络维护相对简单、成本较低。

决定局域网性能的技术有很多，其中主要的技术有三个：网络拓扑结构、网络传输介质和共享资源的介质访问控制方式。这三种技术在很大程度上决定了局域网组网方式、网络响应时间、数据吞吐量和传输效率。

网络拓扑结构和网络传输介质在第 1 章和第 2 章中介绍过，在本章中将不再着重介绍。而介质访问控制方式则是局域网的一个重要的知识内容，也是局域网的一个技术特点。

6.2 局域网拓扑结构

拓扑结构描述的是网络中各个节点和通信线路的互连模式，它对整个网络的功能、工作方式都有重大的影响，目前局域网中比较常见的拓扑结构有总线型、环型和星型。

1）总线拓扑结构是将网络中的所有设备都通过一根公共总线连接，通信时信息沿总线进行传送，总线拓扑结构简单，增删节点容易，但是任何两个节点之间传送数据都要经过总线，总线成为整个网络的瓶颈。当节点数目多时，易发生信息拥塞。

2）环型拓扑结构是将所有设备连接成环，信息是沿着环来进行传送的。环型拓扑结构传输路径固定，无路径选择问题。但任何节点的故障都会导致全网瘫痪，可靠性较差，当环型拓扑结构需要调整时，一般需要将整个网重新配置，网络扩展性、灵活性较差。

3）星型拓扑结构是由一个中间节点和若干从节点组成。中间节点可以与从节点直接通信，而从节点之间的通信必须经过中间节点的转发。星型拓扑结构简单，建网容易，传输速率高。每个节点独占一条传输线路，消除了数据传送堵塞现象。但网络可靠性依赖于中间节点，中间节点一旦出现故障将导致全网瘫痪。

三种基本的网络拓扑结构如图 6-1 所示。

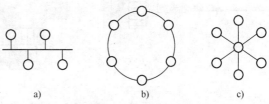

图 6-1 局域网常见的网络拓扑结构
a）总线型 b）环型 c）星型

6.3 局域网中的设备

6.3.1 局域网的传输介质

传输介质是指数据信号传输的媒体，局域网常用的传输介质有双绞线、同轴电缆和光纤（光缆），有时，也会使用无线传输介质，如微波和红外线等。

双绞线是由两根互相绝缘的铜线对绞而成的，这样可以使导线产生的电磁干扰相互抵消。它既可以传输数字信号，也可以传输模拟信号。双绞线布线简单、成本低，是局域网中最常见的传输介质。局域网中所使用的双绞线为4对（8根）导线，用RJ-45接头作为双绞线与通信设备的连接接头。双绞线、RJ-45接头、制作成功的双绞网线分别如图6-2从左至右所示。

图6-2 双绞线、RJ-45接头、网线

同轴电缆以硬铜线为芯，外面依次包有绝缘层、网状导体屏蔽层和绝缘保护外套。同轴电缆的抗干扰性，传输速率及传输距离都优于双绞线；但它的成本较高，网络布线相对复杂。根据阻抗的不同，同轴电缆可分为50Ω和75Ω两种。50Ω同轴电缆适用于数据通信，常用于组建局域网；75Ω同轴电缆适用于频分多路复用的模拟信号传输，常用于有线电视信号的传输。

同轴电缆常使用BNC接头与网络设备相连。BNC系列接头有连接器（用于线缆接头）、T型头（用于分接线缆）、终结器（用于线缆终结处，吸收信号的反射波）等。同轴电缆接头及连接方式分别如图6-3a和图6-3b所示。

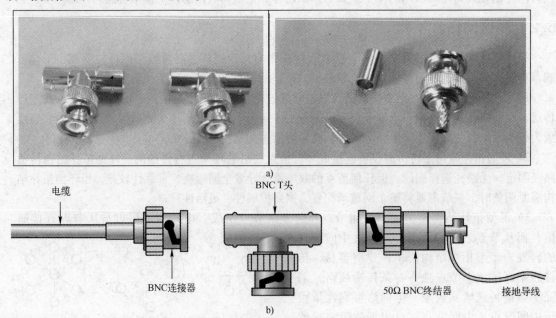

a)

电缆

BNC T头

BNC连接器

b)

50Ω BNC终结器

接地导线

图6-3 同轴电缆的接头和连接
a）BNC系列接头 b）同轴电缆的连接方式

光纤的内层为一束玻璃芯，它的外面包了一层折射率较低的反光材料，称为覆层。由于覆层的作用，光束会在纤芯边缘产生全反射，使光束曲折前进。光纤的传输速率高、距离远、损耗低、抗干扰力强；但它的价格也较高，安装不太容易。光纤一般被用在局域网的骨干传输线路中。光纤与光设备之间常见的接头有 ST 型和 SC 型两种，如图 6-4 所示。

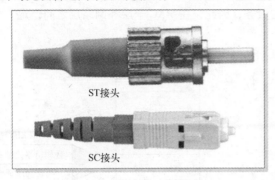

图 6-4　光纤接头

6.3.2　网络接口卡

网络中计算机如果需要通信，除了传输介质外，还要配备网络接口卡（Network Interface Card，NIC），简称"网卡"。

网卡是工作在数据链路层的网络组件，是局域网中连接计算机和传输介质的接口，不仅能实现与局域网传输介质之间的物理连接和电信号匹配，还涉及帧的发送与接收、帧的封装与拆封、介质访问控制、数据的编码与解码以及数据缓存的功能等。

网卡上装有处理器和存储器（包括 RAM 和 ROM）。网卡和局域网之间的通信是通过通信电缆以串行传输方式进行的。而网卡和计算机之间的通信则是通过计算机主板上的 I/O 总线以并行传输方式进行。因此，网卡的一个重要功能就是要进行串行/并行转换。由于网络上的数据率和计算机总线上的数据率并不相同，因此在网卡中必须装有对数据进行缓存的存储芯片。一个以太网的网卡的结构和接口形状如图 6-5 所示。

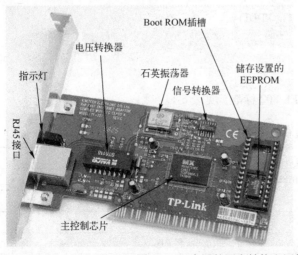

图 6-5　以太网的网卡结构和网络接口形状

6.4　局域网体系结构

6.4.1　局域网的分层

电气电子工程师协会（IEEE）于 1980 年成立了 802 分委会，负责统一定义局域网的体系结构和技术规范。因此，有关局域网的标准又被称为 IEEE 802 标准。

IEEE 802 标准将局域网的数据链路层划分为两个子层——介质访问控制子层（MAC）和逻辑链路控制子层（LLC），如图 6-6 所示。这是因为，局域网有很多种类型，每种的硬件结构、介质访问控制方式等都不同，这些都由 MAC 子层去处理；而网络层不愿意去面对如此众多而复杂的 MAC 层情况，它希望直接使用透明的服务，因此，在 MAC 子层和网络层之间设定一个 LLC 子层，向网络层提供统一的封装服务。

具体来讲，在局域网体系结构中，LLC 子层主要功能有以下几种：

- 建立和释放数据链路层的逻辑连接。
- 提供与网络层的接口。
- 差错控制。
- 为帧编号。

MAC 子层的功能有以下几种：

- 数据帧的封装和解封装。
- 比特差错检验。
- MAC 地址寻址。
- 共享介质的竞争处理。

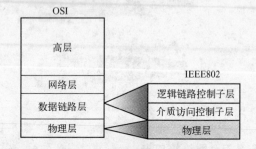

图 6-6   局域网的数据链路层

由于局域网的种类繁多，因此，IEEE 802 标准又被分为多个子标准，用于定义不同的局域网类型。目前共有 11 个子标准，它们分别是：

IEEE 802.1——通用网络概念及网桥等。

IEEE 802.2——逻辑链路控制子层等。

IEEE 802.3——采用 CSMA/CD 访问控制的局域网技术。

IEEE 802.4——采用令牌总线（token bus）访问控制的局域网技术。

IEEE 802.5——采用令牌环（token ring）访问控制的局域网技术。

IEEE 802.6——城域网访问控制方法及物理层规定。

IEEE 802.7——宽带局域网。

IEEE 802.8——光纤分布式数据接口（FDDI）。

IEEE 802.9——ISDN 局域网。

IEEE 802.10——网络的安全。

IEEE 802.11——无线局域网。

更为详细的局域网的体系结构（IEEE 802 标准）见表 6-1。

表 6-1   IEEE 802 标准

OSI	IEEE 802			
高层协议	IEEE 802.10 客户在 LAN 中的安全与保密技术			
	IEEE 802.1 系统结构与网络互连			
数据链路层	IEEE 802.2 逻辑链路控制子层			
	介质访问控制子层			
	802.3 CSMA/CD	802.4 令牌总线	802.5 令牌环	……
物理层	CSMA/CD 介质	令牌总线介质	令牌环介质	……

在众多的局域网类型中，最常见的有四种——以太网（IEEE 802.3）、令牌环网（IEEE

802.5）；令牌总线（IEEE 802.4）和无线局域网（IEEE 802.11）。下面的各节中重点介绍这几种局域网。

6.4.2 LLC帧和MAC帧

局域网中的数据封装过程如图6-7所示。网络层的数据在LLC子层会先封装成统一的LLC帧，然后再交到MAC子层，根据不同的局域网类型，封装成各自的MAC数据帧，最后再送入传输介质上传送。

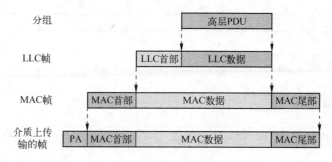

图6-7 局域网数据封装过程

1. LLC帧

局域网的LLC帧结构如图6-8所示，根据控制域，它可以分为信息帧、监督帧和无编号帧三种类型。

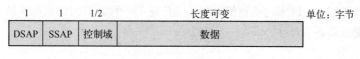

图6-8 LLC帧结构

其中各参数说明如下。

- DSAP：目的服务访问点，1个字节。DSAP的最低位为I/G比特，I表示单地址，而G表示组地址。当I/G比特置0时，它之后的7个比特表示一个目的SAP；当I/G比特置1时，则DSAP表示组地址，此时数据要发往某一个站的一组SAP，它只适用于不确认的无连接服务；若该字段全为1，则表示广播地址，该帧发往某一个站的所有SAP。
- SSAP：源服务访问点，1个字节。SSAP的最低位为C/R比特，C表示命令，而R表示响应。当C/R比特置0时，该LLC帧为命令帧；当C/R比特置1时，则为响应帧。C/R比特之后的7个比特是源服务访问点。
- 控制域：LLC帧结构采用了HDLC（参见7.1.2）的类似的控制字段，和HDLC一样，LLC也有信息帧I、监督帧S和无编号帧U三种类型的帧。对于信息帧和监督帧，控制域为2个字节，无编号帧的控制域只有1个字节。
- 数据：LLC帧的数据域长度是可变的。实际上，LLC帧因封装在MAC帧中，当MAC帧长度受限时，LLC帧长度也是受限的。

2. MAC帧

对于不同类型的局域网，其MAC帧结构有所不同。图6-9列出了IEEE 802.3、IEEE 802.4和IEEE 802.5三种局域网的帧结构。每种MAC帧均由头标、信息域和尾标组成。其中，Pr为引导码；SD和ED分别是帧的开始、结束定界符；DA和SA分别是目的地址和源地址；I是信息域，即LLC帧的内容。在IEEE 802.3中的L表示LLC数据字段的字节数；IEEE 802.4和

IEEE802.5 中的 FC 表示帧控制；AC 表示访问控制；FCS 表示帧校验。

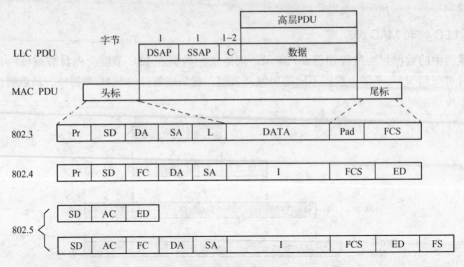

图 6-9   各种局域网的 MAC 帧

6.5   以太网

6.5.1   以太网概述

在众多局域网类型中，以太网是被使用得最为广泛的一种。它因建设成本低、维护方便、数据传输速度快等优点而备受青睐。

1. 以太网的历史

以太网技术的最初进展来自于美国施乐（Xcrox）公司的 Palo Alto 研究中心的许多先锋技术项目中的一个。

1973 年，为了实现几台电脑之间的简单连接和信息交互，Palo Alto 研究中心（PARC）的研究员 Robert Metcalfe 描绘出了大致的网络构想，并与 David Boggs 一起设计了这种网络的实现方案（如图 6-10 所示）。他们以历史上曾表示电磁波传输介质的"以太（ether）"来为这种网络命名。当时设计的以太网数据传输速率为 2.94 Mbit/s，以太网就此诞生。

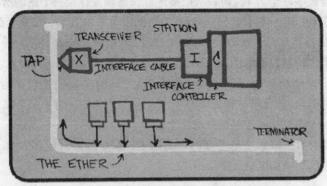

图 6-10   Metcalfe 等最早设计的以太网草图

1979 年，Metcalfe 离开了 Xerox 公司，成立了著名的网络设备公司——3Com。但 Metcalfe 对以太网的热情并未减退，他对 Xerox 等公司进行游说，希望能制定出一个以太网标准。

1980 年，由 Xerox、Intel、DEC 三家公司公布了 Ethernet 技术规范——"The Ethernet, A

Local Area Network，Data Link Layer and Physical Specification"，即著名的以太网蓝皮书，也称为DIX 1.0 版以太网，它给出了以太网的物理层、数据链路层的规范。

1982 年，在 DIX 1.0 的基础上，这三家公司又联合发表了 Ethernet Version 2 规范，将网络带宽提高到了 10 Mbit/s，并正式投入商业市场。

1983 年，IEEE 计算机通信委员会通过了 802.3 局域网络标准（CSMA/CD），严格来说，该标准和 Ethernet Version 2 规范有些细微差别，但总体上并不影响，所以，现在也常常把 IEEE 802.3 标准就称为是以太网规范。当时对以太网最突出的几个特征描述有：总线式拓扑结构、以标准的基带同轴电缆为传输介质、传输速率是 10 Mbit/s 等，尽管这些特征在今天看来已面目全非，但这些规范的制定，给了以太网天生开放的土壤。

2. 以太网的数据传送方式

从逻辑上看，IEEE802.3 以太网采用了总线型网络拓扑结构，当某台主机发送数据帧后，该数据帧就会在总线上广播，其他所有节点都会收到该帧，并将数据帧中的目的主机 MAC 地址和自己的 MAC 地址比较，如果相同，就接收该数据帧，否则将丢弃。

这种数据传送方式，实现比较简单，在小范围的网络环境、主机数量不多的情况下，有较好的成本优势；但如果随着网络的扩展，主机数量的增多，网络中数据量的增大，不可避免地会出现数据冲突，因此，合适的介质访问控制方式就成了以太网技术中的一个非常重要的内容。

6.5.2 介质访问控制方式

IEEE 802.3 以太网是共享介质的，即所有的节点都通过一条传输介质连接起来，数据采取广播的方式来传送。在每一时刻，只有一台主机可以发送数据，如果有多台主机同时发送数据，则会发生冲突，如图 6-11 所示。为了避免这种情况，在 IEEE 802.3 中规定了使用"载波监听多路访问/冲突检测（CSMA/CD）"的方法来解决以太网的共享介质冲突问题，这种旨在避免冲突的方法也被称为介质访问控制方式。

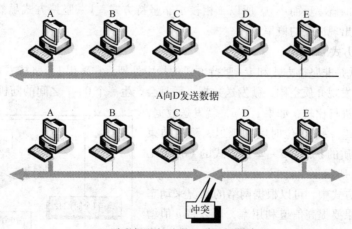

图 6-11 共享介质的数据冲突

CSMA/CD 方法其实是由"载波监听多路访问"和"冲突检测"两者组成的，CSMA 的工作原理也很简单：各节点在发送数据之前，先使用载波监听传输介质的状态，介质空闲，则发送数据；介质忙（即现在有其他节点在利用介质传送数据），则产生一个等待时间，等待时间结束后，再决定是否发送数据。根据载波监听的策略不同，CSMA 又可分为 3 种方式：非坚持方式；1 - 坚持方式和 p - 坚持方式。

1. 非坚持方式 CSMA

各节点在发送数据前先监听介质，如果介质空闲，就发送数据；如果介质忙，就不再监听，延迟一个随机时间后再次监听。非坚持方式中等待时间是随机产生的，这虽然简单，但有可能在等待时间结束前，介质已经由忙变闲，节点没有办法及时发现，使得信道的利用率下降。非坚持方式 CSMA 的工作流程如图 6-12 所示。

2. 1 – 坚持方式 CSMA

1 – 坚持方式是为了提高非坚持方式的信道利用率而提出的。其特点在于：如果介质忙，节点会一直监听下去，直到发现介质变为空闲，并马上发送数据。1 – 坚持方式 CSMA 的工作流程如图 6-13 所示。

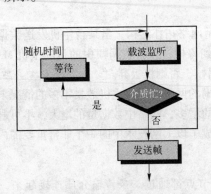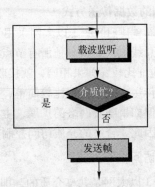

图 6-12　非坚持方式 CSMA　　　　　图 6-13　1 – 坚持方式 CSMA

1 – 坚持方式也可能会出现一些问题，比如：有两个（或以上的）节点需要发送数据，如果它们发现介质为忙，则都会一直监听下去，一旦介质由忙变闲，会被这两个节点同时检测到，导致它们同时发送数据，从而产生冲突（而非坚持方式中，各节点独立地产生随机等待时间，所以出现同时发送的概率反而小）。所以，相较于非坚持方式，1 – 坚持方式虽然提高了信道利用率，但也增大了出现冲突的概率。

3. p – 坚持方式 CSMA

p – 坚持方式是非坚持方式和 1 – 坚持方式的折中处理。它采用 1 – 坚持方式的监听方式，但并不是一旦节点发现介质空闲，就发送数据，而是会产生一个 $0 \sim 1$ 之间的随机数 i，并将 i 与之前设定好的 p 值进行比较，如果 $i < p$，就发送数据，否则，节点会产生一个单位时间的延迟，延迟结束后再重新监听介质的状态。p – 坚持方式的 CSMA 工作过程如图 6-14 所示。

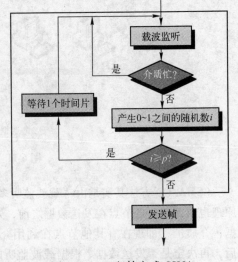

在 p – 坚持方式中，可以根据网络的状况来动态调节参数 p，如果要提高信道利用率，可以将 p 值增大；而如果要减少网络中冲突次数，可以将 p 值减小。

4. CSMA/CD 访问控制

上面介绍了以太网中三种 CSMA 控制方法，但不论使用哪种方法，都仍有可能出现多个节点同时发送数据而导致冲突的情况，而且，冲突发生后，没有办法通知各节点停止发送数据，这会使得介质上的冲突变得更加严重。因此，人们在 CSMA 的基础

图 6-14　p – 坚持方式 CSMA

上，增加了冲突检测机制，以解决冲突出现时的情况，即节点在发送数据的同时会检测介质冲突情况，若没有检测到冲突，则完成发送工作；如果检测到冲突，则停止发送数据，并发出一个冲突信号，通知以太网中各节点现在介质上出现了冲突，这之后，节点会延迟一个随机时间，重新进行载波监听。CSMA/CD 的工作过程如图 6-15 所示。

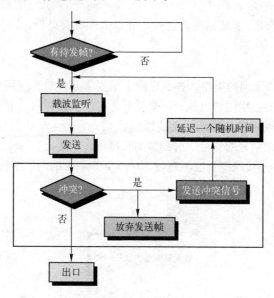

图 6-15 CSMA/CD 的工作过程

下面来看一下，在使用 CSMA/CD 的 IEEE 802.3 以太网中，当发生冲突时信道的争用时间。

如图 6-16 所示，以太网中的 A、B 两台主机，设 A 在某个时刻向信道中发送了数据，稍后，B 也有数据需要发送，但它并未检测到信道上主机 A 的数据，所以 A、B 的数据在中途发生了冲突，之后，B 的数据在 T_b 时刻到达 A，A 此时检测到冲突。

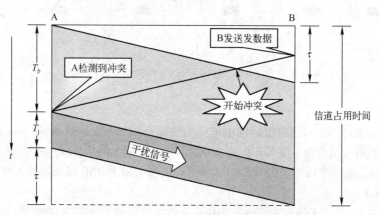

图 6-16 CSMA/CD 网络冲突发生时的信道争用时间

A 随即停止发送数据，并向信道发送冲突（干扰）信号，以通知网络上的其他主机信道冲突，这个冲突信号的持续时间为 T_j，A、B 两主机间数据传播时延为 τ。

因此，整个信道的争用时间为：$T_b + T_j + \tau$。

现在考虑两种极限情况，一是 A、B 同时发出数据，则 $T_b = \tau$；二是在 B 收到 A 的数据时发送了数据，则 $T_b = 2\tau$。因此，$\tau \leqslant T_b \leqslant 2\tau$。

故而，整个信道的争用时间将在 $2\tau + T_j$ 和 $3\tau + T_j$ 之间。

6.5.3   不同类型的以太网

根据使用的传输介质、连接方式的不同，IEEE 802.3 中规定的 10 Mbit/s 以太网可分为：10Base-5、10Base-2、10Base-T 和 10Base-F 四种类型，其中 10 表示 10 Mbit/s；Base 表示基带传输；5 表示每一段线缆的最长距离为 500 m；2 表示每一段线缆的最长距离为 200 m（实为 185 m）；T 表示双绞线连接；F 表示光纤连接。除以上四种类型外，以太网还包括现在广泛使用的高速以太网和交换式以太网。

1. 10Base-5

10Base-5 是最早的以太网的类型。各节点网卡采用 AUI 接口，使用粗同轴电缆将各节点连接起来，物理拓扑呈总线型。粗同轴电缆，可靠性好，抗干扰能力强，节点的收发器起到发送、接收信号、冲突检测、电气隔离等作用。在线缆的终点处，为了防止信号反射，加上了电缆终结器；另外，为了保证传送信号的质量，对线缆的长度也作了规定，一个网段线缆的总长度不超过 500 m，各节点到总线的连接线缆长度不超过 50 m。10Base-5 的网络结构如图 6-17 所示。

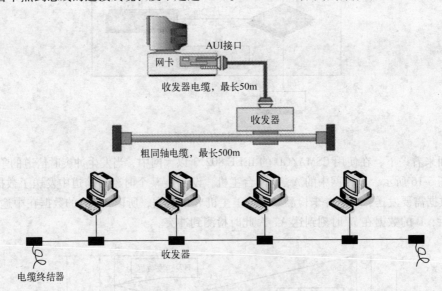

图 6-17   10Base-5 以太网网络结构

2. 10Base-2

另一种总线型的以太网是由细同轴电缆作为传输介质的 10Base-2 网络，细缆的直径是粗缆的一半，柔软性好，易弯曲，更易于网络布线。10Base-2 以太网的传输速率也是 10 Mbit/s，每个网段的最长距离接近 200 m（实为 185 m），各节点的网卡采用 BNC 接头连接入网。

3. 10Base-T

1990 年，IEEE 发布了使用双绞线作为传输介质的以太网 10Base-T 的规范，此后，双绞线因其成本低、安装方便、传输速率高等特点逐渐取代同轴电缆，成为以太网中使用的最广泛的传输介质。

10Base-T 多使用集线器（hub）作为中间节点来汇接各网络节点，即采用星型物理拓扑（但逻辑拓扑仍为总线型），它的连接距离较短，集线器和网络节点之间的线缆长度不超过100 m。10Base-T 网络结构如图 6-18 所示。

在 10Base-T 网络中，所使用的双绞线线缆根据线序的不同，可以分为两种类型：直连线（两头芯线线序相同）和交叉线（两头芯线 1、3；2、6 线序相反），分别如图 6-19a、图 6-19b 所示。

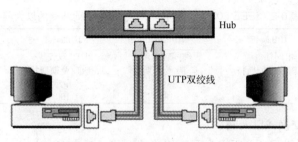

图 6-18　10Base-T 以太网网络结构

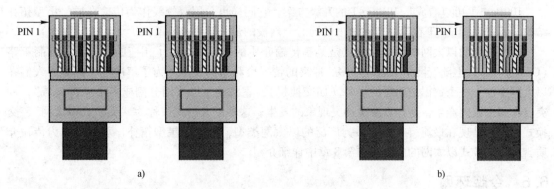

图 6-19　双绞线线序
a) 直连线序　b) 交叉线序

那么，什么时候使用直连线，什么时候使用交叉线呢？如图 6-20 所示，一般来讲，在使用双绞线连接两台设备时，如果仅有一台的端口标有 "X"，则使用直连线；如果两台端口都标有（或未标有）"X"，则使用交叉线。

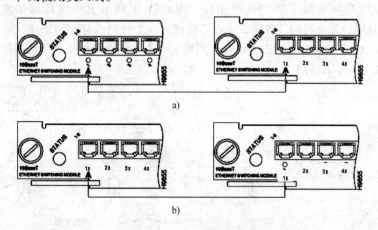

图 6-20　直连线和交叉线的使用
a) 有且仅有一个端口标记有 "X" 时使用直连线　b) 两个端口均标有或均没标有 "X" 时用交叉线

4. 10Base-F

10Base-F 是使用一对光纤作为传输介质的以太网类型。网络节点需要使用光电转换设备，将曼彻斯特编码的电信号转换成光信号，再送入光纤传送。由于光纤的成本比较高，且不易安装，所以，10Base-F 在以太网中应用的很少。

IEEE 802.3 中规定的 10 Mbit/s 的四种以太网类型的特点见表 6-2。

表6-2　IEEE 802.3中四种不同类型的10Mbit/s的以太网

类　型	10Base-5	10Base-2	10Base-T	10Base-F
传输介质	粗同轴电缆	细同轴电缆	UTP双绞线	光纤
编码技术	基带/曼彻斯特	基带/曼彻斯特	基带/曼彻斯特	曼彻斯特/(on-off)
物理拓扑	总线	总线	星型	星型
最大网段长度（m）	500	185	100	500

5. 高速以太网及交换式以太网

随着局域网技术的发展，今天以太网的传输速度早已超过10 Mbit/s。高速以太网是指网络传输速度在100 Mbit/s以上的以太网，如100Base-T、1000Base-T等。

100Base-T可以看成是10Base-T的升级方案，它同样也采用双绞线作为传输介质、星型拓扑结构。不过100Base-T在提高传输速度的同时，网段的最长距离也有所减少。

由于传统的以太网中所有的节点是共享传输介质的，虽然采取了相应的介质访问控制策略（CSMA/CD），但随着网络节点的增多，冲突的情况会频繁的发生。为了解决这个问题，人们在以太网中加入一个数据链路层的设备（如交换机），它将整个以太网分割成多个"冲突域"，冲突仅在每个域内产生，这样以减少冲突现象的发生，这种以太网就被称为"交换式以太网"，交换式以太网是现在最流行、使用最为广泛的以太网类型，它采用星型拓扑，双绞线作为传输介质。关于交换式以太网的内容将在第8章中详细介绍。

6.6　令牌环网

6.6.1　令牌环网概述

令牌环网，最早是由IBM公司提出，后经IEEE吸收并定义成IEEE802.5的一种局域网类型。目前在局域网领域中，令牌环网使用的并不多，但基于令牌环工作方式的光纤分布式数据接口（FDDI）在城域网中仍然有非常广泛的应用。

很显然，令牌环网采取了环型网络拓扑。图6-21中列出了令牌环网的两种常见结构：图6-21a是令牌环网的基本结构，各网络节点直接接入一个封闭的环型网络中，数据依次在各节点间传送。图6-21b是令牌环网的改进结构，网络节点未与环直接相连，而是连接到一种多路访问单元，再由此单元接入环网。

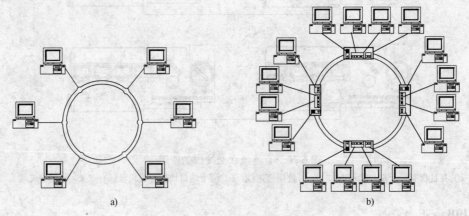

a)　　　　　　　　　　　　　　　b)

图6-21　令牌环网的结构

a) 令牌环网基本结构　b) 令牌环网改进结构

6.6.2　介质访问控制方式

令牌环网采用令牌传递的方法来解决网络各节点对介质的争用。这种方式不会出现以太网中的冲突的现象，但它的信道利用率偏低。令牌环网的介质访问控制方法大致如下：

1）当没有节点需要发送数据时，有一个空闲令牌在网上各节点间依次传递。

2）若某个节点有数据需要发送，必须先获取这个空闲令牌，将令牌的状态由闲改为忙，并将要发送的数据附在令牌后一起发送出去。

3）这个带令牌的数据依然按序在各节点间传递，所有的节点都会收到这个数据，由于令牌中包含了目的节点的 MAC 地址，所以，只有目的节点会接收该数据，其他节点则会丢弃。

4）令牌最终回到数据发送节点，并由发送节点释放该令牌。

5）空闲令牌继续在环网中依次轮询。

整个过程如图 6-22 所示。

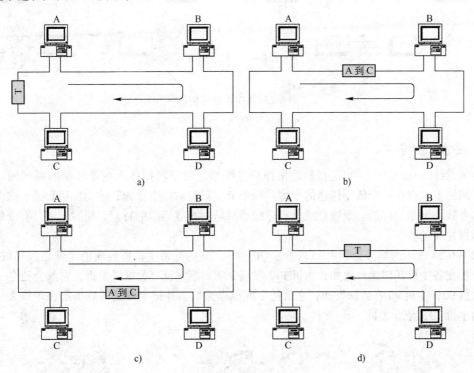

图 6-22　令牌环网的介质方法控制方式

a）A 节点有数据要发送等待并获得空令牌　　b）A 将发送给 C 的数据加在令牌之后发送
c）仅 C 节点接受此数据其他节点均丢弃数据　　d）数据回到 A 节点并由 A 释放令牌

这里需要说明的一点是，令牌并不是由目的节点在接收数据之后就释放，而是须将数据传回到发送节点，由发送节点与之前的数据比较，发现无误后，才释放令牌。这样做，虽然牺牲了效率，但保证了数据传送的正确性。

6.6.3　FDDI

光纤分布式数据接口（FDDI）在局域网标准中被列为 IEEE 802.8，它和令牌环网（IEEE 802.5）有很多类似之处，比如，均采用环型拓扑结构，均采用令牌方法发送数据。FDDI 采用多模光纤作为传输介质，双环拓扑，数据传输速率可达 100 Mbit/s，环上最多可容纳 1000 个节点，节点间最大间距为 2 km。因此，FDDI 多用于较大型的园区网或城域网。

FDDI 也采用令牌方式发送数据，并有所改进。FDDI 中，获得令牌的节点在发送完数据后，立即释放一个空令牌，下一个需要发送数据的节点可以获取这个空令牌，继续在环上发送数据，所以 FDDI 中，一个时刻，环上可能有多个数据帧同时传送，这样，可以提高信道的利用率。

FDDI 的另一个特点是双环拓扑，即传输线路实际上是由主环和次环组成，这两个环上的数据流向相反。如图 6-23 所示，在正常情况下，只使用主环来传送数据，当主环线路发生故障时，主、次环会自动接通，以保证网络通信能正常进行。双环拓扑使得 FDDI 网络具有"自愈"功能，这是其他网络所不具备的。

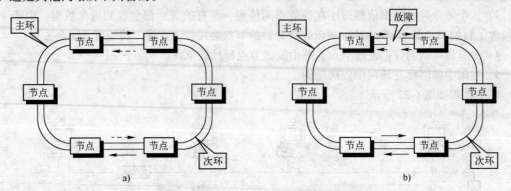

图 6-23   FDDI 双环拓扑
a) 正常情况   b) 出现故障

6.7   令牌总线

令牌总线（IEEE 802.4）是指物理拓扑呈总线型，而逻辑拓扑为令牌环型的局域网。事实上，在网络上也存在一个依序传递的令牌，每个节点只有取得空令牌，才能发送数据。这个工作过程和令牌环网是一样的。令牌总线具有总线型局域网布线简单的特点，同时，也具有令牌环网的无数据冲突的特点。

如图 6-24 所示的编号分别为 112、90、70、45、20 的五台主机所连成的令牌总线局域网中，令牌依次在各主机间传递，比如，主机 112 收到令牌，但它没有数据要发送，它就会把空令牌再传给主机 90，主机 90 有数据发送，它就把令牌标志为忙，并把要发送的数据加在令牌之后，再发送给主机 70，依此类推。

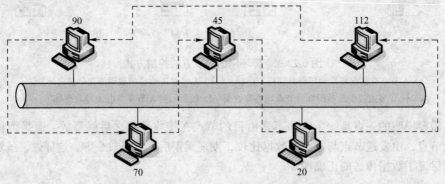

图 6-24   令牌总线局域网

6.8   无线局域网

无线局域网是可以提供无线接入环境的局域网类型，无线局域网曾经有多种标准，如今，最有影响力的是 IEEE 802.11 标准。

最初，IEEE 802.11 中规定传输速率为 1 Mbit/s 和 2 Mbit/s 的两种无线局域网标准，随着无线局域网技术的不断发展，现在又加入了支持 54 Mbit/s 和 11 Mbit/s 的 802.11a 和 802.11b 等新的无线局域网标准。

IEEE 802.11 WLAN 的最小组件称为基本服务集（Basic Service Set，BSS），BSS 是一个有限的区域，一般在百米以内。一个 BSS 中，包含了一个进行数据发送和接受的设备，被称为接入点（Access Point，AP）。通常，一个 AP 能够在百米的范围内连接多个无线用户。AP 往往同时具有有线和无线的接口，它既可以通过线缆接入有线网络，也可以使用无线信号与其他移动终端通信，因此，AP 可以看成是 WLAN 中各无线终端的接入单元。

无线局域网根据各终端组网的方式，可分为独立的 WLAN 和非独立的 WLAN 两种。

1. 独立的 WLAN

这是指整个网络都使用无线通信的情形。在这种方式下可以使用 AP，也可以不使用 AP，如图 6-25 所示。在不使用 AP 时，各个用户之间通过无线直接互连（如 Ad hoc 网络），但缺点是各用户之间的通信距离较近；使用 AP 时，各节点通过 AP 中转进行通信。

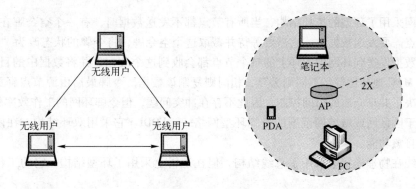

图 6-25　独立的 WLAN

2. 非独立的 WLAN

在大多数情况下，无线通信是作为有线通信的一种补充和扩展。这种情况称为非独立的 WLAN。

在这种配置下，每个 BSS 通过 AP 连接到一个分布系统上，分布系统可以是一个有线的主干局域网。这样各 BSS 中的移动主机就可以访问到分布系统所连的主机。多个 BSS 通过分布系统连接就构成了扩展服务集（Extended Service Set，ESS），其结构如图 6-26 所示。

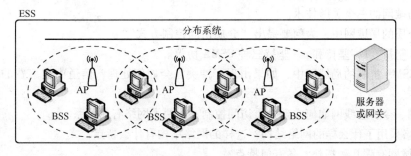

图 6-26　非独立的 WLAN

小结

局域网是日常生活中常见的一种网络类型。它是指分布在有限范围内的一种网络形态。局域网具有建设成本低、搭建简单、维护方便、传输速率高等特点，其自问世以来，就得到了迅猛地发展。

局域网的体系结构又被称为 IEEE 802 标准，它把数据链路层分为了两个子层——介质访问子层（MAC）和逻辑链路子层（LLC），LLC 层向网络层提供统一的数据封装格式，由于局域网的类型很多，每种局域网所使用的物理介质、介质访问控制方式不同，所有这些内容都是在 MAC 层进行处理的，所以，不同局域网的 MAC 层帧格式也不同。

局域网中最常见的网络类型是：总线型以太网（IEEE 802.3）、令牌环网（IEEE 802.5）、令牌总线（IEEE 802.4），另外还有无线局域网（IEEE 802.11）也有很好的应用和发展。

以太网是局域网中最常见的一种网络类型，传统的以太网是总线型拓扑，传输介质可以是同轴电缆、光纤或双绞线，现在以双绞线居多。由于网络上的所有节点是共享传输介质的，所以，在数据传送的过程中，可能会出现冲突。IEEE 802.3 以太网使用了 CSMA/CD 的方法来避免和解决冲突问题。具体的 CSMA 算法有三种：非坚持的 CSMA、1 - 坚持的 CSMA 和 p - 坚持的 CSMA。

令牌环网采用了环型的拓扑结构，当所有节点都不发送数据时，有一个空令牌在环上轮询；当有某个节点需要发送数据时，它需要等待并截取这个空令牌，将令牌的状态改为"忙"，随后加上自己的数据发送到环中。环上的每个节点都会收到这个数据，并将数据中的目的 MAC 地址与自己的 MAC 地址比较，不同则丢弃，相同则复制该数据。令牌最后由源节点释放。令牌环网较好地解决了共享介质的访问控制，因此不存在冲突问题，但令牌环网的工作效率较低。另外还有一种用于园区网或城域网范围的令牌环型网络——FDDI。它采用双环结构，在网络出现故障时，具有自愈功能。

令牌总线在物理连接上采用了总线结构，但在逻辑上采用了环型结构，它的工作方式和令牌环网类似。

无线局域网是可以提供无线接入环境的局域网类型，通常在网络中要设置 AP 来提供网络接入，根据各终端的组网方式，无线局域网可分为独立的无线局域网和非独立的无线局域网。

习题

1. 局域网的体系结构包含了几层？每一层的功能是什么？
2. 最常见的 IEEE 802 系列标准是哪些？分别对应何种局域网？
3. 局域网体系结构中，数据链路层分为了哪两层？为什么这样划分？
4. 决定局域网性能的三个关键技术是什么？试分别说明 IEEE 802.3、IEEE 802.4 和 IEEE 802.5 这三种局域网的三个关键技术。
5. 在共享介质的局域网中，为何要提出"介质访问控制方式"？
6. 请说明非坚持、1 - 坚持和 p - 坚持三种 CSMA 协议。
7. 在使用 CSMA 机制的局域网中，如果出现了冲突，会如何处理？信道中被浪费的这段时间如何估算？
8. 令牌环网、令牌总线网如何实现介质访问控制？这两类网络有何关系？
9. FDDI 网络采用了什么样的网络结构？这样的网络结构有什么特点？
10. 无线局域网有哪几种拓扑？各有何特点？

第7章

广域网技术

在第 6 章中介绍过局域网技术。局域网是把那些在有限的地理范围内的通信主机互联，而当我们需要和远在千里之外的朋友通信时，就不得不借助于广域网了。广域网一般由电信运营商运营，为公众的通信提供一种骨干网络平台。常见的广域网有电话网（PSTN）和综合业务数字网（ISDN）。

7.1 广域网概述

7.1.1 广域网的概念

广域网是指那些覆盖范围超过几千公里的网络，可由多个部门或多个国家联合组建而成，因此网络的规模很大。它由众多的交换节点和连接这些节点的传输线路组成，传输线路多采用光纤或微波等高速传输介质，这些设备一般由电信部门提供，能实现整个网络范围内的资源共享。如图 7-1 所示，广域网在整个通信网络中承担着骨干网络的角色。

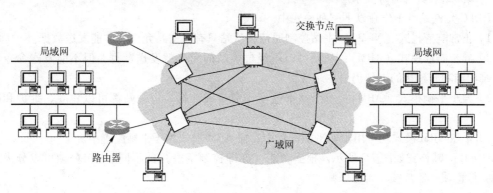

图 7-1　广域网示例

根据网络交换技术的不同，广域网可被分为两类：一类是基于传统的线路交换技术的广域网，如电话网（PSTN）；另一类是基于分组交换技术的广域网，如帧中继（frame relay）。目前大部分广域网都采用分组交换方式进行数据传送，即，广域网中的交换节点先将发送给它的数据包完整接收下来，然后经过路径选择找出一条输出线路，最后由交换节点将接收到的数据包发送到该线路上去，以此类推，直到将数据包发送到目的节点。

从功能上看，广域网主要提供面向通信的功能，即为资源网络提供一个互联的平台。因此，广域网一般只包含 OSI 参考模型的底下三层，并向高层提供两类服务：面向连接的网络服务和面向无连接的网络服务。前者将网络数据传输的可靠性、完整性保证放在网络层实现；而后者将之放在传输层实现。线路交换的广域网，都提供的是面向连接的服务；而分组交换的广域网，可以提供面向无连接的"数据报"服务或是面向连接的"虚电路"服务（可参见第 3 章"网络交换技术"）。

由于广域网发展的历史比较长，所以，目前全球在使用的广域网类型也比较多，本章中将介绍主要的广域网类型。

7.1.2　广域网的帧结构

计算机网络中的数据是逐层封装的，在广域网中，数据链路层常见的封装格式有"高级数据链路控制（HDLC）"和"点到点协议（PPP）"。

1. HDLC

HDLC 是一种面向比特的同步传输规程，它是在 IBM 公司的 SNA 体系机构中的数据链路层协议——同步数据链路控制（Synchronous Data Link Control，SDLC）的基础上发展而来，并成为 ISO 标准。

HDLC 中定义了三类站点：主站、从站和复合站。主站是控制整个链路工作（包括链路的初始化、链路的建立及释放、数据的传输以及差错恢复等）的站点，主站发出的帧称为"命令（command）"。从站是在主站控制之下才能传输数据的站点，从站发出的帧称为"响应（response）"。复合站则是同时具有主站和从站的功能，既可以发出命令，也可以发出响应。

HDLC 可适用于链路的两种基本配置，即非平衡配置与平衡配置。非平衡配置的特点是由一个主站控制整个链路的工作。主站可以发起向从站的数据传输，而从站只有在主站轮询到它时，它才能向主站发送数据，否则它只能等待。平衡配置的特点是链路两端的两个站都是复合站。每个复合站都可以平等地发起数据传输，而不需要得到对方的轮询允许。通常情况下，非平衡配置主要用于点到多点链路，其中一个为主站，其他站点为从站。而平衡配置主要用于点到点链路，链路两端的站点具有对等关系。

HDLC 允许站点工作在以下三种模式中。

1）正常响应模式（NRM）：主站控制通信，从站只有在主站允许时才能发送数据。

2）异步响应模式（ARM）：从站可以不经过主站的允许就发送数据，但不能发送命令。建立、维护和断开连接的责任仍由主站负责。

3）异步平衡模式（ABM）：每个站都能发送命令或数据。每个站都可以建立、维护和断开连接。

NRM 和 ARM 模式均可用于非平衡配置中，而 ABM 模式用于平衡配置中。

HDLC 的帧格式如图 7-2 所示。根据功能（亦即控制字段）的不同，HDLC 帧可以分为三种类型：信息帧、监督帧、无编号帧。

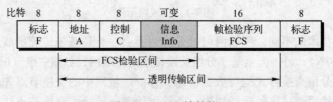

图 7-2　HDLC 帧结构

信息帧用于传送有效信息或数据，通常简称 I 帧。I 帧以控制字段第一位为"0"来标志。

监督帧用于差错控制和流量控制，通常简称 S 帧。S 帧以控制字段第一、二位为"10"来标志。

无编号帧因其控制字段中不包含发送帧和接收帧的编号而得名，简称 U 帧。U 帧用于提供对链路的建立、拆除以及多种控制功能，但是当要求提供不可靠的无连接服务时，它有时也可以承载数据。

- 标志字段（F）：为"01111110"，共 8bit，用于标识帧的起始和结束位置。
- 地址字段（A）：8bit，用于表示从站或应答站的地址。全 1 地址是广播方式，全 0 地址是无效地址，所以有效的地址共有 254 个。因此，HDLC 可用于一点对多点的通信（但 PPP

协议没有这种功能）。

- 控制字段（C）：8bit，用于定义不同类型的 HDLC 帧，进行链路的建立、拆除，数据流量控制和差错控制等。
- 信息字段（I）：长度可变，为上层数据。
- 帧校验序列（FCS）：16bit，用于检验从地址字段到信息字段的全部比特的正确性。

2. PPP

点到点协议（PPP）是一种目前广泛使用的广域网数据链路层协议。用户使用电话拨号方式接入 Internet 时，大都使用的就是 PPP 协议。PPP 协议只能是两个点之间通信，不具备多点寻址的功能，而 HDLC 具备多点寻址的功能。

使用 PPP 协议的网络中，网络用户需要先向 Internet 服务提供商（Internet Service Provider，ISP）提出连接申请，ISP 已具有一大批 IP 地址资源，用户在某一个 ISP 缴费登记后，就可用自己的计算机通过调制解调器。电话线接入到该 ISP。用户在接通 ISP 后，ISP 就分配给该用户一个临时的 IP 地址。用户计算机在获得了临时的 IP 地址后，就成为连接在 Internet 上的主机，因而就可使用 Internet 所提供的各种服务。当用户结束通信并断开连接后，ISP 就把刚才分配给该用户的 IP 地址收回，以便再分配给后面拨号入网的其他用户使用。

PPP 协议最早在 1992 年由 IETF 制定，经过 1993 年和 1994 年的修订，现在的 PPP 协议已成为 Internet 的正式标准［RFC 1661］。

PPP 协议有三个部分组成：

1）PPP 帧的封装格式。
2）链路控制协议 LCP（Link Control Protocol）。
3）网络控制协议 NCP（Network Control Protocol）。

当用户拨号接入 ISP（Internet 服务提供商）时，调制解调器对拨号做出确认，并建立一条物理连接。计算机向调制解调器发送一系列的 LCP 分组（封装成多个 PPP 帧），这些分组及其响应选择一些 PPP 参数，进行网络层配置，NCP 给新接入的计算机机分配一个临时的 IP 地址，使计算机成为 Internet 上的一个主机。通信完毕时，NCP 释放网络层连接，收回原来分配出去的 IP 地址。接着，LCP 释放数据链路层连接。最后释放的是物理层的连接。PPP 还有一个重要特点，提供身份认证功能，包括"口令认证协议"（PAP）和"质询 - 握手认证协议"（CHAP）两种方式。

PPP 帧封装格式和 HDLC 类似，如图 7-3 所示。

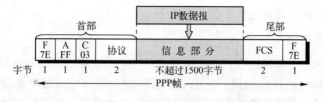

图 7-3　PPP 帧格式

- 标志字段（F）：仍为 01111110（16 进制：0x7E），用于帧的起始和结束定界。
- 地址字段（A）：只置为 0xFF。
- 控制字段（C）：通常置为 0x03。地址字段和控制字段留作扩展之用，实际上并不起作用。
- 协议字段（P）：2 个字节长度，当协议字段为 0x0021 时，PPP 帧的信息字段就是 IP 数据报；若为 0xC021，则信息字段是 PPP 链路控制数据；若为 0x8021，则表示这是网络控制数据。

- 信息字段（I）：是 IP 数据报，一般不超过 1500 字节。PPP 是面向字节的，所有的 PPP 帧的长度都是整数字节。
- 帧校验序列（FCS）：用于校验数据帧的正确性。

随着技术的进步，目前通信信道的可靠性比过去已经有了非常大的改进。已经没有必要在数据链路层使用很复杂的协议（包括编号、检错重传等技术）来实现数据的可靠传输。因此，不可靠的传输协议 PPP 现已成为数据链路层的主流协议，而可靠传输的责任落到了运输层的 TCP 协议身上。

7.2　PSTN

公共交换电话网络（Public Switched Telephone Network，PSTN），也即是通常所说的电话网，它是一种覆盖全球的线路交换网络，最初是为了语音通信而建的，从 20 世纪 60 年代开始，也被用于数据传输。现在，电话网拨号仍然是接入 Internet 的一种主要方式，虽然相对于其他数据网络，电话网的线路质量较差，传输速率较慢，但它的覆盖面广、费用低廉，所以，在数据通信中，电话网仍然扮演着重要的角色。

7.2.1　PSTN 的设备

电话网是由用户终端设备、交换设备和传输系统三部分组成。

- 用户终端设备：即电话机，是用户直接使用的工具，主要完成将用户的声音信号转换成电信号或将电信号还原成声音信号。同时，电话机还具有发送和接收电话呼叫的能力，用户通过电话机拨号来发起呼叫，通过振铃知道有电话呼入。用户终端可以是模拟话机，也可以是数字话机，还可能是传真机等设备。
- 交换设备：电话网中的交换设备又称"电话交换机"或"程控交换机"，主要负责用户信息的交换。它要按用户的呼叫要求给两个用户之间建立交换信息的通道，即具有连接功能。此外，交换机还具有控制和计费等功能。
- 传输系统：传输系统是指传输线路及相关传输设备。在电话网中，传输系统包括本地环路和中继线。本地环路是指在电话机和交换机之间的这部分传输系统；中继线（又称干线）是指在交换机之间的这部分传输系统。传输系统可以有无线、有线，模拟、数字等多种类型。

作为一种典型的线路交换网络，电话网的通信过程分为三个阶段：呼叫建立阶段、通信阶段和连接释放阶段，具体过程请见第 3 章。

7.2.2　PSTN 的网络结构

电话网由本地网和长途网组成。本地网是指在同一长途编号区内的网络，由汇接局、端局、本地环路和用户终端（话机）组成。其中，本地网中的端局是和用户终端直接相连的交换机，一般处于县、乡一级，端局和终端之间的线路被称为本地环路，这段线路通常是铜质双绞线缆，传输的是模拟信号。汇接局负责汇接本区内的话务，一般由各端局汇接到汇接局上。本地电话用户之间的相互呼叫，只需拨打本地电话号码，为了保证本地电话网用户的通信质量，本地网服务范围一般不超过 300 km。

长途网为各个本地网之间提供长途电话业务，包括国际长途和国内长途。当本地用户需要拨打外地电话时，其话务就要由汇接局送至长途局进行接续。电话局之间的线路称为中继线或干线，传输介质多采用光缆，在干线上传输的信号为数字信号。

一个简单的电话网网络结构如图 7-4 所示，图中省略了汇接局。

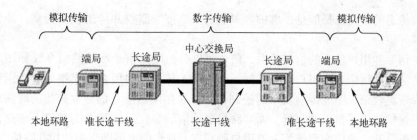

图 7-4　电话网网络结构

现代的电话网络的传输系统都采用数字网络，因此，用户终端的模拟话音信号在端局必须转换成数字信号，这就是在第 2 章中提到的 PCM 编码。

*7.2.3　信令系统

信令系统是电话网的重要组成部分，它在用户设备和交换机之间、交换局和交换局之间传递控制信息，建立、维持和终止呼叫，维持网络的正常运行。信令系统可以被形象地比喻成电话网的神经系统。一次电话接续过程中，信令的基本工作流程如图 7-5 所示。

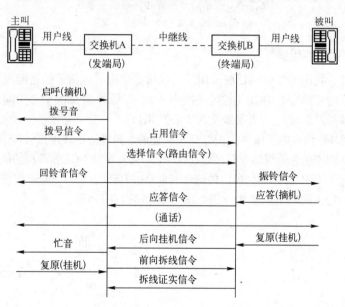

图 7-5　电话接续基本信令流程

从图中可以看到信令在电话接续过程中所发挥的重要作用。正是通过摘机信令，交换机才知道哪位用户需要呼叫服务；正是通过拨号信令，用户才知道中继线路状态并是否可以拨号；正是通过应答信令，主叫用户才能和被叫用户建立通信信道，进行通话；……可见，虽然是一次简单的电话通信，却需要信令系统做出许多协调与管理工作。

信令系统可以有多种分类方法。

- 按照工作区域的不同，信令可以分为用户信令和局间信令，前者是在用户环路上传输的信令，主要包括用户终端向交换机发送的监控信令和地址信令，如主、被叫用户的摘机、挂机信息，主叫用户拨打的电话号码等；后者是在中继线路上传输的信令，主要用于连接的控制、网络的监控等。
- 按所完成的功能不同，信令可分为监视信令、地址信令和维护管理信令。监视信令负责监视用户线和中继线的状态变化；地址信令负责传送主叫话机发出的数字信号以及交换机间传送的路由选择信息；维护管理信令主要负责监控并传送线路拥塞、计费以及故障告警等信息。

● 按照信令和用户信息的信道关系，信令可以分为随路信令和共路信令（如图7-6所示）。随路信令是指信令与用户信息在同一个信道上传送，多用在全模拟的电话网络中，随路信令带宽较窄，不能传输复杂的控制信号，采用随路信令的建立连接的时间较长，对计算机通信造成了很大的时延。而共路信令是指信令在一条独立的信道上传送，与用户信息信道分开。该信令系统为一群用户所共享。现代的电话网络多使用共路信令系统。

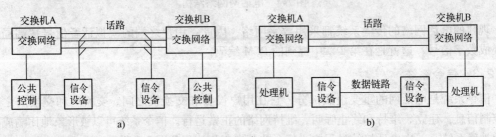

图7-6   随路信令系统和共路信令系统

a）随路信令系统   b）共路信令系统

*7.2.4   我国电话网的组织

为了便于管理，我国的电话网目前采用了三级树状结构，包括了长途网和本地网两部分，其中长途网由一级长途交换中心 DC1（省级交换中心）、二级长途交换中心 DC2（地区交换中心）组成，本地网由端局及汇接局（市县级交换中心）组成。

信令网络采用共路信令的工作方式，与 DC1 相连的为高级信令转接点（HSTP），负责汇接 DC1 间的信令；与 DC2 相连的为低级信令转接点（LSTP），负责汇接 DC2 和端局的信令；此外，在各个交换局还设有信令点（SP）。这样，国内的信令网也是由 HSTP、LSTP 和 SP 组成的三级网络。

国内电话网和信令网的组织结构分别如图7-7a 和图7-7b 所示。

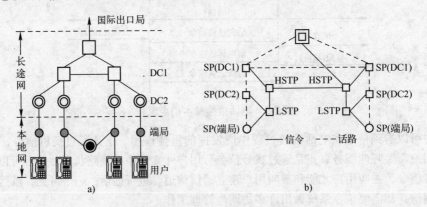

图7-7   我国三级电话网及信令网的组织

a）三级电话网结构   b）电话、信令网关系

*7.2.5   电话网的路由选择

电话网中的两个用户需要通话时，需要由交换机为他们搭建起一条话音通路，有时，可能会有多条可选路径，但交换网络会尽量找到最优的那一条，这个由交换机选择并建立通路的过程，就被称"路由选择"。

1. 电话路由的分类

电话链路是根据不同的呼损指标进行分类的。所谓呼损，简单讲，是指在用户发起呼叫时，由于网络或中继线路的原因导致电话接续失败，这种情况叫做呼叫被损失，简称呼损。呼损发生的频度可以用损失的呼叫占总发起呼叫数的比例来描述（这只是表述呼损的方法之一）。

按链路上所设计的呼损指标不同，可以将电话链路分为低呼损电路群和高效电路群。低呼损电路群上的呼损指标应小于1%，低呼损电路群上的话务量不允许溢出至其他路由。所谓不允许溢出，是指在选择低呼损电路进行接续时，若该电路拥塞，不能进行接续，就不再选择其他电路进行接续，故该呼叫就被损失掉，产生呼损。因此，在网络规划过程中，要根据话务量数据计算出所需的电路数，以保证满足呼损指标。而对于高效电路群则没有呼损指标，其上的话务量可以溢出至其他路由，由其他路由再进行接续。

电话路由也可以相应地按照呼损进行分类，分为低呼损路由和高效路由，其中低呼损路由包括基干路由和低呼损直达路由。若按照选择顺序分，则有首选路由和迂回路由。

（1）基干路由

基干路由由具有上下级汇接关系的相邻等级交换中心之间以及长途网和本地网的最高等级交换中心之间的低呼损电路群组成。基干路由上的低呼损电路群又叫基干电路群。电路群的呼损指标是为保证全网的接续质量而规定的，应小于1%，且话务量不允许溢出至其他路由。

（2）低呼损直达路由

直达路由是指由任意两个交换中心之间的电路群组成的，不经过其他交换中心转接的路由。低呼损直达路由由任意两个等级的交换中心之间的低呼损直达电路组成。两交换中心之间的低呼损直达路由可以疏通两交换中心间的终端话务，也可以疏通由这两个交换中心转接的话务。

（3）高效直达路由

高效直达路由由任意两个等级的交换中心之间的高效直达电路组成。高效直达路由上的电路群没有呼损指标，其上的话务量可以溢出至其他路由。同样，两交换中心之间的高效直达路由可以疏通其间的终端话务，也可以疏通由这两个交换中心转接的话务。

（4）首选路由与迂回路由

当某一交换中心呼叫另一交换中心时，对目标局的选择可以有多个路由。其中第一次选择的路由称为首选路由，当首选路由遇忙时，就迂回到第二路由或者第三路由。此时，第二路由或第三路由称为首选路由的迂回路由。迂回路由一般是由两个或两个以上的电路群转接而成的。

对于高效直达路由而言，由于其上的话务量可以溢出，因此必须有迂回路由。

（5）最终路由

当一个交换中心呼叫另一交换中心，选择低呼损路由连接时不再溢出，由这些无溢出的低呼损电路群组成的路由，即为最终路由。最终路由可能是基干路由，也可能是低呼损直达路由，或由部分基干路由和低呼损直达路由组成。

2. 长途网的路由选择

我国的电话网中，当拨打长途电话时，其路由选择要求符合下列规则：

1）网中任一长途交换中心呼叫另一长途交换中心时所选路由局向最多为三个。

2）路由选择的顺序为：先选直达路由，再选迂回路由，最后选最终路由。

3）在选择迂回路由时，先选择直接至受话区的迂回路由，后选择经发话区的迂回路由。所选择的迂回路由，在发话区是从低级局往高级局的方向（即自下而上），而在受话区是从高级局往低级局的方向（即自上而下）。

4）在经济合理的条件下，应使同一汇接区内的主要话务在该汇接区内疏通，路由选择过程中遇低呼损路由时，不再溢出至其他路由，路由选择即终止。

一个长途网路由选择的例子如图7-8所示。

按照上述规则，B局到D局的路由选择过程如下：

1）先选直达路由：B局→D局。

2）若直达路由全忙，再选第一迂回路由：B局→C局→D局。

3）若第一迂回路由忙，最后选第二迂回路由（亦即：最终路由）：B局→A局→C局→D局，路由选择结束。

B局到C局的路由选择过程为：

1）先选直达路由：B局→C局。

2）若直达路由全忙，再选迂回路由：B局→A局→C局，此时只有一条迂回路由，也即最终路由。

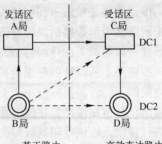

图7-8 长途网路由选择示例

最后，B局交换机中记录下路由选择信息，见表7-1：

表7-1 B局交换机的选路信息

终 端 局	直 达 路 由	第一迂回路由	第二迂回路由
D	B→D	B→C→D	B→A→C→D
C	B→C	B→A→C	—

3. 本地网的路由选择

本地网路由选择规则如下：

1）先选直达路由，遇忙再选迂回路由，最后选基干路由。在路由选择中，当遇到低呼损路由时，不允许再溢出到其他路由上，路由选择结束。

2）数字本地网中，原则上端到端的最大串接电路数不超过三段，即端到端呼叫最多经过两次汇接。当汇接局间不能个个相连时，端至端的最大串接电路数可放宽到四段。

3）一次接续最多可选择三个路由。

*7.2.6 电话网的业务指标

电话网作为一种历史悠久、覆盖范围广的广域网络，向人们提供了诸如语音、数据等许多重要的服务，电话网的运行状况决定了其服务的质量。因此，在电话网上，有很多衡量电话网络运行状况的业务指标，网络管理人员可以通过这些指标来分析网络的运营情况，判断网络的状态，从而使能及时发现问题，保证电话网优质、高效地运行。常见的电话网络业务指标有以下几种：

1. 话务量

话务量的概念是为了定量地衡量电话网络中语音业务流量而产生，它的具体定义是：单位时间内通信系统所发生的通话时间长度，最常用的"单位考察时间"是1小时，故又被称为"小时呼"，即在1小时里通信系统所发生的通信（话）时间长度。

话务量的计算公式为：

$$A = C \times t / T$$

其中，C为1小时内的通信（话）的次数，t为平均通信（话）时长，T为考察时长，通常以小时为单位。

话务量的单位是"爱尔兰"，话务量实质上是"通话时间与考察时间的比值"，是无量纲的单位，但为纪念话务理论创始人A. K. Erlang先生，将1小时内发生的话务量单位定名为"爱尔兰"，符号是"Erl"。

通信系统话务量的变化具有"统计随机性"和"周期性"两个特征。

- 随机性：用户群发生话务的时间是随机的，符合随机概率统计的数学特征；
- 周期性：话务量在一昼夜的变化呈现周期性变化状态，一般夜间为最小值时段，上午和下午两个工作繁忙时呈现两个峰值时段，此时称为"忙时话务量"，是计算和设计交换系统的业务负荷量的重要参数。

某一日（24 小时）电话网中话务量变化情况如图 7-9 所示。

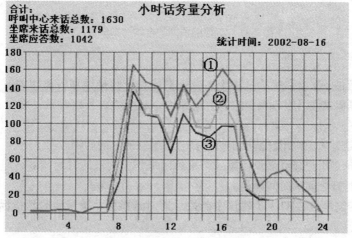

①呼叫中心来话话务 ②坐席来话话务 ③坐席应答话务

图 7-9 电话网中一昼夜话务量变化情况

可以看到话务量在早 7 点开始急剧攀升，至早 9 点左右达到全天第一个话务高峰，其后略有回落，但仍维持在高位运行，下午 3 点左右达到全天第二个话务高峰，下午 5 点后，话务量明显下降，至晚间 12 点后，话务量处于最低谷，话务的变化情况与人们的日常作息规律也是相符的。

话务量的变化规律为电话网络的规划与建设提供了重要的参考依据。电话网的最大容量必须满足话务量最高峰时的要求，如果发现话务量已经超过电话网的承载能力，则必须对电话网络进行扩容。由于话务量一般在夜间零点至四点最低，为了降低网络变动对用户的影响，电话网络的设备更换、网络升级、系统扩容/割接等工作一般都选择在这个时间段进行。

2. 接续呼损

呼损的概念在前面已经介绍过。接续呼损是指在电信网络接续过程中，各局间所能允许出现呼损的最大程度。

如对数字长途电话网而言，全程呼损应不超过 0.054，在各设备及局间的呼损分配如图 7-10 所示。

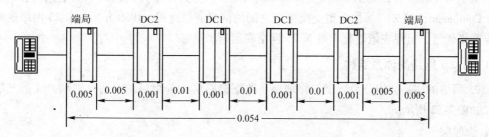

图 7-10 长途电话网全程呼损分配

本地电话网的全程呼损应不超过 0.042，在各设备及局间的呼损分配情况如图 7-11 所示。

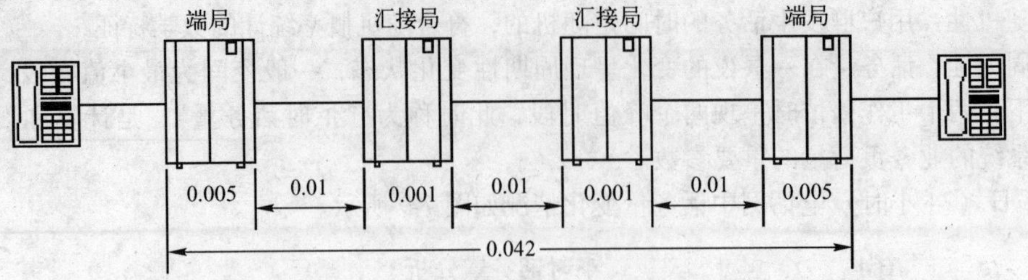

图 7-11   本地电话网的全程呼损分配

3. 接续时延

接续时延是指在一次电话接续过程中，由交换设备进行接续和传递相关信令所引起的时间延迟。接续时延是衡量网络服务质量的一个指标，一般用"拨号前时延"和"拨号后时延"两个参数来衡量。

- 拨号前时延是从主叫用户摘机至听到拨号音瞬间的时间间隔。
- 拨号后时延是用户或终端设备拨号结束到网络作出响应的时间间隔，即拨号结束至送出回铃音或忙音之间的时间间隔。

对于数字程控交换机，ITU – T 建议中的拨号前时延指标、拨号后时延指标应满足表 7-2 和表 7-3 的要求。

表 7-2   拨号前的时延要求

拨号前时延	参 考 负 荷	高 负 荷
平均值	≤400 ms	≤800 ms
超过 0.95 概率的值	600 ms	1000 ms

表 7-3   拨号后的时延要求

拨号后时延	参 考 负 荷	高 负 荷
平均值	≤650 ms	≤1000 ms
不超过 0.95 概率的值	900 ms	1600 ms

7.3   X.25 网络

X.25 网络诞生于 20 世纪 70 年代，是一种典型的采用"虚电路"工作方式的分组交换网，它提供了一种点到点的面向连接的通信服务，曾广泛应用于银行系统中。X.25 网络协议主要定义了"数据终端设备（Data Terminal Equipment，DTE）"（如计算机）和"数据电路设备（Data Circuit Equipment，DCE）"（如分组交换机）之间的网络通信规程。1980 年后，X.25 网络逐渐被帧中继网络代替，但现在依然有少量 X.25 网络在运营。

7.3.1   X.25 网络的体系结构

X.25 网络的体系结构分为三层：物理层、数据链路层和分组层。它们分别和 OSI 下三层相对应，如图 7-12 所示。

1. 物理层

定义了 DTE 和 DCE 之间建立、维持、释放物理链路的过程，包括机械、电气、功能和规程等特性。物理层接口采用 ITU – T 的 X.21 系列建议，因此又称为"X.21 接口"。

X.21 建议规定如下。

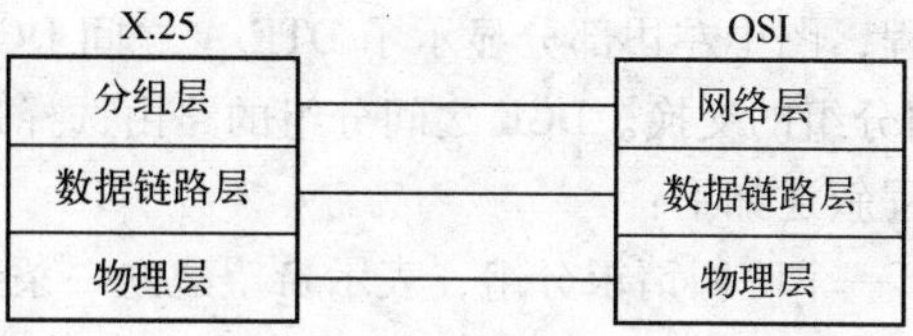

图 7-12 X.25 与 OSI 网络分层比较

- 机械特性：采用 ISO 4903 规定的 15 针连接器和引线分配，通常使用 8 线。
- 电气特性：平衡型电气特性。
- 同步串行传输。
- 点到点全双工。
- 适用于交换电路和租用电路。

由于 X.21 是为数字电路上使用而设计的，如果是模拟线路（如地区用户线路），X.25 建议还提供了另一种物理接口标准 X.21bis，它与 V.24/RS 232 兼容。

2. 数据链路层

定义了在 DTE 和 DCE 之间的线路上交换数据帧的过程。该层在物理层的基础上执行一些控制功能，以保证点到点之间数据帧的正确传送。数据链路层使用的协议是"平衡式链路访问规程（LAPB）"，它是"高级数据链路控制规程（HDLC）"协议的一个子集。LAPB 面向点到点连接设计，它为异步平衡模式会话提供帧结构、错误检查和流量控制等功能。

X.25 网络数据链路层的主要功能有：

- 差错控制，采用 CRC 循环校验，发现出错时自动请求重发。
- 帧的装配和拆卸及帧同步。
- 帧的排序和对正确接收的帧的确认。
- 数据链路的建立、拆除和复位控制。
- 流量控制。

3. 分组层

定义 X.25 网络所建立的虚电路连接。它为每个呼叫用户提供一个逻辑信道，并使用逻辑信道号（LCN）来进行区分他们，这样可以实现一个物理链路上复用多个逻辑信道。

虚电路工作过程分三个阶段：呼叫建立阶段、数据传输阶段、虚电路释放阶段。图 7-13 给

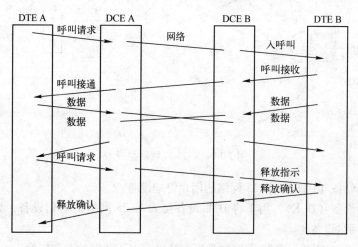

图 7-13 X.25 网络中虚电路的建立和清除

出了虚电路的建立和清除过程，图中左边部分显示了 DTE A 之间 DCE A 分组的交换，右边部分显示了 DTE B 和 DCE B 之间分组的交换。DCE 之间分组的路由选择是网络内部功能。

虚电路的建立和清除过程叙述如下：

- DTE A 对 DCE A 发出一个呼叫请求分组，表示希望建立一条到 DTE B 的虚电路。该分组中含有虚电路号，在此虚电路被清除以前，后续的分组都将采用此虚电路号。
- 网络将此呼叫请求分组传送到 DCE B。
- DCE B 接收呼叫请求分组，然后给 DTE B 送出一个呼叫指示分组，这一分组具有与呼叫请求分组相同的格式，但其中的虚电路号不同，虚电路号由 DCE B 在未使用的号码中选择。
- DTE B 发出一个呼叫接收分组，表示呼叫已经接受。
- DTE A 收到呼叫接通分组（该分组和呼叫请求分组具有相同的虚电路号），此时虚电路已经建立。
- DTE A 和 DTE B 采用各自的虚电路号发送数据和控制分组。
- DTE A（或 DTE B）发送一个释放请求分组，紧接着收到本地 DCE 的释放确认分组。
- DTE A（或 DTE B）收到释放指示分组，并传送一个释放确认分组。此时 DTE A 和 DTE B 之间的虚电路就清除了。

上述讨论的是交换虚电路（SVC），需要通信双方在每次通信前先建立连接、通信结束后释放连接；此外 X.25 还提供永久虚电路（PVC），永久虚电路是由网络通信双方第一次通信时建立连接，以后每次通信都使用这个连接通道，因此后续通信不需要再进行呼叫建立和清除。

X.25 的分组可分为两大类，即控制分组和数据分组。虚电路的建立、数据传送时的流量控制、中断、数据传送完毕后的虚电路释放等，都要用到控制分组；而数据分组则是封装的上层待传送的数据。

7.3.2   X.25 网络的组成

一个典型的 X.25 网络的组成如图 7-14 所示，X.25 网络一般由下列设备组成。

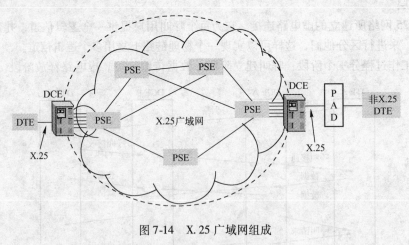

图 7-14   X.25 广域网组成

1）数据终端设备（DTE）：X.25 网络的用户终端设备。

2）数据电路设备（DCE）：用于将 DTE 设备接入 X.25 网络的通信设备，如 X.25 适配器、访问服务器等的网络设备。

3）分组交换机（PSE）：X.25 网络的分组交换机，用于数据的存储转发。

4）分组装拆设备（PAD）：用于将非 X.25 终端设备接入 X.25 网络的数据封装设备。PAD

位于 DTE 与 DCE 之间。

虽然 X.25 技术较为成熟，但由于其传输速率较低，因此现在广域网连接中很少采用。

7.4 帧中继网络

帧中继是一种高性能的广域网协议，它仅定义了物理层和数据链路层的规范，帧中继是由 X.25 网络演进而来，但省去了 X.25 协议中点到点的控制功能，而改为端到端的连接确认（如图 7-15 所示）。这样虽然不能保证点到点数据传送的正确性、完整性（如网络拥塞时，会出现丢包现象），不过，随着网络的线路质量越来越好，在实际应用中，帧中继网络仍能保证较好的数据正确性，同时，由于简化了网络的数据处理过程，帧中继网络相对于 X.25 网络获得了较高的网络传输效率。

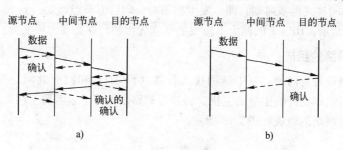

图 7-15 X.25 网络和帧中继网络面向连接的过程
a）X.25 网络（点到点确认）　b）帧中继网络（端到端确认）

7.4.1 帧中继网络的体系结构

帧中继网络只包含 OSI 模型的低两层，而且数据链路层中也只保留了核心功能，这样做可以在数据传输时，简化各节点对数据帧的处理过程，从而提高网络的传输效率。帧中继的体系结构如图 7-16 所示。

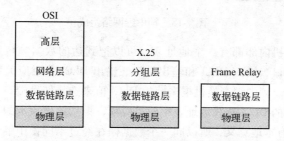

图 7-16 帧中继的体系结构

和 X.25 网络类似，帧中继网络也采用虚连接完成通信，数据帧的寻址、路由也通过逻辑信道来完成，并使用"数据链路连接标识（DLCI）"来标注不同的信道。但 DLCI 仅具有本地意义，即帧中继连接的 DLCI 值在本地和远程可能不同。

帧中继网络中的数据帧也使用 HDLC 的一个子集——帧方式链路访问规程（LAPF）来进行封装，由标志字段、地址字段、信息字段和校验字段等组成，如图 7-17 所示。

除地址字段外，其他字段和 HDLC 区别不大，地址字段包含以下信息：

- DLCI：数据链路连接标识符字段，它实际上是帧中继网络的虚电路号。在 2 字节长度的地址字段中，DLCI 占 10 bit。
- C/R：指明该帧是命令帧还是响应帧。
- EA：扩展地址字段，表示帧中继头中附加的两个字节，EA = 1 处，扩展结束。

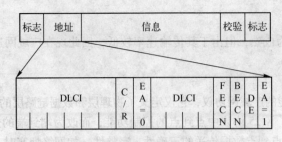

图 7-17 帧中继的帧格式

- FECN：前向显式拥塞通知，即，发生拥塞时，向前方节点通知。
- BECN：后向显式拥塞通知，即，发生拥塞时，向后方节点通知。
- DE：丢弃指示，DE = 1 的帧为不重要的低优先级帧，在必要时可丢弃。

7.4.2 帧中继网络的组成

帧中继的网络设备有两种：帧中继网接入设备（FRAD）和帧中继网交换设备（FRS）。前者属于用户端设备，如支持帧中继的主机、桥接器和路由器等。后者属于网络端设备，如帧中继交换机等。帧中继网络的组成如图 7-18 所示。

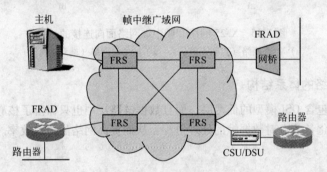

图 7-18 帧中继网络组成

在每个帧中继交换机内部都有一个地址表，可以把到达的数据帧转发到下一个节点。这个地址表中保存有输入端口、输入 DLCI 和输出端口、输出 DLCI 等对应关系，这种对应关系在虚电路存在期间不会改变。帧中继交换机根据帧的 DLCI 值来选择转发端口，对每一个收到的数据帧，根据其地址字段中的 DLCI 查找地址表中的对应项，再从该项指定的输出端口把数据帧转发出去。由于 DLCI 仅具有本地意义，所以同一个数据帧在经过不同帧中继交换机转发时，所使用的 DLCI 值可能会不同。一个帧中继网络的例子如图 7-19 所示，主机 A 向主机 B 发送的数据帧

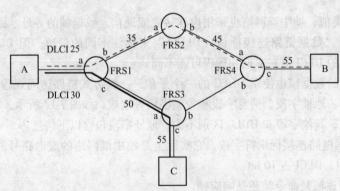

图 7-19 帧中继网络的虚电路

经过帧中继交换机 FRS1（输入端口为 a、输入 DLCI = 25；输出端口为 b、输出 DLCI = 35）、FRS2 和 FRS4 所建立的虚电路，主机 A 向主机 C 发送的数据帧经过 FRS1（输入端口 a、输入 DLCI = 30；输出端口 c、输出 DLCI = 50）、FRS3 所建立的虚电路。

7.4.3 帧中继的拥塞控制

相对于 X. 25 网络，帧中继网络并不在点到点之间保证数据的正确传送。因此，在网络出现拥塞时，帧中继会采取数据丢弃的策略。帧中继中会设定一个在正常条件下，电信部门允许的用户数据传送速率（CIR），当数据传输速率超过 CIR 时，数据就有可能被丢弃。

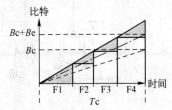

图 7-20 帧中继的拥塞控制

如图 7-20 所示，设定 $CIR = Bc/Tc$，另有一个允许超额的突发数据量，设为 Be，在时间间隔 Tc 内，若用户传送数据量 Bm 小于 Bc，则传输质量总体是有保证的；若 Bm 在 Bc 和 $Bc + Be$ 之间，且网络未发生拥挤，则落在 Be 范围内传送的帧被标上 DE = 1，继续传送。若 Bm 大于 $Bc + Be$ 时，则将超过范围的帧丢弃。在图 7-20 所示的例子中，在 Tc 内发送帧的范围从 F1 ~ F4。F1 和 F2 均在小于 Bc 范围内，可正常被传送；F3 超过 Bc，但未超过 $Bc + Be$，所以可将 DE 置 1 后继续传送，若遇网络拥塞则 F3 丢弃；F4 大于 $Bc + Be$，则 F4 会被丢弃。

7.4.4 帧中继和 X. 25 比较

帧中继将 X. 25 网络的下三层协议进一步简化，差错控制、流量控制推到网络的边界，从而实现轻载协议网络。

X. 25 网络数据链路层采用平衡式链路访问规程（LAPB），帧中继数据链路层采用帧方式链路访问规程（LAPF），它们都是 HDLC 的子集。

与 X. 25 相比，帧中继在第二层增加了路由的功能，但它取消了其他功能，例如，在帧中继节点不进行差错纠正，因为帧中继技术建立在误码率很低的传输信道上，差错纠正的功能由端到端的计算机完成。在帧中继网络中的节点将舍弃有错的帧，由终端的计算机负责差错的恢复，这样就减轻了帧中继交换机的负担。

与 X. 25 相比，帧中继不需要进行第三层的处理，它能够让数据帧在每个交换机中直接通过，即交换机在帧的尾部还未收到之前就可以把帧的头部发送给下一个交换机，一些第三层的处理，如流量控制，留给智能终端去完成。

正是因为处理方面工作的减少，给帧中继带来了明显的效果。首先帧中继有较高的吞吐量，能够达到 E1/T1（2.048 Mbit/s/1.544 Mbit/s）、E3/T3 的传输速率；其次帧中继网络中的时延很小，在 X. 25 网络中每个节点进行帧校验产生的时延为 5 ~ 10 ms，而帧中继节点小于 2 ms。帧中继与 X. 25 也有相同的地方，例如二者采用的均是面向连接的通信方式，即采用虚电路交换，均有交换虚电路（SVC）和永久虚电路（PVC）两种方式。

7.5 ISDN 网络

由于传统通信网是业务需求推动的，所以各个业务网络如电话网、电报网和数据通信网等各自独立运营且业务机制各异，这样网络的运营、管理、维护复杂，资源浪费；对用户而言，业务申请手续复杂、使用不便、成本高；同时对整个通信的发展来说，这种异构体系对未来发展适应性极差。于是将话音、数据和图像等各种业务综合在统一的网络内传输，这就是综合业务数字网发展的最初构想。

ISDN 中的业务综合的核心是从用户端出发，建立了一套标准的用户 – 网络接口（UNI），和

ISDN 网络间互联的网络－网络接口（NNI）。因而，统一了开发标准，为不同类型设备提供了一个统一的网络平台。ISDN 网络的组织如图 7-21 所示。

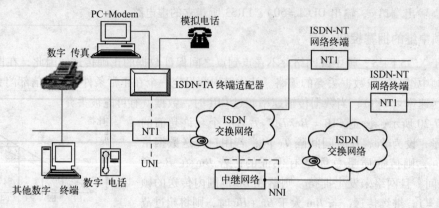

图 7-21　ISDN 网络组织

ISDN 的用户终端可以分为两种类型。

- TE1：符合 ISDN 网络接口标准，可以通过数字信道直接接入 ISDN 网络，如数字电话和数字传真等。
- TE2：非标准的 ISDN 终端设备，必须通过 ISDN 终端适配器（Terminal Adapt，TA）才能接入 ISDN 网络，如模拟电话、PC 机等。

ISDN 网络可以为不同的业务提供两种速率接口：基本速率接口（Basic Rate Interface，BRI）和基群速率接口（Primary Rate Interface，PRI）。前者的速率由两个数据信道（B 信道，64 kbit/s）和一个控制信道（D 信道，16 kbit/s）构成，称为 2B + D，共 144 kbit/s，该速率适合家用或小型企业使用；后者的速率支持 T1（23B + D：1.544 Mbit/s）和 E1（30B + D：2.048 Mbit/s），适用于大型集团用户。

7.6　ATM 网络

ISDN 虽然具有综合业务的特点，但其仍然有明显的不足：

1）ISDN 的主要业务仍是针对 144 kbit/s 电路交换业务，适应新业务和新技术的能力较差。

2）由于带宽能力有限，ISDN 尚未实现真正意义上的综合业务，还不能满足如"在线视频"等高带宽数据通信的要求。

因此，在 ISDN 的基础上，人们提出了宽带－综合业务数字网（B-ISDN）的构想，并选择异步传输模式（Asynchronous Transfer Mode，ATM）来完成数据传输。

ATM 交换技术结合了电路交换和分组交换的特点，采用固定长度的数据分组（信元）作为数据传输单元，并采用统计时分复用方式来传输数据，以提高信道传输效率。基于 ATM 交换技术构建的网络就被称为 ATM 网络。

7.6.1　ATM 信元结构

ATM 信元是 ATM 网络传送信息的基本信息单元。ATM 信元长度固定，为 53 个字节，其中，前 5 个字节为信元头，头部包含了连接标识符，都能分辨出哪个信元属于哪个连接。此信息也使得每个 ATM 交换机知道如何转发所接受到的信元。信元路由是由硬件来完成的，所以速度很快。其余的 48 个字节为信元净负荷（即要传输的数据）。信元的主要功能为确定虚通道，并完成相应的路由控制。

根据所处的网络接口不同，ATM 信元可分为两类：在主机和交换机之间传输的 UNI 信元、交换机和交换机之间传输的 NNI 信元，两者在信元头部略有区别。ATM 信元格式如图 7-22 所示。

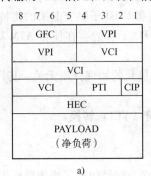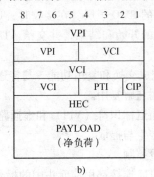

图 7-22 ATM 信元格式

a) UNI 信元格式 b) NNI 信元格式

其中各参数说明如下。

- 一般流量控制（GFC）：4 bit。只用于 UNI 接口，目前置为 "0000"。
- 虚通路标识（VPI）：其中 NNI 为 12 bit，UNI 为 8 bit。
- 虚通道标识（VCI）：16 bit，标识虚通路内的虚通道，VCI 与 VPI 组合起来标识一个虚连接。
- 净负荷类型指示（PTI）：3 bit，用来指示信元类型。
- 信元头错误校验（HEC）：用于信元头部的差错控制。

7.6.2 ATM 网络的体系结构

ATM 有它自己的参考模型，既不同于 OSI 模型，也不同于 TCP/IP 模型。在 ITU – T 的 I. 321 建议中定义了 ATM 网络的参考模型，如图 7-23 所示。它包括三个面：用户面、控制面和管理面。用户面负责提供用户信息传送、端到端流量控制和恢复操作；控制面负责建立网络连接，管理连接以及连接的释放；管理面可对其他各面、层的运行提供管理、维护、协调操作。

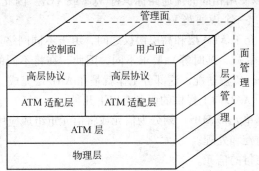

图 7-23 ATM 网络的参考模型

在每个面中又是分层的，可分为物理层、ATM 层、ATM 适配层（AAL）和高层协议。

物理层利用通信线路的比特流传送功能实现 ATM 信元的传送。但物理层并不保证传送的可靠性。物理层包含两个子层：物理介质子层（PMD）和传输汇聚子层（TC）。

1）PMD 子层，它负责在物理媒体上正确传输和接收比特流，它只完成和媒体相关的功能，如线路编码和解码、比特定时以及光电转换等，对于不同的传输媒体，PMD 子层是不同的。可供 PMD 子层使用的传输媒体主要是光纤（单模或多模），但也可使用铜线（UTP 或 STP）、同轴电缆或无线信道等。

2）TC 子层，它实现信元流和比特流的转换，包括速率适配（空闲信元的插入）、信元定界与同步、传输帧的产生与恢复等。在发送时，TC 子层将上面的 ATM 层交下来的信元流转换成比特流，再交给下面的 PMD 子层。在接收时，TC 子层将 PMD 子层交上来的比特流转换成信元流，标记出每一个信元的开始和结束，并交给 ATM 层。TC 子层的存在使得 ATM 层实现了与下面的传输媒体完全无关。

ATM 层主要完成交换和复用功能，与传送 ATM 信元的物理介质无关。其具体功能是：

1）信元的复用与解复用。

2）信元的虚通道标识符（VPI）和虚通路标识符（VCI）转换。

3）信元头的产生与提取。

4）一般的流量控制。

由于每一个 ATM 连接都用信元头中的标号来识别。标号包括了虚通路标识符（Virtual Channel Identifier，VCI）和虚通道标识符（Virtual Path Identifier，VPI）。

一个虚通路（VC）是在两个或多个端点之间的一个传送 ATM 信元的通信通路。

一个虚通道（VP）包含有许多相同端点的 VC，而这许多 VC 都使用一个虚通道标识符。复用在一个给定的接口上的许多不同的 VP，用它们的 VPI 来区分，而复用在一个 VP 中的不同的 VC，用它们的 VCI 来区分。图 7-24 表示了使用 VPI 和 VCI 来识别 VP 和 VC 的方法。

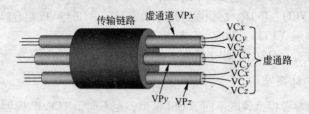

图 7-24　ATM 网络中的 VP 和 VC

在一个给定的接口上，由于不同的 VP 中的两个 VC，可以具有相同的 VCI，如图 7-24 所示的三个不同的 VP 中都可以使用相同的虚通路标识符 VCx 或 VCy。因此，要同时使用 VPI 和 VCI 这两个参数才能完全标识出一个虚通路 VC。

ATM 适配层（AAL）介于 ATM 层和高层协议之间，由于不同网络业务（如文字、语音、视频）对网络的传输质量（带宽、延时等）要求不同，因此，在将不同的业务数据封装成统一的 ATM 信元格式前，需要进行传输适配，这部分工作就是在 AAL 层完成。

ITU-T 的 I.362 规定了 AAL 向上提供的服务有以下几种。

1）将用户的应用数据单元（ADU）划分为信元或将信元重组成应用数据单元。

2）对比特差错进行监控和处理。

3）处理丢失和错误交付的信元。

4）流量控制和定时控制。

ITU－T 根据数据比特率是否恒定、源站和目的站的定时是否需要同步等因素规定了 ATM 网络可向用户提供四种类别的服务，分别从 A 类到 D 类。这四类服务的特点见表 7-4。

表 7-4　ATM 网络四类服务特点

服务类别（class）	A 类	B 类	C 类	D 类
AAL 类型（type）	AAL1，AAL5	AAL2，AAL5	AAL3/4，AAL5	AAL3/4，AAL
比特率	恒定		可变	
是否需要同步	需要		不需要	
连接方式	面向连接			无连接
应用举例	64 kbit/s 话音	变比特率图像	面向连接数据	无连接数据

高层协议是 ATM 网络所支持的各种不同的应用服务。如文字、图像、视频、电话、电视等业务。

7.6.3 ATM 网络的特点

ATM 网络的主要优点如下：

1）选择固定长度的短信元作为信息传输的单位，有利于宽带高速交换。信元长度为 53 字节，其首部（可简称为信头）为 5 字节。长度固定的首部可使 ATM 交换机的功能尽量简化，只用硬件电路就可对信元进行处理，因而缩短了每一个信元的处理时间。在传输实时话音或视频业务时，短的信元有利于减小时延，也节约了节点交换机为存储信元所需的存储空间。

2）能支持不同速率有各种业务。ATM 允许终端有足够多比特时就去利用信道，从而取得灵活的带宽共享。来自各终端的数字流在链路控制器中形成完整的信元后，即按先到先服务的规则，经统计复用器，以统一的传输速率将信元插入到一个空闲时隙内。链路控制器调节信息源进网的速率。不同类型的服务都可复用在一起，高速率信源就占有较多的时隙。交换设备只需按网络最大速率来没置，它与用户设备的特性无关。

3）所有信息在最低层是以面向连接的方式传送，以保持电路交换适合于传送实时性很强的业务的优点。但对用户来说，ATM 既可工作于确定方式（即承载某种业务的信元基本上周期性地出现），以支持实时型业务；也可以工作于统计方式（即信元不规则地出现），以支持突发型业务。

4）ATM 使用光纤信道传输。由于光纤信道的误码率极低，且容量很大，因为在 ATM 网内不必在数据链路层进行差错控制和流量控制（放在高层处理），这就明显地提高了信元网络中的传送速率。

ATM 技术的一个明显缺点就是信元首部的开销太大，即 5 字节的信元首部在整个 53 字节的信元中所占的比例太大。

虽然 ATM 网络具有上述的许多优点，但实际上 ATM 网络的发展并不如当初预期的那样顺利。这是因为 ATM 技术复杂且设备的价格较高，同时 ATM 能够直接支持的应用不多。与此同时，使用无连接的 IP 协议的 Internet 却发展非常快，各种应用与 Internet 的衔接非常好，设备较便宜，加之快速以太网和吉比特以太网又已推向市场，因而 ATM 目前的应用主要局限于 Internet 的高速主干网中。

7.7 DDN

数字数据网（Digital Data Network，DDN）是利用数字信道传输数据信号的传输网，它的传输介质有光缆、数字微波、卫星信道以及用户端可用的普通电缆和双绞线。它能够为专线或专网用户提供中、高速数字点对点传输服务。

DDN 向用户提供的是半永久性的数字连接，沿途不进行复杂的软件处理，因此延时较短，避免了分组网中传输时延大且不固定的缺点；DDN 采用交叉连接装置，可根据用户需要，在约定的时间内接通所需带宽的线路；信道容量的分配和接续在计算机控制下进行，具有极大的灵活性，使用户可以开通种类繁多的信息业务，传输任何合适的信息。

7.7.1 DDN 的组成

DDN 由用户环路、DDN 节点、数字信道和网络控制管理中心组成，其网络组成结构框图如图 7-25 所示。

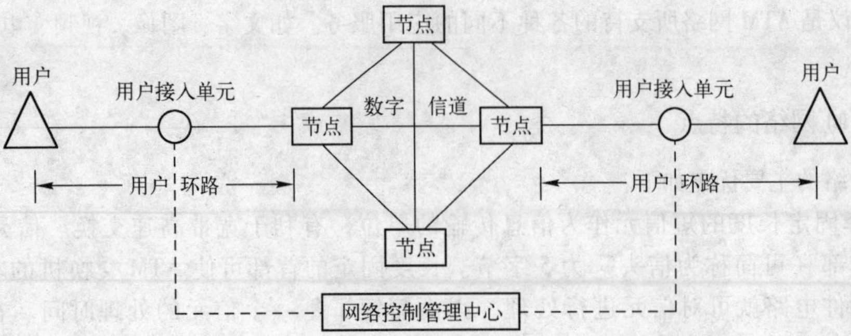

图 7-25　DDN 网络组成

1. 用户环路

用户环路又称用户接入系统，通常包括用户设备、用户线和用户接入单元。用户设备通常是数据终端设备（DTE）（如电话机、传真机、个人计算机以及用户自选的其他用户终端设备）。目前用户线一般采用市话电缆的双绞线。用户接入单元可由多种设备组成，对目前的数据通信而言，通常是基带型或频带型单路或多路复用传输设备。

2. DDN 节点

DDN 节点是指 DDN 网络中具有复用能力的设备。从组网功能区分，DDN 节点可分为用户节点、接入节点和 E1 节点。

（1）用户节点

用户节点主要为 DDN 用户入网提供接口并进行必要的协议转换，这包括小容量时分复用设备以及 LAN 通过帧中继互连的桥接器/路由器等。小容量时分复用设备也可包括压缩话音/G3 传真用户接口。

（2）接入节点

接入节点主要为 DDN 各类业务提供接入功能，主要包括有：

- $N \times 64$ kbit/s（$N = 1 \sim 31$），2048 kbit/s 数字信道的接口。
- $N \times 64$ kbit/s 的复用。
- 小于 64 kbit/s 的子速率复用和交叉连接。
- 帧中继业务用户的接入和本地帧中继功能。
- 压缩话音/G3 传真用户的接入功能。

（3）E1 节点

E1 节点用于网上的骨干节点，执行网络业务的转接功能，主要有：

- 2.048 Mbit/s 数字信道的接口。
- 2.048 Mbit/s 数字信道的交叉连接。
- $N \times 64$ kbit/s（$N = 1 \sim 31$）复用和交叉连接。
- 帧中继业务的转接功能。

E1 节点主要提供 2.048 Mbit/s（E1）接口，对 $N \times 64$ kbit/s 进行复用和交叉连接，以收集来自不同方向的 $N \times 64$ kbit/s 电路，并把它们归并到适当方向的 E1 输出，或直接接到 E1 进行交叉连接。

3. 数字信道

各节点间数字信道的建立要考虑其网络拓扑，网络中各节点间的数据业务量的流量、流向以及网络的安全。网络的安全要考虑到若在网络中任一节点一旦遇到与它相邻的节点相连接的一条数字信道发生故障时，该节点会自动转到迂回路由以保持通信正常进行。

4. 网络控制管理中心

网络控制管理是保证全网正常运行，发挥其最佳性能效益的重要手段。网络控制管理一般应具有以下功能：

- 用户接入管理（包括安全管理）。
- 网络结构和业务的配置。
- 网络资源与路由管理。
- 实时监视网络运行。
- 维护、告警、测量和故障区段定位。
- 网络运行数据的收集与统计。
- 计费信息的收集与报告。

7.7.2 DDN 的用户接入方式

DDN 用户入网的基本方式如图 7-26 所示，在这些基本方式之外，还可以采用不同的组合方式。

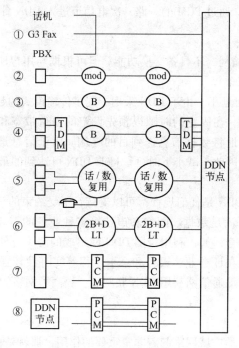

图 7-26 DDN 用户入网方式

1. 二线模拟传输方式

支持模拟用户入网连接，在交换方式下，同时需要直流环路、PBX 中继线 E&M 信令传输。

2. 二线（或四线）话带 Modem 传输方式

支持的用户速率由线路长度、调制解调器的型号而定。

3. 二线（或四线）基带传输方式

这种传输方式采用回波抵消技术和差分二相编码技术。其二线基带设备可进行 19.2 Kbit/s 全双工传输。该基带传输设备还可具有 TDM 复用功能，为多个用户入网提供连接。复用时需留出部分容量为网络管理用。另外还可用二线或四线，速率达到 16、32 或 64 Kbit/s 的基带传输设备。

4. 基带传输加 TDM 复用传输方式

这路传输方式实际上是在二线（或四线）基带传输的基础上，再加上 TDM 复用设备，为多个用户入网提供连接。

5. 话音/数据复用传输方式

在现有的市话用户线上，采用频分或时分的方法实现电话/数据独立的数据复用传输。在DOV 设备中，还可加上 TDM 复用，为多个用户提供入网连接。

6. 2B+D 速率的 DTU 传输方式

DTU（数据终端单元），采用 2B+D 速率，二线全双工传输方式，为多个用户提供入网。

7. PCM 数字线路传输方式

这种方式是当用户直接用光缆或数字微波高次群设备时，可与其他业务合用一套 PCM 设备，其中一路 2.048 Mbit/s 进入 DDN。

8. DDN 节点通过 PCM 设备的传输方式

在用户业务量大的情况下，DDN 节点机可放在用户室内，将所传的数据信号复用到一条2.048 Mbit/s 的数字线路上，通过 PCM 的一路一次群信道进入 DDN 骨干节点机。

7.7.3 DDN 的特点

1）DDN 是同步数据传输网，不具备交换功能。但可根据与用户所订协议，定时接通所需路由（这便是半永久性连接概念）。

2）传输速率高，网络时延小。由于 DDN 采用了同步传输模式的数字时分复用技术，用户数据信息根据事先约定的协议，在固定的时隙以预先设定的通道带宽和速率顺序传输，这样只需按时隙识别通道就可以准确地将数据信息送到目的终端。由于信息是顺序到达目的终端，免去了目的终端对信息的重组，因此，减小了时延。目前 DDN 可达到的最高传输速率为 155 Mbit/s，平均时延≤450 μs。

3）DDN 为全透明网。DDN 是任何规程都可以支持，不受约束的全透明网，可支持网络层以及其上的任何协议，从而可满足数据、图像和声音等多种业务的需要。正因为这一特点，DDN网络被应用在多种行业、场合，如：利用全国 DDN 网组成的海关、外贸系统网络；DDN 网络可以在金融业中的应用，比如在证券业、银行和金卡工程等实时性较强的数据交换；DDN 网络在其他领域中应用，如无线移动通信网利用 DDN 联网后，提高了网络的可靠性和快速自愈能力。

7.8 移动通信网络

在日常生活中，还有一类广域网络起着非常重要的作用，那就是移动通信网络，移动通信是指通信的双方或至少一方身处移动之中进行的通信，它最早出现在军事等特殊领域，20 世纪 40年代才逐步走向民用，90 年代之后，移动通信得到迅猛的发展，并成为当今最热门的通信研究领域。

移动通信的发展也经历了由模拟通信向数字化通信的过程。第一代移动通信网络采用模拟通信方式，以频分多址技术为基础，采用蜂窝组网方式来提高频率的复用。第一代移动通信网实现了人类在移动中通信的梦想，为将来移动通信网络的发展奠定了基础，但它也存在着通信容量有限，网络通话质量不高，费用昂贵等缺陷。

第二代移动通信又被简称为 2G。它采用数字通信方式，同样使用蜂窝组网方式来提高频率复用，在多址接入方式上可采用时分多址（TDMA）或码分多址（CDMA）。2G 网络通话质量好，支持低速的数据业务，是目前全球使用最广泛的移动通信网络，2G 网络中最具代表性的是欧洲的 GSM 制式，这也是在本节中将重点介绍的内容。

第三代移动通信（3G）一般采用码分多址技术，它具有通信速率高、安全性好、支持软切换、数据业务丰富等诸多优点，目前有 WCDMA、CDMA2000 和 TD-SCDMA 三种主要标准。3G 网络已成为移动通信网的下一个重要发展目标。

7.8.1　小区/蜂窝制网络覆盖

在最初的移动通信系统中，使用了大区制网络覆盖方式来为用户终端设备提供无线接入信号。

大区制是指把一个通信服务区域仅规划为一个或少数几个无线覆盖区，简称无线区。无线区是指当基站采用全向天线时，在无障碍物的开阔地，以通信距离为半径所形成的圆形覆盖区。每个无线区的半径在 25～45 km，用户容量为几十至数百个。每个无线区仅为一个基站所覆盖，基站基本上是相互独立的。

大区制覆盖方式中，由于采用单基站，没有频率复用的问题，因此技术实现简单，但由于一个基站所能提供的信道数有限，因而系统容量不高，不能满足用户数目日益增加的需要，这是由制式本身决定的，无法克服。移动台的天线低，发射功率有限，在大的覆盖区内，上行链路（由移动台到基站）的通信无法保证质量，所以，大区制只适合于在中小城市或专用移动网等业务量不大的情况下使用。

为了适应大城市或大用户量的服务要求，必须采用小区制组网方式，以在有限的频谱条件下，达到扩大容量的目的。

小区制是指把一个通信服务区域分为若干个小的无线覆盖区，简称为小区（cell）。每个小区的半径在 2～10 km 左右，用户容量可达上千个。每个小区内设置一个基站，负责对本区移动台的联系和控制，基站的发射功率限定在一定范围内，以减少信道干扰。各个基站通过移动业务交换中心（MSC）相互联系，并与市话局连接。

小区中的基站天线采用全向天线，在理想情况下，它覆盖的面积可视为一个以基站为中心，以最大可通信距离为半径的圆。但圆形覆盖区之间会留有空隙（盲区）或形成重叠区（相互干扰）。因此，现代移动通信系统采用了正六边形作为小区的形状结构，这样，小区衔接更紧密，产生的相互干扰更小，又由于该结构看上去很像蜂窝，所以又被称为"蜂窝制网络覆盖"。小区制中还采用了频率复用技术来充分地利用无线电资源，但为了避免众多基站间相互干扰，在相隔一定距离的小区才进行频率再用。如图 7-27 所示，相同字母的小区内的基站通信频率相同，但它们之间并不相邻，而是相隔一定距离后再出现；每个小区与其邻近小区的基站的通信频率都不同。

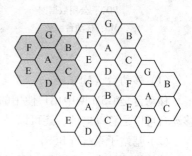

图 7-27　小区制网络覆盖

7.8.2　GSM 系统

1. GSM 系统概述

GSM 系统是依据欧洲通信标准化委员会（ETSI）制定的 GSM 技术规范研制而成的，任何一家厂商提供的 GSM 通信设备都必须符合 GSM 技术规范。GSM 系统作为一种开放式网络结构具有下列主要特点：

1）GSM 系统是由几个子系统组成的，并且可与各种公用通信网（PSTN、ISDN 和 PDN 等）互连互通。

2）GSM 系统能提供穿过国际边界的自动漫游功能，对于全部 GSM 移动用户可实现国际漫游。

3）GSM 系统具有加密和鉴权功能，能确保用户保密和网络安全。

4）GSM 系统抗干扰能力强，覆盖区域内的通信质量高。

2. GSM 系统的结构与功能

GSM 系统主要由移动台（MS）、基站子系统（BSS）和网络子系统（NSS）构成。其中，基站子系统在移动台和网络子系统之间提供和管理传输通路；网络子系统管理通信业务，保证移动台与移动通信网建立通信。除此之外，GSM 系统中还包括操作支持子系统（OSS），它为整个GSM 系统的正常运行提供了管理和维护功能。一个典型的 GSM 系统结构如图 7-28 所示。

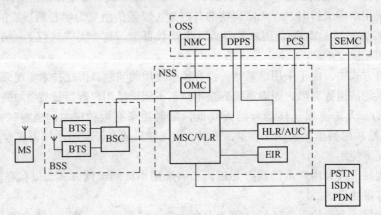

OSS：操作支持子系统	BSS：基站子系统	NSS：网路子系统
NMC：网路管理中心	DPPS：数据后处理系统	SEMC：安全性管理中心
PCS：用户识别卡个人化中心	OMC：操作维护中心	MSC：移动业务交换中心
VLR：来访用户位置寄存器	HLR：归属用户位置寄存器	AUC：鉴权中心
EIR：移动设备识别寄存器	BSC：基站控制器	BTS：基站收发信台
PDN：公用数据网	PSTN：公用电话网	ISDN：综合业务数字网
MS：移动台		

图 7-28 GSM 系统结构

（1）移动台（MS）

移动台是 GSM 网中用户使用的终端设备，一般由移动设备和用户识别模块（SIM 卡）组成。移动台可以是移动电话，还可以是车载台、笔记本电脑等。

（2）基站子系统（BSS）

基站子系统在一定范围内通过无线接口与移动台通信，负责无线信号的发送、接收。

基站子系统是由基站控制器（BSC）和基站收发信台（BTS）两部分构成。BSC 是基站子系统的控制部分，完成各种接口、无线资源和无线参数的管理。BTS 属于基站子系统的无线部分，由 BSC 控制，实际上，根据需要一个 BSC 可以控制多个 BTS。BTS 负责完成 BSC 与无线信道之间的转换，实现 BTS 与移动台之间通过空中接口的无线传输及相关的控制功能。

（3）网络子系统（NSS）

网络子系统主要包含 GSM 系统的交换功能和用于用户数据与移动性管理、安全性管理所需的数据库功能，它对 GSM 移动用户之间通信和 GSM 移动用户与其他通信网用户之间通信起着管理作用。NSS 一般由移动业务交换中心（MSC）、访问用户位置寄存器（VLR）、归属用户位置寄存器（HLR）、鉴权中心（AUC）、移动设备识别寄存器（EIR）等实体组成。

MSC 是 GSM 网络的核心设备，它除了提供网络交换功能之外，还提供与系统其他实体（如 BSS、OMC）、其他网络（如 PSTN、ISDN）的接口功能。MSC 可从三种数据库，即：归属用户位置寄存器（HLR）、访问用户位置寄存器（VLR）和鉴权中心（AUC）获取处理用户位置登记和呼叫请求所需的全部数据。反之，MSC 也根据其最新获取的信息请求更新数据库的部分数据。

HLR 是用于存储本地移动用户信息的数据库，这些信息包括移动用户识别号码、访问能力、用户类别和补充业务等数据。

VLR 是用于存储进入该覆盖区的用户位置信息的数据库。当移动用户漫游到新的 MSC 控制区时，移动台会向该区的 VLR 申请登记，VLR 就会从该用户原所属的 HLR 中查询，并将该用户信息存储在 VLR 中。VLR 还会给该用户分配一个漫游号码，然后通知其 HLR 修改该用户的位置信息。一旦移动用户离开该 VLR 的控制区域，进入新的 VLR 控制区域时，则在新的 VLR 中登记该用户信息，原 VLR 将取消临时记录的该移动用户信息。因此，VLR 可看成一个动态用户数据库。

AUC 存储着鉴权信息和加密密钥，用来防止无权用户接入系统和保证通过无线接口的移动用户通信的安全。AUC 属于 HLR 的一个功能单元部分，专用于 GSM 系统的安全性管理。基于此，GSM 系统采取了特别的安全措施，例如用户鉴权、对无线接口上的话音、数据和信号信息进行保密等。

EIR 是存储移动台设备参数的数据库，如移动设备的国际移动设备识别码（IMEI），用于对移动设备的合法性进行认证，防止非法设备接入网络。

（4）操作支持子系统（OSS）

操作支持子系统（OSS）需完成许多任务，包括移动用户管理、移动设备管理以及网络操作和维护。OSS 已不包括与 GSM 系统的 NSS 和 BSS 部分密切相关的功能实体，而成为一个相对独立的管理和服务中心。主要包括网络管理中心（NMC）、安全性管理中心（SEMC）、用户识别卡个人化中心（PCS）、集中计费的数据后处理系统（DPPS）等实体。

7.8.3　CDMA 系统

CDMA 系统是指采用码分多址（Code Division Multiple Address，CDMA）技术的数字蜂窝移动通信系统，CDMA 具有抗干扰性强、信道容量大等优点，成为第三代移动通信的关键技术。

1. CDMA 原理

CDMA 是一种利用扩频技术形成不同正交码序列，以此实现的多址方式的技术。它不像 FDMA、TDMA 那样把用户的信息从频率和时间上进行分隔，而是采用正交码对信息进行区分。信息在传输之前要进行特殊的编码，收方在解码后能还原出原始的信息。这样，CDMA 可以实现在一个信道上同时传输多个用户的信息，而不用担心同频用户信号之间相互干扰，事实上，有多少个互为正交的码序列，就可以有多少个用户同时在一个载波上通信。

CDMA 与 FDMA、TDMA 的多址方式比较如图 7-29 所示。可以看出，CDMA 采用正交码实现对信道的划分，而不再依赖于频率和时间。

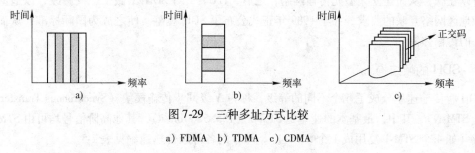

图 7-29　三种多址方式比较

a）FDMA　b）TDMA　c）CDMA

2. CDMA 网络特点

CDMA 网络的系统结构和 GSM 网络类似，这里不再赘述。但相对于 GSM 网络，它具有以下特点：

1）系统容量大。由于 CDMA 网络允许同频信号同时发送，所以，它的系统容量约为 GSM 网络系统容量的五倍。

2）保密性好，抗干扰性好。CDMA 是以扩频技术为基础的，所谓扩频，是通过将一个带宽远大于待发送信号带宽的高速伪随机码序列（也称扩频序列）去调制待发送的信号后来实现的，扩频后的信号频谱掩藏在背景噪声的频谱中（如图 7-30 所示），这样窃听者难以从中提取到有用信号，攻击者也难以通过释放同频的大能量信号进行干扰，而在接收端，只有使用同样的伪随机码序列才能从噪声中解出有用信号，这也是"码分多址"名称的来由。而 GSM 网络中，有用信号频谱高于噪声信号频谱很多，很容易被提取出来，攻击者也可以通过同频干扰的办法来阻止正常通信。

图 7-30　扩频后信号、噪声的频谱

3）软切换。数字蜂窝移动通信系统是由众多的蜂窝小区（cell）组成的，当用户从一个小区进入另一个小区时，需要进行越区切换。在 GSM 系统中，由于相邻小区不同频，移动台需先断开与原基站的信道连接，再自动与新的基站建立连接，这样会引起掉话和话音失真等现象。CD-MA 网络在越区切换时，移动台可以与原基站和新基站都保持通信，只有当移动台和新基站建立稳定连接后，才断开与原基站的连接，这样保证了移动用户的通话质量。

7.9　SDH 传输网

以上各节中介绍了多种广域网类型，它们虽然网络结构、应用场合不同，但都采取了数字传输网络，因此，可以在传输网部分采取统一的传输体制，使得各种网络便于相互连通。现在在传输中使用的最广泛的就是被称为同步数字系列（Synchronous Digital Hierarchy，SDH）的体制。SDH 规范了数字信号的复用帧结构、复用连接方式、传输速率等内容，它具有全球统一的网络节点接口。

在 SDH 出现之前，电话交换网等广域网络的时分复用设备都是独立的，各网络运营商的标准不同，无法建立起统一的传输系统。1985 年，美国贝尔通信研究所提出了同步光纤网（Synchronous Optical Network，SONET），第一次对传输网络设置了传输速率等级，以便不同厂家的光设备可以互联，从而建立大型光传输网络；之后，ITU－T 对 SONET 做了一些修改，以适应不同国家和地区网络互联的要求，并于 1989 年正式公布了 SDH 规范，使之成为国际标准，从而建立了统一的传输体制。

7.9.1　SDH 的帧结构

SDH 将传输速率分成了几个不同的等级，称为 N 级同步传输模块（Synchronous Transfer Module-N，STM-N），其中，最基本的速率是 STM-1（155.52 Mbit/s），其他高阶信号均可由 STM-1 复用而成（如 4 个 STM-1 复用成 1 个 STM-4）。SDH 的各等级传输速率见表 7-5。

表 7-5　SDH 的传输速率等级

SDH 等级	SONET 等级	信号速率（Mbit/s）	净负荷速率（Mbit/s）
STM-1	STS-3	155.52	150.336
STM-3	STS-9	466.56	451.008
STM-4	STS-12	622.08	601.334
STM-8	STS-24	1244.16	1202.688
STM-12	STS-36	1866.24	1804.032
STM-16	STS-48	2488.32	2405.376
STM-32	STS-96	4976.64	4810.752
STM-64	STS-192	9953.28	9621.504

　　SDH 的帧格式是以字节为单位的块状结构，STM-N 均以 STM-1 为基础，采用字节间插的方法形成。STM-1 是由 9 行、270 列字节组成，STM-N 则由 9 行、270×N 列字节组成。传输时，STM 帧从上至下、从左至右依次传送。图 7-31 列出了 STM-N 的帧格式，传输一帧的时间为 125 μs，每秒传 8000 帧，所以 STM-1 的传输速率为：$9 \times 270 \times 8 \times 8000 = 155.520$ Mbit/s。

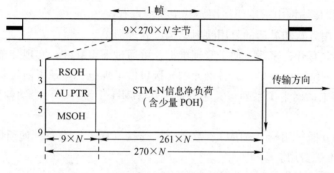

图 7-31　STM-N 帧格式

　　每个 STM 帧由段开销（SOH）、管理单元指针（AU PTR）和 STM 信息净负荷三部分组成。

　　段开销中所含字节用于网络的运行、管理、维护及配置（OAM&P），它可以进一步分为再生段开销（RSOH）和复用段开销（MSOH），前者负责对整个 STM-N 信号的监控管理，后者负责对 STM-N 中每一个 STM-1 信号的监控管理。

　　管理单元指针用于指示信息净负荷的第一个字节在 STM-N 帧中的准确位置，以便在接收端正确地分解。

　　信息净负荷是指在 STM-N 帧格式中存放要传送的信息码块的地方（含通道开销 POH），信息净负荷并不等于有效负荷，因为在低速信号中加上了相应的 POH，用于对于端到端的通道性能监测和定位。

　　SDH 可以使用映射、定位、复用三个步骤将多种不同速率的低速率信号复用到 STM 帧中，图 7-32 表示了这种复用过程。

　　映射是在 SDH 网络入口处，将各种支路信号通过增加调整比特和 POH 的方法，适配到一种叫做虚容器（Virtual Container，VC）的单元中。所谓虚容器是指一种支持通道层连接的信息结构，当将各种业务经处理装入虚容器后，系统只需要处理各种虚容器即可达到目的，而不管具体信息结构如何，因此具有很好信息透明性，同时也减少了管理实体的数量。

　　定位是指利用 POH 进行支路信号的频差相位的调整，定位 VC 的第一个字节。

　　复用是将多个低阶通道层信号适配到高阶通道层或是将多个高阶通道层信号适配到复用段

的过程，复用以字节间插方式完成。

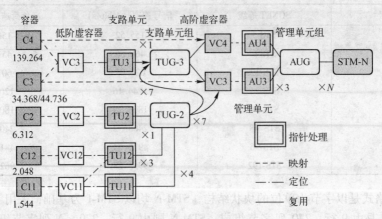

图 7-32   SDH 复用过程

7.9.2   SDH 传输网的特点

SDH 网络在现代传输网中被广泛使用，其主要特点有：

1）采用同步复用方式和灵活的复用映射结构，处理简单。

2）块状帧结构含有开销字段，便于管理维护，可通过下载软件，实现分布式管理。

3）具有标准的网络节点接口，对各网元的光接口做了规范，体现了横向兼容性。

4）SDH 可兼容电话网中 T 系列与 E 系列标准在 STM-1 上统一，可容纳各种新的数字业务信号（如 ATM 等）。

5）采用先进的分插复用器（ADM）、数字交叉连接（DXC）设备，使组网灵活，自愈能力提高，降低网络的维护费用。

6）光接口及复用标准化，利于生产、维护及国际互联。

小结

广域网是指覆盖范围广、规模大，为分处各地的中小型网络提供互联平台的网络。常见的广域网络有电话网、X.25 网络、帧中继网络、ATM 网络和 DDN 网络等。

电话网是一种运营历史悠久的网络，它的设计和建设主要面向于语音通信，采用线路交换方式，网络的实时性好，但信道的带宽低，并不太适合于数据通信，不过由于电话网建设时间长，网络接入方便，很多低速接入的场合仍可使用电话网络。

电话网由本地网和长途网组成。如果是本地电话间通信，无需经过长途局；如果是异地电话之间通信，需要通过长途局接续。

在电话网中，还有一种重要的系统——信令系统，它在用户设备和交换机之间、交换局和交换局之间传递控制信息，建立、维持和终止呼叫，维持网络的正常运行。现代电话网多采用共路信令的方式。

电话网在进行接续过程中，有两类路由——低呼损路由和高效路由，低呼损路由是指该路由电路能保证接续质量（即低呼损）但不一定保证路由的高效，低呼损路由的话务量不允许再溢出到其他路由电路上；高效路由是指该路由的接续效率高，时延小，但可能会出现呼损，呼损的话务量可以再溢出到其他路由，由其他路由电路完成接续。

为了监测电话网的运行状态和服务质量，通常会使用一些电话网的业务指标来衡量网络运行情况。常见的指标有话务量、呼损和接续时延等。

X. 25 网络是一种较早的分组交换网，它采用面向连接、点到点确认的方式保证通信质量，但其过程比较繁琐，线路的利用率不高，随着传输线路质量的提高，信道丢包率的降低，人们提出了更合适的网络方案——帧中继网络。帧中继同样采用面向连接的工作方式，但其只对端到端的节点作确认，从而简化了确认过程，提高了线路的利用率。

ISDN 是一种综合业务的数字网，它可以提供对话音、文字和图像等多种媒体的传输支持。ISDN 可以提供两种常见的速率接口——基本速率接口（BRI）和基群速率接口（PRI）。前者由两个数据信道和一个控制信道构成，称 2B + D，共 144 kbit/s；后者的速率支持 T1 （23B + D：1. 544 Mbit/s）和 E1 （30B + D：2. 048 Mbit/s）。

ATM 网络是一种重要的广域网类型，它采用了固定长度的数据传输单元（信元，53 字节），这样可以提高对数据的处理速度，但不足之处是，信元的头部较长（5 字节），使得信元的有效负荷减少。

ATM 网络的体系结构是“三面四层”，即用户面、控制面和管理面。用户面负责提供用户信息传送、端到端流量控制和恢复操作；控制面负责建立网络连接，管理连接以及连接的释放；管理面可对其他各面、层的运行提供管理、维护、协调操作。而“四层”是：物理层、ATM 层、AAL 层和高层。物理层负责实现 ATM 信元的传送；ATM 层主要完成交换和复用功能；AAL 层对不同应用服务、不同传输速率进行适配；高层协议是 ATM 网络所支持的各种不同的应用服务。

ATM 网络也采用“虚连接”的方式工作，其连接的逻辑信道有“虚通道”和“虚通路”两种，在某个连接端口上可以复用多个 VP，而每个 VP 中又可复用多个 VC。因此，必须明确地指出某个 VP 及其内的 VC，才能唯一地确定一条逻辑通路。

DDN 网络是一种向用户提供的是半永久性数字连接的数据传输网，既可用于计算机之间的通信，也可用于传送数字化传真、数字话音、数字图像信号或其他数字化信号。半永久性连接是指数据传输信道对用户来说是非交换性的，用户可提出申请，由网络管理人员对其提出的传输速率、传输数据的目的地和传输路由进行修改。在数据传输期间，用户间建立连接固定、传输速率不变的独占带宽电路，如银行和厂矿等大中型机构常向运营商租用 DDN 线路构建自己的专用网。

移动通信网络是通信网络发展的一个重要方向，移动性体现在用户终端采用无线方式接入网络，但在其传输、交换网络部分仍采用有线（光）网络。目前，移动通信网有 GSM 和 CDMA 两种体系。移动通信网采用蜂窝小区式的网络覆盖方式，这样可以更好地实现频率复用。

GSM 体系第二代移动通信系统的主要实现方式，采用时分复用和频分复用技术，系统由移动台（MS）、基站子系统（BSS）和网络子系统（NSS）构成，而 NSS 一般又由移动业务交换中心（MSC）、访问用户位置寄存器（VLR）、归属用户位置寄存器（HLR）、鉴权中心（AUC）、移动设备识别寄存器（EIR）等实体组成。

CDMA 体系采用了码分多址技术，可以对待传送信号进行扩频处理，这样，信号的频谱就“淹没”在噪声频谱中，窃听者难以窃听或攻击，增加了通信系统的安全性和抗干扰性；同时，由于不同信号是通过伪随机序列来进行区分，所以，相邻小区间可以使用相同的频率，这样既增加了频率的利用率，另外，在用户进行越区切换时，可以实现软切换，提供更好的通信质量。

对于众多类型的广域网，其传输网部分采用了一种统一的标准——SDH。SDH 定义了数字信号的复用帧结构、复用连接方式以及传输速率等内容，具有全球统一的网络节点接口，这样便于不同种类广域网互联。

SDH 采用了多个速率等级，高等级速率可以由低等级速率复用而成。SDH 的 N 阶帧格式 STM-N 采用了 9 行、$270 \times N$ 列字节的块状结构，每帧传输时长 125 μs，因此，STM-1 的传输速率为：155. 52 Mbit/s。

习题

1. 广域网中，常用的帧格式有哪几种？
2. 试说明电话网（PSTN）的网络结构。
3. 什么是信令系统，信令系统的作用是什么？
4. 什么是低呼损路由？什么是高效路由？它们各有什么特点？
5. 什么是基干路由？什么是高效直达路由？什么是首选路由和迂回路由？
6. 试说明长途网中，路由选择的过程。
7. 反映电话网运行状态和服务质量的常用业务指标有哪些？
8. 话务量的单位是什么？一昼夜中话务量的分布有何规律？这对我们进行电话网络规划设计、网络升级有何参考作用？
9. 试说明 X.25 网络和帧中继的交换原理，帧中继网络在网络交换方面较 X.25 网络如何改进？
10. 帧中继网络的拥塞控制是如何完成的？用户数据传送速率（CIR）在拥塞控制中起何作用？丢弃指示比特 DE 有何用处？
11. 试说明 ATM 网络的体系结构，ATM 采用信元交换，又什么优点？
12. 试说明 ATM 网络中 VP 和 VC 的关系。
13. 试说明 DDN 的网络结构。
14. DDN 的网络接入方式有哪几种？
15. 移动通信网为何采用蜂窝制网络覆盖方式？
16. 试说明 GSM 网络的网络结构，并说明其中各组成部分的功能。
17. GSM 系统中，HLR、VLR、AUC 和 EIR 各完成什么工作？
18. 试说明三种多址方式的工作原理？码分多址有何优点？
19. CDMA 网络相较于 GSM 网络，有何特点？
20. 采用 SDH 传输网有何好处？
21. SDH 的网络速率等级如何划分？
22. 试说明 SDH 的帧格式，其由哪些部分构成，各完成什么功能？
23. SDH 的复用过程如何？

第 8 章

网络互联技术

在前面的章节中，分别介绍了各种类型的局域网和广域网，在实际应用中，这些分散的网络需要互联才能实现网络的互通。随着网络技术的不断发展，出现了多种网络互联设备和网络互联的技术。本章将介绍网络互联的相关知识。

8.1 网络互联原理

什么是网络互联？网络互联是指在简单网络的基础上，将分布在不同地理位置、采用不同协议的网络相互连接起来，以构成大规模的、复杂的网络，使不同的网络之间能够在更大范围进行通信，让用户方便透明地访问各种网络，达到高层信息交换和资源共享的目的。

网络互联中常提到三个基本术语，即"互联"、"互通"和"互操作"。"互联"是网络互联的基础，指在两个物理网络之间至少有一条物理链路，为数据交换提供了物质基础和可能性，但不保证一定能进行数据交换。"互通"是网络互联的手段，指在两个网络间端到端的连接和数据交换。"互操作"是网络互联的目的，指两个网络在高层软件作用下，不同计算机系统之间访问对方资源的行为。

网络互联可以分为四个层次，即物理层互联、数据链路层互联、网络层互联和高层互联。实现网络互联，要具备下列的基本条件：首先，在需要连接的网络之间提供物理链路，建立数据交换的连接通道，并且有全面的控制规程；其次，在不同的网络之间建立适当的路由；第三，能够在有差异的网络中进行数据交换；最后，还要能够进行有效的网络管理。为此要求互联网络能在诸多方面适应网络差别，如不同的寻址方案、不同的网络访问机制、不同的差错恢复方法、不同的路由选择技术等。

8.2 网络互联设备

在网络互联时，一般都不能简单地直接相连，而是要通过一个或多个中间设备来实现，这个中间设备称为网络互联设备或中继系统。根据网络互联设备所能处理数据的最高层次，又将此设备称为该层的网络设备。因此，常见的不同层设备有以下几种。

1）物理层网络互联设备：中继器、集线器。
2）数据链路层网络互联设备：网桥、交换机。
3）网络层网络互联设备：路由器。
4）网络层以上的网络互联设备：网关。

8.2.1 中继器、集线器

中继器是连接网络线路的一种装置，常用于两个网络节点之间物理信号的双向转发工作。中继器是最简单的网络互联设备，它工作在物理层，仅完成数据信号的复制、放大和中继功能，并不对数据进行处理，因此，中继器只相当于延长了网络的长度，并没有改变网络的结构，由其所连接的多个网络也必须是同种类型（如传输介质、介质访问控制方式等）的网络。一个由中继器连接网络的结构如图 8-1 所示。

使用中继器扩充网络距离是最简单、最廉价的方法，但当负载增加、网络拓展到一定规模时，网络性能会急剧下降，网络数据的冲突增加、延迟严重，所以只有当网络规模很小时，可以使用中继器拓展网络范围。

图 8-1   中继器连接的网络

集线器是中继器的一种，它能够提供较多的连接端口，故也称多口中继器，如图 8-2 所示。集线器是局域网中最常见的网络设备之一，一个典型的由集线器连接而成的局域网结构如图 8-3 所示。

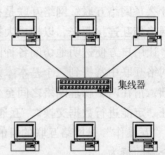

图 8-2   集线器实例图   图 8-3   集线器连接的网络

从物理拓扑上看，集线器网络往往呈星型连接。实际上，局域网数据从某一个主机发送到集线器上，然后它就被广播到集线器的其他所有端口，所以，这些主机仍然是共享介质的，从逻辑上看，集线器网络仍然呈总线型，故而网络中的任一主机，在发送数据包前，都要先侦听，等网络空闲时再发送；如遇到两台同时发送数据包，就会导致冲突，必须重发，所以，由集线器所连的主机都处在同一个冲突域中。而当网络中主机数目增加后，广播的数据量骤然增多，可能导致严重的冲突，以致网络瘫痪，这种现象就称为"广播风暴"。

8.2.2   网桥、交换机

在局域网组网中，还经常使用到数据链路层设备——网桥和交换机，图 8-4 和图 8-5 分别展示了网桥和交换机的实例。

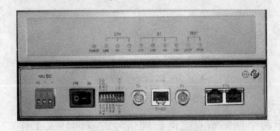

图 8-4   网桥的正面/背面图   图 8-5   以太网交换机

网桥和交换机虽同为数据链路层设备，且都具有分隔冲突域的功能，但两者还是有区别的，总体来说有以下几点：

1）网桥基于软件实现，交换机基于硬件实现，交换机的速度更快。

2）交换机比网桥拥有更多的端口和更高的带宽。

3）交换机具有划分虚拟局域网（VLAN）功能。

现在在实际使用中，交换机的型号非常多，从中小型网络互联到园区/城域网络中的骨干节点，都有交换机的身影。图 8-6 列出了思科交换机从低端到高端的系列产品。

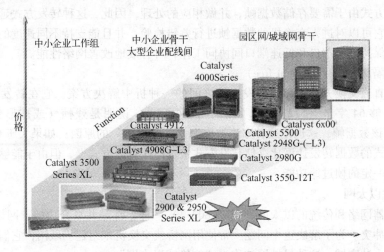

图 8-6　思科公司的系列交换机

1. 网桥、交换机的工作原理

网桥（或交换机）可以将相同或不相同的局域网连在一起，组成一个扩展的局域网络。

在网桥（或交换机）的内部，存有一张"主机 MAC 地址和网桥（或交换机）端口"的映射表（如图 8-7 所示），当网桥（或交换机）接收到一个数据帧，就根据该帧中的目的 MAC 地址，在表中查找到网桥（或交换机）相应的端口，仅从该端口转发出去，而不是像集线器那样向所有端口广播。

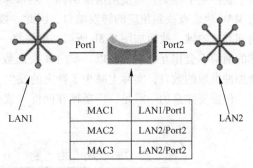

交换机（或网桥）可以采用直通交换、存储转发和碎片隔离三种方式来转发数据。目前的存储转发方式是交换机的主流交换方式。

图 8-7　网桥（交换机）内部 MAC 地址表

（1）直通交换方式（cut-through）

采用直通交换方式的以太网交换机可以理解为在各端口间是纵横交叉的线路矩阵交换机。它在输入端口检测到一个数据帧时，检查该帧的帧头，获取帧的目的地址，查找内部的 MAC 地址和端口映射表，再从相应的端口转发出去。由于它只检查数据帧的帧头（通常只检查 14 个字节），不需要存储数据帧，也不对其做任何处理，所以这种方式具有延迟小，交换速度快的优点。所谓延迟（latency）是指数据帧进入一个网络设备到离开该设备所花的时间。

它的缺点主要有三个方面：一是因为数据帧的内容没有被以太网交换机保存下来，所以无法检查所传送的数据帧是否有误，不能提供差错检验功能；二是由于没有缓存，不能将不同速率的输入、输出端口直接接通（否则速率无法适配），而且容易丢帧。如果要连到高速网络上，如要提供快速以太网（100BASE-T）、FDDI 或 ATM 连接，就必须提供缓存；三是当以太网交换机的端口增加时，交换矩阵变得越来越复杂，实现起来就越困难。

（2）存储转发方式（store and forward）

存储转发是计算机网络领域使用得最为广泛的技术之一，以太网交换机内部留有一个存储空间，先将接收到的数据帧缓存起来，使用帧校验字段检查数据帧的正确性，并过滤掉冲突帧。在确定数据帧正确后，取出目的地址，通过查找 MAC 地址和端口映射表找到想要发送的输出端口，然后将该帧发送出去。

存储转发方式由于需要存储数据帧，并做相应的处理，因此，这种转发方式延迟大，这是它的不足，但是它可以对进入交换机的数据帧进行差错检验，并且能支持不同速度的输入、输出端口间的连接，保持高速端口和低速端口间协同工作，可有效地改善网络性能。

（3）碎片隔离方式（fragment free）

这是介于直通交换方式和存储转发方式之间的一种折中解决方案。它在转发前先检查数据帧的长度是否够 64 字节（512 bit），如果小于 64 字节，说明是残帧（或被形象地称为"碎片"），则丢弃该数据帧，这也是这种方法被称为"碎片隔离"的原因；如果大于 64 字节，则发送该帧。该方式的数据转发速度比存储转发方式快，但比直通方式慢，但由于能够避免残帧的转发，所以具有一定的帧过滤功能。

2. 交换式以太网

由于集线器网络和传统的以太网（IEEE 802.3）一样，都是共享介质的，网络规模扩大后，会产生严重的冲突。为了解决这个问题，常使用网桥或交换机来组建局域网，它们可以分隔物理网段，从而减小冲突域，这种局域网被称为"交换式以太网"。

在由集线器连接的局域网中，由于每台主机发送的数据都会向集线器的所有端口广播，所以这 12 台主机处在同一个冲突域中（如图 8-8a 所示），当 A 向 B、D 向 E 同时发送数据时，介质上就产生了冲突；而使用网桥的四个端口来连接这个局域网时，由于网桥会根据数据帧的目的 MAC 地址查找到相应的转发端口，因此，数据帧只会在目的主机所在的域内广播，而不会影响到其他的域。故而如图 8-8b 所示，网桥将一个冲突域分隔成了四个不同的冲突域，不同域内部的通信不会相互影响，所以，A 向 B 发送数据的同时并不影响 D 向 E 发送数据。这样，通过增加冲突域的数目，实际上减少了冲突的发生。

但需要注意的一点是，广播帧在网桥（或交换机）中仍然是会被转发到所有端口。

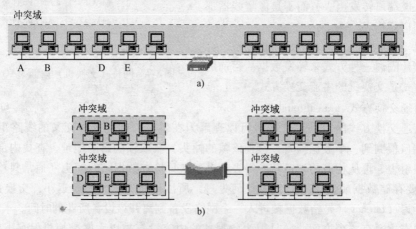

图 8-8　网桥分隔冲突域

a）集线器局域网　b）网桥局域网

由于交换机比网桥拥有更多的端口，所以，它可以分隔出比网桥更多的冲突域（如图 8-9 所示），而且交换机组网拓扑不像网桥容易成环，可以较好避免因环引起的广播风暴（见 8.3.1 节）。需要注意的是，这里所指的交换机是数据交换机，与传统电信网中的"程控交换机"是不同的设备。

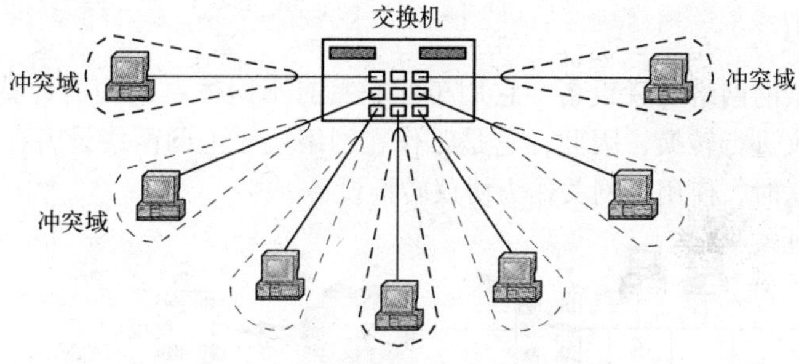

交换机

冲突域 冲突域

冲突域

图 8-9 交换机分隔出更多冲突域

交换机正因为拥有多方面的优点，现在已取代网桥，成为局域网组网中最主流的设备，而"交换式以太网"也成为现在最常用的局域网组网方式。

8.2.3 路由器

无论是集线器，还是网桥、交换机，只能完成局域网互联，即网络中的主机都处在同一个网段。当需要将不同网段的设备互联起来时，就必须借助于路由器了。一个思科 3825 型号的路由器如图 8-10 所示。

路由器在网络层实现网络互联，它将目的主机的 IP 地址作为寻址依据，并负责将数据包从源端主机经最佳路径传送到目的端主机。

图 8-10 思科 3825 型号路由器

事实上，在每台路由器内部，都维持有一张路由表。路由表中包含了"目的地址"和"下一跳（next hop）地址"等多种路由信息（如图 8-11 所示）。路由器通过查找路由表，便知道应该把数据包从哪个端口转发出去、下一跳转给了谁；下一跳的路由器收到了此数据包，同样查找其内部的路由表，再次转发…，通过这种方式，最终把数据包传送到目的主机。有时，路由表中还设置有"默认路由"项，当数据包的目的地址在路由表中没有明确对应时，路由器会按默认路由将其转发出去。

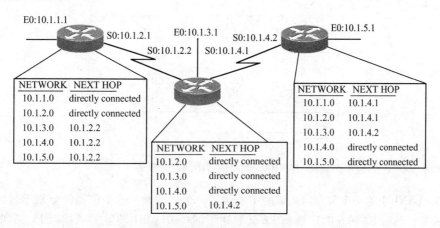

图 8-11 路由器中的路由表

大多数路由器除了最基本的路由功能外，还具备网络管理和网络安全设置等能力，如存储、上载配置，异常情况报告及控制，设定访问控制策略等。另外，路由器相对于交换机来讲，它可以分割广播域，即路由器的每个端口处在不同的广播域中，每个广播包只广播到本端口所在的网段，不会向路由器的其他端口广播，因此，路由器相对于交换机能够有效避免广播风暴现象。

8.2.4　网关

　　网关是最为复杂的网络互联设备，它用于互联具有不同体系结构的计算机网络，网关能对互不兼容的高层协议进行转换，因此，它是工作在网络层之上的网络设备，如图 8-12 所示。令牌环网和以太网互联时，使用了网关作为协议转换设备。

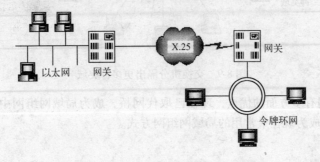

图 8-12　网关

　　值得注意的是：由于习惯的原因，在计算机领域，人们也常常把下一跳的路由器端口称为"网关"，并且这种用法的普遍程度已经远远超过了"网关"原来的概念。所以，提请读者予以区别。

8.3　局域网互联

　　较小规模的局域网互联可采用集线器完成，但目前更多采用网桥或交换机来组建交换式以太网。组建交换式以太网并不复杂，但仍有一些常见的应用需要注意。

8.3.1　并行网桥及生成树协议

　　由于网桥多采用并行结构（交换机有时为了冗余路径也会采用并行结构），会在拓扑结构上产生回路，当有广播帧发送时，会在环路内部不断循环，导致阻塞，这时也会产生广播风暴。图 8-13 就描述了这种情况。

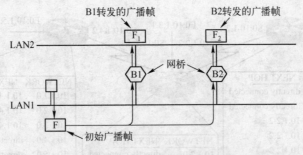

图 8-13　并行网桥中的广播风暴

　　最初，LAN1 中的一个节点向局域网中发送了一个广播帧，这个广播帧分别通过网桥 B1 和 B2 进行转发，然后 B2 转发的广播帧 F2 又到达了网桥 B1；B1 转发的广播帧 F1 又到达了网桥 B2，但这时两个网桥都以为又收到了新的广播帧需要转发，所以又开始新一轮转发。只要这个环路存在，这样的转发会无休止地继续下去，直至网络瘫痪。

　　为了解决这个问题，可以使用生成树协议（STP），生成树协议的工作原理是：通过在交换机之间传递"桥接协议数据单元（Bridge Protocol Data Unit，BPDU）"来互相告知诸如交换机的链路状态、端口速率信息等，以便确定根网桥（或根交换机），决定哪些端口处于转发状态，哪些端口处于阻止状态，以免引起网络环路。具体的工作过程如下：

（1）确定根网桥

在一个广播域内只有一个根网桥，每个网桥都有一个 8 字节长度的 ID 号，包括优先级和 MAC 地址，通过比较 ID 号决定根网桥的归属。其中，优先级高者为根；如果两个网桥有相同的优先级，那么有较低的 MAC 地址者为根。

（2）确定根端口

在确定了根网桥之后，再在每个非根网桥上选取一个唯一的根端口，作为本网桥与根网桥通信的接口。选取原则是：到达根网桥耗费最小的端口成为根端口；当端口耗费相同时，则比较它们的 MAC 地址，MAC 地址最小者为根端口。

（3）确定指定端口

STP 在每个网段需要选择一个指定端口来转发流量。每一个网段选择到达根网桥耗费最小的网桥作为指定网桥，该网桥到这一网段的端口为指定端口（如有多个端口，则比较端口的 MAC 地址，小者优先），而其余的端口都为非指定端口。

（4）端口的状态

网络中网桥上的任意一个端口必然为下列之一：根端口、某 LAN 的指定端口、非指定端口。正常情况下，根网桥上的所有端口、指定网桥的指定端口都处于数据转发状态，而非指定端口会处于阻塞状态。这样，环型拓扑就会被破坏掉，从而避免广播风暴的产生，一旦指定端口出现异常，原先处于阻塞状态的非指定端口会自动激活，使得冗余路径投入工作，以保证网络通信得以继续。

8.3.2　交换机的级联方式

在很多情况下，需要扩展交换机的连接能力，也就是将多台交换机连接起来，共同实现网络接入，这种方式被称为交换机的级联。常见的交换机级联方式有两种：菊花链连接和星型连接，分别如图 8-14a、b 所示。

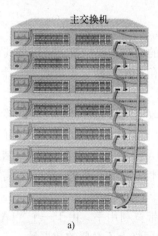
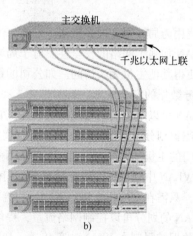

图 8-14　交换机级联方式

a）菊花链连接　b）星型连接

菊花链连接方式中，通过相对高速的端口串接和软件的支持，最终实现构建一个多交换机的环型层叠结构，可以在一定程度上实现冗余。一般情况下，主交换机和最下层交换间直连的线路仅作备份使用，因此级联的交换机并不会因为环型连接而产生广播风暴。菊花链连接方式的数据传输速率较低，同时不能进行分布式布置，它适用于高密度端口需求的单节点机构，可以使用在网络的边缘。

星型连接是一种常用的级联方式，需要提供一个独立的或者集成的高速交换中心（主交换机），所有的其他交换机通过专用的高速堆叠端口上行到这个主交换机，主交换机一般是一个基于专用 ASIC 的硬件交换单元，根据其交换容量，带宽一般在 10 ~ 32 Gbit/s 之间，其 ASIC 交换容量限制了堆叠的层数。星型连接与菊花链式结构相比，可以显著地提高堆叠成员之间数据的转发速率，同时，提供统一的管理模式，各堆叠交换机也可以分布式布置。

8.3.3　虚拟局域网

1. VLAN 的功能与特点

交换机还具有网桥所不具备的一个重要功能就是划分"虚拟局域网（VLAN）"。

VLAN 可以对连接到交换机上的网络用户进行逻辑分段，它不受网络用户的物理位置限制而根据用户需求进行网络分段。一个 VLAN 可以在同一个交换机上或者跨交换机间实现，但某一VLAN 中的主机只能和身处同一 VLAN 的其他主机通信。如图 8-15 所示，交换机 A 和交换机 B 分别连接有 4 台和 5 台主机，但实际的网络划分并不以主机的物理位置而定，而是依据 VLAN 的编号而定。在 VLAN1 中的主机间可以相互通信，尽管它们可能连接在不同的物理交换机上；而连在同一物理交换机上的主机也可能因为被划分在不同的 VLAN 中而无法通信。

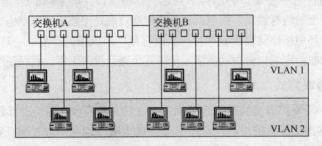

图 8-15　VLAN 示例

VLAN 的使用为局域网管理带来诸多好处：

首先，VLAN 加强了网络的安全性。对于局域网中的某些重要主机，可以将其加入到特殊的VLAN 中，而使得其他主机无法访问。如公司的财务部门中的主机，可以加到一个单独的 VLAN 中，以保证财务数据的安全性。

其次，VLAN 可以增加网络管理的灵活性。它无需改变网络的物理结构就能够对网络用户和网络资源进行逻辑划分。譬如公司在某个项目实施期间，需要工程部门和财务部门合作，此时，可以将工程部门的主机加入到财务部门的 VLAN 中，即可实现网络访问；在项目结束后，将工程部门的主机从 VLAN 中划出，继续保持财务部门的独立性。这些工作的实现，不需要重新组织网络的物理拓扑，只需在交换机上进行 VLAN 配置即可。

第三，VLAN 的划分可以控制网络流量，提供网络带宽利用率。由于一个 VLAN 近似于一个广播域，广播数据被限制在 VLAN 内部传送，从而减少网络上不必要的数据量。

2. VLAN 的划分方式

VLAN 的划分方式主要有三种：基于端口、基于 MAC 地址、基于策略。目前，使用的最多的是基于端口的划分方式。

1）基于端口方式是将交换机按照端口进行分组，每一组对应一个不同的 VLAN，当然，这种分组和对应是可以根据需要进行变更的。交换机端口的分组可以在同一台交换机上也可以跨越几个交换机实现。

2）基于 MAC 地址方式可以按主机网卡的 MAC 地址来组织 VLAN。这样，可以将主机和

VLAN 建立"较稳定"的对应关系。无论这台主机的物理位置如何移动、也不论它与交换机如何连接,它所划归的 VLAN 都保持不变。不过,这种方式中,当主机数量较大时,管理员需要将大量 MAC 地址加入到 VLAN 中,是耗费时力的一件事。

3)基于策略方式,是这几种划分方式中最高级也是最为复杂的。该方法的核心是采用什么样的策略。目前,常用的策略有(与厂商设备的支持有关):按 MAC 地址、按 IP 地址、按以太网协议类型、按网络的应用等。

8.4 路由协议

我们知道,不同的网段互联需要使用路由器,路由器通过查找其内部的路由表来决定数据转发的路径。而路由表是如何建立的呢?路由表可以由管理员手动配置,但大多数情况下是通过路由协议动态生成。路由协议的作用是:通过一定的路由算法,在路由器间相互交换信息,并根据这些信息产生各自的路由表。

8.4.1 路由模式分类

路由信息根据产生的方式,可分为两大类:静态路由(static routing)和动态路由(dynamic routing)。

静态路由是指路由表的创建、增加、修改和删除都必须由管理员手动完成。路由信息一旦写入设备,就不会改变,除非管理员手动更改。

动态路由是指路由器根据一些路由算法能相互学习,自动地更新路由表。动态路由能够根据网络拓扑的变化,自适应的变化,因而是一种积极的路由策略。动态路由的路由算法也可分为两类:距离-向量(Vector-Distance,V-D)算法和链路-状态(Link-State,L-S)算法,如 RIP 协议和 OSPF 协议就是分别使用这两种算法的路由协议。

路由协议根据其作用的范围,可分为:内部网关协议(IGP)和外部网关协议(EGP)。在 Internet 中,有很多可以决定自身采用何种路由协议的小型网络,被称为"自治系统(Autonomous System,AS)",工作在自治系统内部的路由协议称为"内部网关协议",工作在自治系统之间的路由协议称为"外部网关协议"。常用的路由协议大多属于内部网关协议(如 RIP、IGRP、OSPF);外部网关协议中最常用的是"边界网关协议(BGP)"。

8.4.2 V-D 路由算法及 RIP 协议

1. V-D 路由算法原理

V-D 算法的原理是:从源节点到达目的节点的若干条路径中,耗费最小的路径为最佳路径,在路由表中标注出这条路径。路径的耗费可以基于多种"度量值(metric)"去计算,常用的度量值有距离、跳数、延时和带宽等。

V-D 算法中,一般采用相邻路由器间定期发送路由信息,每个路由器根据这些信息进行计算,并选择出最佳路径。如果网络拓扑发生变化或网络节点出现故障,路由器就会根据新的路由信息计算出最佳路径,并对路由表进行更新。下面以图 8-16 的例子来说明路由器如何使用 V-D 算法更新路由表的。

路由器 J 需要测算到达路由器 C 的最佳路径,它从四个邻居路由器(A、I、H、K)收到它们各自的路由信息,并计算分别通过这四个节点到达目的地的耗费,假设此处采用延迟作为度量值,单位为毫秒(ms)。

J 通过 A 到达 C 的耗费等于 J 到 A 的耗费加上 A 到 C 的耗费(即:JAC = JA + AC),J 查询自己的路由表,发现 JA 最小耗费为 8 ms;同时,查询 A 的路由信息,发现 AC 的耗费为 25 ms,所以,JAC = JA + AC = 8 + 25 = 33 ms。同理,计算出通过其他节点至 C 的耗费:

$$JIC = JI + IC = 10 + 18 = 28 \text{ ms}$$
$$JHC = JH + HC = 12 + 19 = 31 \text{ ms}$$
$$JKC = JK + KC = 6 + 36 = 42 \text{ ms}$$

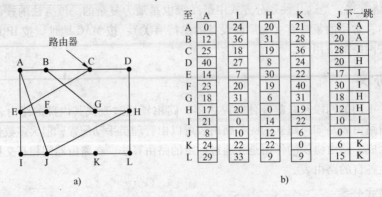

图 8-16　V-D 算法中路由表更新
a) 网络拓扑　b) 各节点路由表

由于，JIC 耗费最小，因此认为此路径为最佳。路由器 J 会在自己的路由表中添加到达 C 的延迟为 28 ms，并由路由器 I 转发（即：下一跳为 I）这一记录（如图 8-16b 所示），此记录会作为今后路由决策的依据。

很显然，V-D 算法中，最佳路径是动态的。如果网络性能发生变化，可能路由器 J 在下一个周期，计算发现通过 A 到达 C 耗费最小，它就会更新路由表，把新的最佳路径记录下来。

2. 无穷计算问题

V-D 算法虽然简单、方便，但也存在着一些问题，最突出的一个便是无穷计算问题。图 8-17 为无穷计算问题的一个例子。

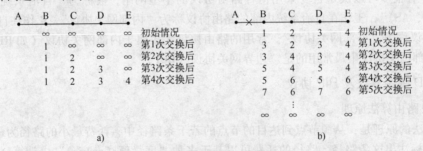

图 8-17　无穷计算问题
a) 好消息收敛快　b) 坏消息收敛慢

在图 8-17a 中，最初 A 并不与其他节点连通，所以，其他各节点到达 A 的距离都是 ∞（即不可达）；某一时刻，A 与 B 连接后，A、B 之间交换路由信息，此时 B 知道经过 1 跳可到达 A，并将之记录在路由表中；下一周期，B 和 C 之间交换路由信息，C 计算出通过 B 经过 2 跳可到达 A，C 也将之记录在路由表中。如此经过 4 次交换，拓扑中的所有节点都知道了自己如何到达 A 节点。更一般的情况是：在最长路径为 N 个节点的子网中，最多经过 N 次交换，网内的所有节点都会发现新增的节点及到达其路径。

但是如果 A 节点之后与 B 节点又断开了（如图 8-17b 所示），在初始时刻，其他路由器还未曾发现，所以各自路由并未更新。但很快，B 发现无法直达 A（它无法收到来自 A 的路由信息），但此时它收到来自 C 的路由信息，告诉它：C 到达 A 跳数为 2，于是，B 认为自己通过 C 可到达

A，且跳数为 3。而下一次信息交换时，B 又将自己到 A 跳数为 3 的信息传送给 C，C 据此更新自己的路由表；下一个周期，C 再将更新后的路由信息传送给相邻节点 B 和 D，引起 B 和 D 的路由更新……这样下去，会导致网络中的各节点无穷无尽地计算，直至网络节点瘫痪。

可见，V-D 算法对于网络中添加一个节点（又称"好消息"）的情况，能很快到达稳定，而对于网络中断开一个节点（或称"坏消息"）的情况，则难以使网络到达稳定状态。在网络状况变动后，网络从最初的稳定状态到达新的稳定状态的时间被称为"收敛时间"，所以，无穷计算问题也被称为"慢收敛问题"。

3. 解决方法

解决无穷计算问题，最常用的有两种方法：设置最大跳数、水平分裂。

1）设置最大跳数：在路由器中，定义一个最大的跳数值，当到达某个节点的跳数值等于这个最大跳数时，该节点便被标注为"不可达"。这种方法简单易行，但运行效率不高，网络的收敛速度仍然较慢；而且，这个最大跳数值如何选取方为合适，也有赖于经验。

2）水平分裂：这种方法的思路是，C 路由器的某个路由信息如果是从 B 路由器处获取，那么该信息就不会再向 B 路由器发送。这样，"坏消息"以每次一个节点的速度传播，且不会回传。水平分裂减少了不正确的路由信息，同时，也减少了路由开销。

为了达到更快的收敛性，水平分裂还有一种改进的方法——"带毒性反转的水平分裂"，它允许节点向其路由信息的来源节点回传路由信息，但这个路由的度量值被设为 ∞。这样，图 8-17b 中，当 A 与 B 断开后，B 发现与 A 不可直达，同时，C 也向 B 通告到达 A 的跳数为无穷，故 B 将其到达 A 的跳数设置为无穷（即不可达）；下一次信息交换时，B 通知 C 其到达 A 跳数为无穷，同时 D 也告诉 C，通过 D 到达 A 的跳数也为无穷，故 C 将其到达 A 的跳数设置为无穷。以此类推，在第四次信息交换时，E 也知道 A 不可达了。通过回传这种"带毒性"的路由不可达信息，使得网络的收敛性进一步加快。

4. RIP 协议

使用 V-D 算法的一个著名的路由协议就是 RIP 协议。RIP 协议采用跳数（hop count）作为路由耗费的唯一度量值，并将跳数最大值设为 16，如果路由器测得到达某节点的跳数等于 16，那么该节点将被标注为"不可达"。路由器间每隔 30 s 交换一次路由信息。RIP 协议比较简单，适用于较小规模的网络。

RIP 协议的正常工作还依赖于四个定时器，分别是：更新定时器、失效定时器、删除定时器和抑制定时器。

1）更新定时器：每个 RIP 路由器都有一个更新定时器，它指明每隔多长时间发送一次路由信息，默认值是 30 s。

2）失效定时器：路由表中的每个表项都有一个失效定时器，它在路由表项创建时启动，在该表项每次更新时重置。如果失效定时器到时仍未收到该表项的路由更新，那么这个表项的路由就被设为失效。失效定时器默认值为 180 s。

3）删除定时器：和失效定时器一样，路由表的每个表项都有一个删除定时器。当某个路由表项被标注为失效后，仍会在路由表中保留一段时间，路由器利用此段时间向邻居节点通知该路由表项失效，这段保留时间由删除定时器控制，一般设为 120 s。当删除定时器到时，该路由表项就被删除。

4）抑制定时器：抑制定时器常和失效定时器配合使用，设置抑制定时器既保护不可达路由被重新启用（减少其被误判为失效）的可能，同时也抑制来自邻居节点的关于此路由的无用信息更新。其具体原理如下：

- 如果一台路由器从它的邻居节点收到一条更新，通知它某个以前可访问的网络 1 现在变成不可访问了，路由器会记录此信息，同时启动一个抑制定时器；

- 在抑制定时器超时前的任何时刻，如果从相同的邻居节点又收到一条更新，通知网络 1 又可以访问，路由器会重新将网络 1 标记为可访问，同时停止抑制定时器；
- 如果从另一个邻居节点收到关于网络 1 的路由更新，且更新信息比当前路由表的记录有更好的参数特性，路由器重新将网络 1 标记为可访问的，并在路由表中记录这个新路由；
- 在抑制定时器超时前的任何时刻，如果从另一个邻居节点收到关于网络 1 的路由更新，但更新信息比当前路由表的记录的参数特性差，则这条更新被忽略。

这样，既可以保护某些暂时断开又很快恢复的路由的可用性，同时也能抑制如图 8-17b 中所示的无穷计算问题（因次优路由被忽略），从而帮助网络达到快速收敛。

8.4.3 L-S 路由算法及 OSPF 协议

L-S 路由算法又称为"最短路径优先（SPF）"算法，与 V-D 算法不同的是，L-S 算法要求每个路由器都要生成对于整个网络的拓扑结构信息。L-S 算法相对于 V-D 算法，能更准确地反映网络的组织结构，具有更好的扩展性和更快的收敛性，因此适用于较大规模的网络。

1. L-S 路由算法原理

L-S 路由算法的相对较为复杂，总体来说，分以下几步进行：

1）路由器启动后，通过发送 hello 包获取其邻居节点信息。

2）路由器计算其到邻居节点的耗费。这个耗费可以采用延迟和带宽等多种度量值。

3）路由器构造并广播"链路-状态报文"，链路-状态报文中包含了该路由器的标识（ID），以及它到各个邻居节点的耗费，这样，网络中的每个路由器都可以获得所有的其他路由器发送的链路-状态报文。

4）路由器依据所收到的链路-状态报文，使用 SPF 算法，生成整个网络拓扑结构，再计算出其到所有目的节点的最短路径，将结果填入路由表中。

2. OSPF 协议

开放最短路径优先（OSPF）协议是一种典型的链路-状态路由协议，它采用最短路径优先算法，并作为开放标准，可为所有厂家使用。OSPF 协议的工作过程和上述的 L-S 路由算法工作过程大致相同，更具体地讲，L-S 算法中的第 2 步之后的工作，OSPF 协议将之分为 5 步进行，如图 8-18 所示。

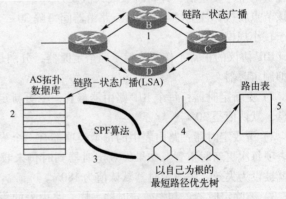

图 8-18 OSPF 协议

1）由于 OSPF 协议工作在自治系统（AS）内部，在这个 AS 中，每个 OSPF 路由器都会发送"链路-状态广播（Link State Advertisement，LSA）"报文，处在同一 AS 内的所有其他路由器都会收到此报文。

2）每个路由器都维护一个相同的、描述这个 AS 拓扑结构的数据库，该数据库中存放的是 AS 中相应链路及状态信息。

3）每一个路由器根据这个统一的数据库，使用 SPF 算法进行计算。

4）计算的结果是：生成以自己为根的 AS 的树状拓扑结构（即最短路径优先树）。

5）由树状拓扑，计算出自己到 AS 中所有目的节点的最短路径，并填入路由表。

Internet 中，有的 AS 很大，此时，链路-状态信息难以管理。实际使用中，OSPF 协议允许将一个 AS 划分成若干个"区域（area）"，每个区域维护本域中的拓扑结构数据库，并由专门的路由器负责跨区域的链路-状态信息交换。

8.5　接入网技术

在前面的章节中，介绍过局域网和广域网，还有各种网络连接设备，通常，使用交换机组建局域网，用网关互联不同类型的网络，使用路由器将局域网接入广域网。而事实上，用户的网络终端设备种类众多，所接入的广域网类型也有所不同，网络接入并不是一个设备可以解决的，它逐渐变成网络的形态，称为"接入网（Access Network，AN）"。如图 8-19 中的两个局域网分别使用了拨号服务器和路由器接入到广域网中。

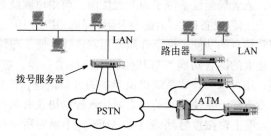

图 8-19　用户网络接入广域网的不同方式

8.5.1　接入网标准

1995 年，ITU-T 发布了第一个接入网的总体标准 G.902，它从电信网的角度对接入网给出了定义：由业务节点接口（SNI）和用户网络接口（UNI）之间的一系列传送实体（如线路设备和传输设施）组成，为传送电信业务而提供所需承载能力的实施系统，可经由管理接口（Q3）进行配置和管理。原则上对接入网可以实现的 UNI 和 SNI 的类型和数目没有限制。接入网不解释信令。

接入网的覆盖范围由三个接口界定，如图 8-20 所示。网络侧经 SNI 接口与业务节点（SN）相连，用户侧经 UNI 接口与用户终端设备相连，另外使用 Q3 接口与电信管理网（TMN）相连，TMN 可对其进行配置管理。业务节点（SN）可以是提供业务的实体，如本地交换机、特定配置的视频点播（VOD）、广播电视业务节点等。接入网允许与多个 SN 相连，这些 SN 既可以是支持相同的业务的，也可以是支持不同业务的。

G.902 作为历史上第一个接入网总体标准框架，对接入网的发展有重要的指导意义，但随着 IP 技术的发展，G.902 标准过于束缚于电信网的体制的缺点逐渐暴露出来，在此背景下，ITU-T 于 2000 年又提出了针对 IP 网络的接入网标准——Y.1231，Y.1231 所定义的 IP 接入网络的整体框架结构如图 8-21 所示。

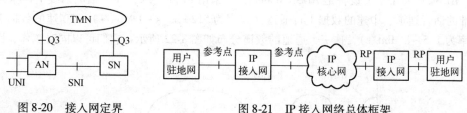

图 8-20　接入网定界　　　　　图 8-21　IP 接入网络总体框架

IP 接入网位于用户驻地网和 IP 核心网之间，IP 接入网和各网络间（包括管理网）的接口都是参考点（RP）。RP 是指逻辑上的接口，并不对应于特定的物理实现。

Y.1231 标准比 G.902 标准更简洁、抽象和统一，使用了逻辑接口 RP 来代替 G.902 中的 UNI、SNI 和 Q3 接口，IP 接入网框架更适应基于 IP 的技术潮流，可以提供语音、数据和视频等多种业务，满足未来网络融合的需要。

根据接入网所使用的传输介质不同，常见的接入网技术有以太网接入、电话铜线接入、HFC接入和光纤接入等。目前，对于 Internet 用户，选择使用以太网接入和电话铜线中的 ADSL 接入最为普遍。

8.5.2　以太网接入

传统以太网技术不属于接入网范畴，属于用户驻地网（CPN）领域，而随着以太网技术的普及，利用以太网作为接入手段也越来越流行。

基于以太网技术的接入网由局侧设备和用户侧设备组成。局侧设备一般位于小区内，用户侧设备一般位于居民楼内；或者局侧设备位于商业大楼内，而用户侧设备位于楼层内。局侧设备提供与 IP 骨干网的接口，用户侧设备提供与用户终端计算机相接的 10/100BASE-T 接口。局侧设备具有汇聚用户侧设备网管信息的功能。网络介质采用双绞线，便于布线和维护。

以太网接入技术具有强大的网管功能。与其他接入网技术一样，能进行配置管理、性能管理、故障管理和安全管理；还可以向计费系统提供丰富的计费信息，使计费系统能够按信息量、按连接时长或包月制等计费方式。常使用到的以太网接入控制协议有两种：PPPoE 和 802.1X。

PPPoE 是为了能在以太网上模拟拨号网络（如 ADSL）上网时所使用的 PPP 协议而开发的，即在以太网上使用 PPP 协议。用户上网时，穿越第二层交换式以太网建立虚拟的 PPP 通道，使用户的以太网终端连接到 PPPoE 服务器，通过类 PPP 协议，执行用户认证和接入控制功能。PPPoE 接入控制基本是集中式控制方式，PPPoE 服务器规模庞大，当有大量以太网用户需要登录时，会给以太网带来沉重负担，这种模式的性能并不好。

IEEE 802.1X 是一种基于端口的网络接入控制协议，具有 802.1X 功能的以太网交换机在用户接入时，与用户交换信息，并将用户的身份信息提交给 AAA 服务器，AAA 服务器对用户进行认证和授权，并指示交换机开启或关闭接入端口，在用户成功接入后，AAA 服务器还可以实现对用户的计费管理。

8.5.3　电话铜线接入

到目前为止，电话铜线技术仍然是网络接入的主要手段，传统的铜线接入方式适用于话音及低速数据业务，已经成为高速宽带业务通达用户的"瓶颈"。为解决铜线的宽带传速问题，人们提出了基于电话铜线的 DSL（数字用户线）技术，具有良好的应用效果。

DSL 技术根据上、下行传输速率是否相同，可分为对称式（SDSL）和非对称式（ADSL）两大类。目前以 ADSL 应用较为普遍。

ADSL 可基于电话铜线接入 Internet，而无需网络作任何改动，因此，极大地方便了接入网络的组建。ADSL 中一个重要设备是 ADSL Modem，它采用 FDM 技术，在一根电话线上产生三个信道：标准的话音通道、中速的数据上行通道（速率为 512 kbit/s ~ 1 Mbit/s）和高速的数据下行通道（速率为 1.5 ~ 8 Mbit/s），这三个通道的频谱分布如图 8-22 所示，它们可以同时工作，因此，

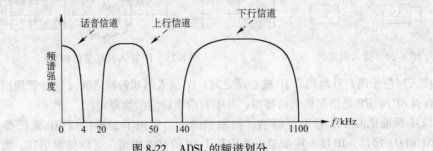

图 8-22　ADSL 的频谱划分

ADSL 解决了早期通过 Modem 拨号上网时，就不能进行电话通信的不足。ADSL 的一个连接示例如图 8-23 所示。

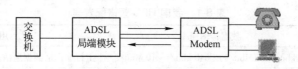

图 8-23 ADSL 连接示例

8.5.4 无线本地环路

无线本地环路（Wireless Local Loop，WLL）是通过无线信号取代电缆线路，连接用户和公共交换电话网络（PSTN）的一种技术。在一些偏远或地形复杂的地区，铺设有线的用户环路会比较困难，且费用较高。而无线用户环路由于安装快捷、扩容方便和维护费用低等特点，成为解决接入难题的一个重要手段。

与电话网相连并作为它的一部分的无线用户环路，一般由三部分组成：控制中心、基站和用户终端设备。图 8-24 所示为无线用户环路的典型结构。

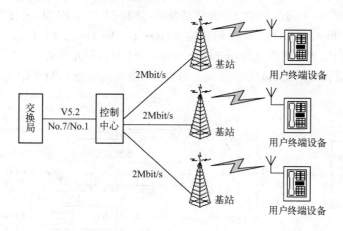

图 8-24 无线本地环路的结构

控制中心负责对无线信道进行分配，并提供系统与交换机之间的信令接口与语音转换；基站提供与用户终端设备相连的无线收发信道；用户终端用以连接各种通信终端设备，如电话和传真机等。

控制中心利用标准的 2 Mbit/s 链路与基站连接，同时通过 V5.2 接口与本地交换机相连。控制中心具有灵活的局向设定功能，各基站可设置不同局向。同时，控制中心还用来保证各基站覆盖区域内用户号码与本地网中用户的编号保持一致。用户终端由天线和用户固定台构成，提供连接普通话机、传真机、调制解调器的 Z 接口，基站与用户终端之间采用无线连接方式，这样，可以方便地实现用户终端的网络接入。

8.5.5 HFC 接入

HFC（Hybrid Fiber Coax）的意思是混合光纤-同轴电缆，最初广泛使用于有线电视网络（CATV），具有带宽高、传输信号号等特点，现在也逐步开始承载语音、数据等其他类型业务，以这种方式接入 Internet 可以实现 10～40 Mbit/s 的带宽，用户可享受的平均速度是 200～500 kbit/s，最快可达 1.5 Mbit/s。

HFC 支持双向信息的传输，因而其可用频带划分为上行频带和下行频带。所谓上行频带是指，信息由用户终端传输到局端设备所占用的频带；下行频带是指，信息由局端设备传输到用户端设备所占用的频带。各国目前对 HFC 频谱配置还未取得完全的统一。我国分段频率见表 8-1。

表 8-1　我国 HFC 频谱配置表

频　　段	数据传输速率	用　　途
5～50 MHz	320 kbit/s～5 Mbit/s 或 640 kbit/s～10 Mbit/s	上行非广播数据通信业务
50～550 MHz		普通广播电视业务
550～750 MHz	30.342 Mbit/s 或 42.884 Mbit/s	下行数据通信业务，如数字电视和 VOD 等
750 MHz 以上	暂时保留以后使用	

8.5.6　光纤接入

光纤接入网（Optical Access Network，OAN）实际就是在接入网中以光纤为主要传输介质，构成光纤用户环路（Fiber In The Loop，FITL），实现用户高性能宽带接入的一种网络。它不是传统意义上的光纤传输系统，而是针对接入网环境所专门设计的光纤传输网络。

根据光网络单元（Optical Network Unit，ONU）所在位置，光纤接入网的接入方式可分为光纤到路边（Fiber To The Curb，FTTC）、光纤到大楼（Fiber To The Building，FTTB）、光纤到办公室（Fiber To The Office，FTTO）、光纤到楼层（Fiber To The Floor，FTTF）、光纤到小区（Fiber To The Zone，FTTZ）、光纤到户（Fiber To The Home，FTTH）等几种类型，如图 8-25 所示。其中 FTTH 将是未来宽带接入网发展的最终形式，而目前最常用的则是 FTTx + LAN 的接入方式。

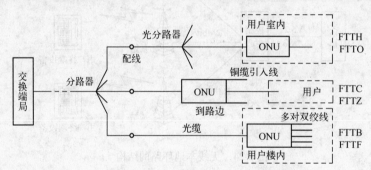

图 8-25　光纤接入方式

（1）光纤到路边

FTTC 结构主要适用于点到点或点到多点的树形分支拓扑，多为居民住宅用户和小型企事业用户使用。

（2）光纤到大楼

FTTB 可以看成是 FTTC 的一种变型，最后一段接到用户终端的部分要用多对双绞线。FTTB 是一种点到多点结构，光纤敷设到楼，因而更适于高密度用户区，也更接近于长远发展目标，FTTF 与它类似。

（3）光纤到户（FTTH）

在 FTTB 的基础上 ONU 进一步向用户端延伸，进入到用户家即为 FTTH 结构。FTTO 与它同类，两者都是一种全光纤连接网络，即从本地交换机一直到用户全部为光连接，中间没有任何铜缆，也没有有源电子设备，是真正全透明网络，也是用户接入网发展的长远目标。

（4）FTTx + LAN 接入

FTTx + LAN，即光纤接入和以太网技术结合而成的高速以太网接入方式，可实现"千兆到楼，百兆到层，十兆到户"，为最终光纤到户提供了一种过渡。

FTTx + LAN 接入比较简单，在用户端通过一般的网络设备，如交换机和集线器等将同一幢楼内的用户连成一个局域网，用户室内只需添加以太网 RJ-45 信息插座，在另一端通过交换机与外界光纤干线相连。

总体来看，FTTx + LAN 是一种比较廉价、高速、简便的数字宽带接入技术，特别适用于我国这种人口居住密集型的国家。

Internet 接入技术很多，现在最主流的是指各类宽带接入技术，即用户接入传输速率达到 2 Mbit/s 及以上、可以提供 24 小时在线的网络基础设备和服务。

宽带接入技术主要包括以现有电话网铜线为基础的 xDSL 接入技术、以有线电视为基础的混合光纤-同轴电缆（HFC）技术、以太网接入、光纤接入技术等多种有线接入技术以及无线接入技术。表 8-2 显示了主要接入技术的部分典型特征。

表 8-2　Internet 主要接入技术一览表

Internet 接入技术		客户端所需主要设备	接入网主要传输媒介	传输速率（bit/s）	窄带/宽带	有线/无线	特　点
电话拨号接入		普通 Modem	电话线（PSTN）	33.6~56 k	窄带	有线	简单，方便，但速度慢，应用单一上网时不能打电话，只能接一个终端可能出现线路繁忙、中途断线等
专线接入（DDN、帧中继、数字电路等）		不同专线方式设备有所不同	电信专用线路	依线路而定	兼有	有线	专用线路独享，速度快，稳定可靠但费用相对较高
ISDN 接入		NT1、NT2，ISDN 适配器等	电话线（ISDN 数字线路）	128 k	窄带	有线	按需拨号，可以边上网边打电话数字信号传输质量好，线路可靠性高，可同时使用多个终端，但应用有限
ADSL（xDSL）		ADSL Modem ADSL 路由器网卡，hub	电话线	上行 1 M 下行 8 M	宽带	有线	安装方便，操作简单，无须拨号利用现有电话线路，上网打电话两不误提供各种宽带服务，费用适中，速度快但受距离影响（3~5 km）对线路质量要求高，抵抗天气能力差
以太网接入及高速以太网接入		以太网接口卡、交换机	五类双绞线	10 M、100 M、1000 M、1 G、10 G	宽带	有线	成本适当，速度快，技术成熟结构简单，稳定性高，可扩充性好但不能利用现有电信线路要重新铺设线缆
HFC 接入		cable Modem 机顶盒	光纤 + 同轴电缆	上行 320 k~10 M 下行 27 M 和 36 M	宽带	有线	利用现有有线电视网速度快，是相对比较经济的方式但信道带宽由整个社区用户共享，用户数增多，带宽就会急剧下降安全上有缺陷，易被窃听适用于用户密集型小区
光纤 FTTx 接入		光分配单元 ODU 交换机，网卡	光纤铜线（引入线）	10 M、100 M、1000 M、1 G	宽带	有线	带宽大，速度快，通信质量高网络可升级性能好，用户接入简单提供双向实时业务的优势明显但投资成本较高，无源光节点损耗大
电力线接入		—	电力线	—	宽带	有线	电力网覆盖面广目前技术尚不成熟，仍处于研发中
无线接入	卫星通信	卫星天线和卫星接收 Modem	卫星链路	依频段、卫星、技术而变	兼有	无线	方便，灵活具有一定程度的终端移动性投资少，建网周期短，提供业务快可以提供多种多媒体宽带服务但占用无线频谱，易受干扰和气候影响传输质量不如光缆等有线方式移动宽带业务接入技术尚不成熟
	LMDS	基站设备 BSE，室外单元、室内单元、无线网卡	高频微波	上行 1.544 M 下行 51.84~155.52 M	宽带		
	移动无线接入	移动终端	无线介质	19.2 k，144 k，384 k，2 M	窄带		

小结

网络互联是指利用各种网络设备将分处各地的不同架构、不同拓扑的网络互联起来，使之成为一个互联互通的大网络。

在不同的网络层次上互联会使用到不同的网络设备。在物理层互联可以选用中继器、集线器，它们只能起到扩展网络物理长度的作用，不能分割网络的冲突域，随着网络上的主机数目的增加，冲突现象会变得越来越严重；为了解决冲突，可以选用数据链路层网络设备，如网桥和交换机来构建局域网络。网桥和交换机能分割冲突域，从而减少网络中冲突现象的发生；对于不同网段的互联，必须使用网络层的设备，如路由器；而对于不同体系结构的网络互联，则要用到网关。

交换机和路由器作为重要的网络设备，其内部都存有一张地址表，前者是"MAC 地址和端口映射表"，后者是"IP 地址和端口映射表"，但收到数据时，它们都会根据目的地址来在表中查找，从而从相应端口转发。

交换机或网桥在进行数据帧转发时，有三种方式：直通交换方式、存储转发方式和碎片隔离方式。目前的存储转发方式是交换机的主流交换方式。当多个交换机级联时，有两种常见的级联方式：菊花链连接和星型连接，前者可以提供冗余链路但牺牲了网络传输效率，而且各级联设备难以远距离布置；后者可以提供较高的网络传输速率且便于设备远距离布置和管理，在实际使用中，以星型连接更为常见。

在实际网络应用中，网桥和交换机为了避免因环型拓扑而引起的广播风暴，常使用生成树协议（STP）在逻辑上来破坏这种环型结构。交换机还有一个重要应用，就是可以划分虚拟局域网，这样，可以根据实际需要，来动态的管理局域网络，另外，也增加了局域网的安全性。

路由器是根据其内部的路由表来进行路由决策的，路由表根据其产生方式，可以分为静态路由和动态路由。静态路由的建立、修改和删除都必须由管理员手动进行，它不能根据网络的变化动态更新，缺乏灵活性；动态路由是在各路由器间相互发送路由信息，根据一定的路由算法，产生路由表，这种方式能够根据网络的变化情况自适应地调整网络路由，因此在实际应用中被广泛采用。常见的动态路由算法有两大类：距离-向量（V-D）路由算法和链路-状态（L-S）路由算法，它们最具代表性的协议分别是：RIP 协议和 OSPF 协议。

V-D 路由算法可能会导致无穷计算问题，常使用两种方法：设置最大跳数和水平分裂来解决无穷计算问题。L-S 路由算法相对于 V-D 路由算法要更复杂一些，但其能更真实地反映网络拓扑，有更快的网络收敛性，适合于大中型网络环境，而 V-D 路由算法一般用于小型网络环境。

接入网是指网络终端与通信网络之间的一种网络形态，ITU-T 先后制定了两个接入网络标准：G.902 和 Y.1231，前者更符合电信网特点，后者更符合 IP 网络的特点。由于网络终端、通信网络的类型众多，目前，也有很多接入网实现方式。常见的有以太网接入、电话铜线接入、HFC 接入和无线本地环路等，各种接入方式各有优劣，使用在不同的场合。

习题

1. 试比较集线器、交换机、路由器各自的特点，它们分别被应用在什么样的网络互联场合？
2. 网桥和交换机是第几层的网络设备？它们有什么区别？
3. 试说明交换机/网桥的工作过程。
4. 交换机的数据转发方式有几种？各有什么特点？
5. 交换式以太网较传统的以太网有何优势？为什么会有这种优势？
6. 网桥或交换机是如何解决因环路而出现广播风暴问题的？请说明相关的工作原理。

7. 交换机有几种级联方式？分别有何特点？

8. 什么是虚拟局域网？它有什么特点？有几种划分虚拟局域网的方式？

9. 为何要在路由器中设置路由表？路由表中的默认路由有何作用？

10. 某个路由器通过 IP 地址为：202.118.24.12 的端口向域内的其他路由器发送广播包，这个 IP 包的源 IP 地址和目的 IP 地址分别是什么？

11. 什么是路由协议？为何要使用路由协议？

12. 试说明 V-D 路由算法和 L-S 路由算法的原理和各自的特点。

13. 试说明 RIP 协议和 OSPF 协议的特点。

14. 在 V-D 路由算法中，什么是无穷计算问题？如何解决无穷计算问题？

15. 接入网的标准有哪些？试比较它们的特点。

16. 以太网接入控制技术有哪些？试说明它们的工作工程。

17. 常见的接入网技术有哪些？一般使用在哪些场合？

第 9 章

网 络 管 理

网络管理是指以计算机网络等相关技术为手段，对各种网络进行监视、控制、运营以及维护等操作。网络管理已成为计算机网络建设中的一个非常重要的部分，它是进行网络维护的重要手段，并且决定着网络资源的利用率和效益的发挥。网络管理系统综合了通信、计算机软件、网络和信息管理等方面的理论和技术，是计算机网络领域 一个新兴的研究方向。

9.1 网络管理概述

9.1.1 网络管理系统的组成

一个典型的网络管理系统包括四个要素：管理站、管理代理、管理信息库和代理服务设备。但一般说来，在大多数系统中，前三个要素是必需的，第四个只是可选项。

1. 管理站

管理站通常是一个独立的网管工作站，它要求管理代理定期收集重要的设备信息，收集到的信息将用于确定网络设备和线路是否运行正常。管理站定期查询管理代理收集到的有关主机运转状态、配置及性能等的信息。图 9-1 说明了管理站和管理代理之间的关系。

2. 管理代理

网络管理代理是驻留在网络设备中的软件模块，这里的设备可以是 UNIX 工作站、网络打印机，也可以是其他的网络设备。如图 9-2 所示，管理代理可以获得有关运转状态、设备特性和系统配置等相关信息。管理代理实际所起的作用就是，充当管理系统与它所驻留的设备之间的中介，通过控制设备的管理信息库（MIB）中的信

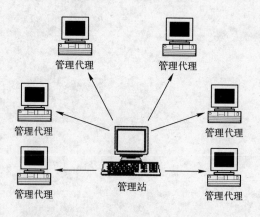

图 9-1　管理站和管理代理的关系

息来实现管理网络设备的功能。网络管理代理软件可以把网络管理站发出的命令按照标准的网络格式进行转化，收集其要求的信息，并按正确的响应信息返回。

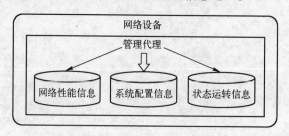

图 9-2　网管系统中的管理代理

3. 管理信息库

管理信息库（MIB）定义了一种数据对象，它可以被网络管理系统控制。图 9-3 说明了管理

代理和 MIB 数据对象之间的关系。MIB 是一个信息存储库，这里包括了数千个数据对象，网络管理站可以通过直接控制这些数据对象去控制、配置或监控网络设备，也可以通过管理代理来控制 MIB 数据对象。为了保证数据的一致性，现在已经定义的有几种通用的标准管理信息库，这些数据库中包括了必须在网络设备中支持的特殊对象。

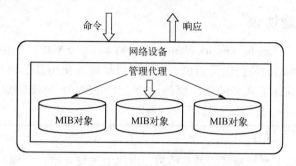

图 9-3   SNMP 的管理代理和 MIB 对象

4. 代理服务设备

代理服务设备是为了在网络管理站和不直接支持该标准的系统之间起中间适配作用（如图 9-4 所示）。利用代理服务设备，不需要升级整个网络就可以实现从旧标准协议到新版本的过渡。比如当启用一个新版本网管系统时，整个网络中现存的所有设备都会受到影响，或者当设备厂商升级了他们的部分产品，而另一些则没有，这样，就存在着网管协议的兼容问题。使用代理服务机制就是处理这类移植问题的一种办法，基于这种机制可以为不支持标准网络管理协议的设备提供网管服务。

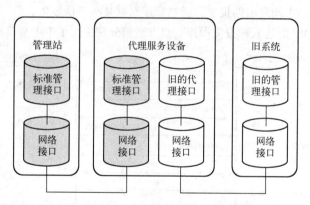

图 9-4   基于代理服务机制的网络管理系统

9.1.2   网络管理的功能

ISO 在 OSI 网络管理标准的框架中提出了网络管理的五个主要功能：

- 故障管理（fault management）：对网络中的故障进行检测、诊断和恢复，其目的是保证网络能够提供连续、正常的服务。故障管理的主要功能包括：维护、使用和检查差错日志；接收差错检测的报告并做出反应，在系统内部跟踪差错；执行恢复动作纠正差错。
- 配置管理（configuration management）：对网络管理的对象（包括网络设备的软件、硬件等）进行参数配置或调整。
- 性能管理（performance management）：监测、统计和控制网络设备的运行特性、网络流量、响应时间等，保证网络稳定、高效地运行。性能管理分为性能监测和性能控制两个部分。

- 计费管理（accounting management）：记录网络用户使用网络资源、产生费用的情况。计费管理中包括了网络流量查询、费率设置和账务查询等功能。
- 安全管理（security management）：对网络资源的访问权限提供保护，禁止非法的用户进入网络，主要功能包括授权、认证和加密等机制。

9.2　简单网络管理协议

简单网络管理协议（Simple Network Management Protocol，SNMP）是由 IETF 在 1990 年制定的一个基于 TCP/IP 体系结构的应用层协议，但也可以扩展到使用其他协议的网络设备上使用。SNMP 协议结构简单，得到了众多网络厂商的支持，使用 SNMP 协议的知名的网络管理系统有 HP 公司的 OpenView、Cisco 公司的 Cisco Works 等。

9.2.1　SNMP 协议基本操作

SNMP 管理模型采用了网管系统的基本结构，由四个关键元素：管理站、管理代理、管理信息库和 SNMP 管理协议组成。其中，管理站和管理代理之间是通过 SNMP 协议通信的，一共规定了五种协议数据单元 PDU（也就是 SNMP 报文）用来在管理站和管理代理之间进行信息交换。这五种报文分别如下。

1）get-request 操作：由管理站发给管理代理，请求读取一个或多个变量值。

2）get-next-request 操作：由管理站发给代理，要求读取指定变量的下一个或多个变量值。

3）set-request 操作：管理站设置代理中的一个或多个变量值。

4）get-response 操作：返回的一个或多个变量值。这个操作是由代理发出的，它是前面三种操作的响应操作。

5）trap 操作：代理主动发出的报文，通知管理站有某些事情发生。

图 9-5 描述了 SNMP 的这五种报文操作，双方通信分别使用了 161 端口和 162 端口。

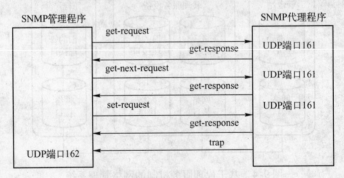

图 9-5　SNMP 的五种报文操作

9.2.2　MIB 结构

管理信息库是一个信息存储库，它包含了管理代理中的有关配置和性能的数据，它具有一个组织体系和公共结构，其中包含分属不同组的许多个数据对象，如图 9-6 所示。

MIB 数据对象以一种树状分层结构进行组织，这个树状结构中的每个分支都有一个专用名字和数字标注。图 9-6 表示的是标准 MIB 的组织体系，列出了从 MIB 结构树的树根到各层树枝的全部内容。结构树的分支实际表示的是数据对象的逻辑分组。而树叶，有时候也叫节点（node），代表了各个数据对象。在结构树中使用子树表示增加的中间分支和增加的树叶。

使用这个树状分层结构，MIB 浏览器能够以一种方便而且简洁的方式访问整个 MIB 数据库。由于 MIB 的每一个数据对象都被做了数字标注，所以可以通过其数字标注来查找或表示 MIB 中的数据对象。例如，要访问数据对象 sysDescr（1），其完整的路径应该是这样的：iso. org. dod. internet. mgm. mib-2. system. sysDescr，因此该数据对象也可以以一种更短的、数字标注的格式来表示：{1.3.6.1.2.1.1.1}。这两种表达格式的作用是一致的，都表示同一个 MIB 数据对象。

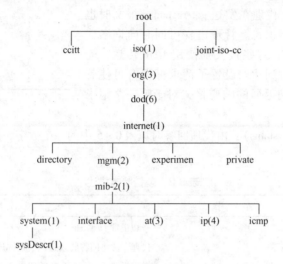

图 9-6　MIB 数据对象结构

9.2.3　SNMP 报文格式

图 9-7 是封装成 UDP 数据报的五种 SNMP 操作的报文格式。可见一个 SNMP 报文共有三个部分组成，即公共 SNMP 首部、get/set（或 trap）首部、变量绑定。

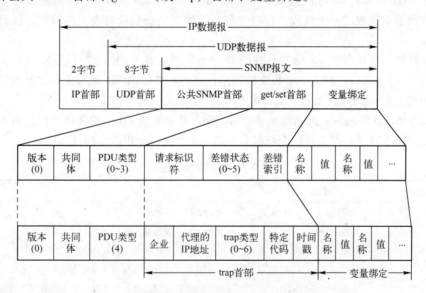

图 9-7　SNMP 报文格式

1）公共 SNMP 首部，共有三个字段，各字段分别说明如下。
- 版本：写入版本字段的是 SNMP 协议版本号减 1，对于 SNMP（即 SNMPV1）则应写入 0。
- 共同体（community）：共同体就是一个字符串，作为管理站和代理之间的明文口令，默认为："public"。

- PDU 类型：根据 PDU 的类型，填入 0～4 中的一个数字，其对应关系见表 9-1。

2）get/set 首部，共有三个字段，各字段分别说明如下。

- 请求标识符（request ID）：这是由管理进程设置的一个整数值。代理在发送 get-response 报文时也要返回此请求标识符。管理进程可同时向许多代理发出 get 报文，这些报文都使用 UDP 传送，先发送的有可能后到达。设置了请求标识符可使管理进程能够识别返回的响应报文对于哪一个请求报文。

表 9-1　PDU 类型

PDU 类型	名　称
0	get-request
1	get-next-request
2	get-response
3	set-request
4	trap

- 差错状态（error status）：由代理回答时填入 0～5 中的一个数字，用以表示差错状态。详见表 9-2 的描述。

表 9-2　差错状态描述

差错状态	名　字	说　明
0	noError	一切正常
1	tooBig	代理无法将回答装入到一个 SNMP 报文之中
2	noSuchName	操作指明了一个不存在的变量
3	badValue	一个 set 操作指明了一个无效值或无效语法
4	readOnly	管理进程试图修改一个只读变量
5	genErr	某些其他的差错

- 差错索引（error index）：当出现 noSuchName、badValue 或 readOnly 的差错时，由代理进程在回答时设置的一个整数，它指明有差错的变量在变量列表中的偏移，从而便于错误定位。

3）trap 首部，共五个字段，除"代理的 IP 地址"外，其他的四个字段分别如下。

- 企业（enterprise）：填入 trap 报文的网络设备的对象标识符。此对象标识符肯定是在 MIB 对象树上的 enterprise 节点 {1.3.6.1.4.1} 下面的一棵子树上。

- trap 类型：此字段正式的名称是 generic-trap，共分为表 9-3 中的 7 种情况。当使用下述类型 2、3、5 时，在报文后面变量部分的第一个变量应标识响应的接口。

表 9-3　trap 类型描述

trap 类型	名　字	说　明
0	coldStart	代理进行了初始化
1	warmStart	代理进行了重新初始化
2	linkDown	一个接口从工作状态变为故障状态
3	linkUp	一个接口从故障状态变为工作状态
4	authenticationFailure	从 SNMP 管理进程接收到具有一个无效共同体的报文
5	egpNeighborLoss	一个 EGP 相邻路由器变为故障状态
6	enterpriseSpecific	代理自定义的事件，需要用后面的"特定代码"来指明

- 特定代码（specific-code）：指明代理自定义的时间（若 trap 类型为 6），否则为 0。

- 时间戳（timestamp）：指明自代理进程初始化到 trap 报告的事件发生所经历的时间，单位为 10 ms。例如时间戳为 1908 表明在代理初始化后 1908 ms 发生了该事件。

4）变量绑定（variable-bindings）：指明一个或多个变量的名和对应的值。在 get 或 get-next 报文中，变量的值应忽略。

9.2.4 网络管理系统示例

目前，针对不同的网络类型、不同的行业应用，有很多种网管系统，各有特色，其中比较知名的网络管理系统包括：HP Openview、CiscoWorks 等，下面对它们做一个简单的介绍。

1. HP Openview

HP Openview 是由惠普公司推出的一款网络系统监控、管理软件。主要功能涉及：系统资源和资产管理、数据库管理、故障和事件管理、Internet 业务管理、性能管理、网络结构管理、存储管理、用户账号管理和安全管理等多方面。它支持多种标准的网络传输和网管协议，如 TCP/IP、SNA、SNMP、RPC 和 CMIP 等，并且采用开放的、模块化体系结构，扩充性能好，异构网络管理能力强。

HP Openview 提供丰富的图形操作界面，能动态反映网络的拓扑结构，包括网络各种资源变化的自动监测，方便操作人员的网络运行状况监控；同时，它提供给用户灵活的设置功能，如阈值设定、节点设置，方便网络的监控管理。图 9-8 显示了 HP Openview 的系统界面。

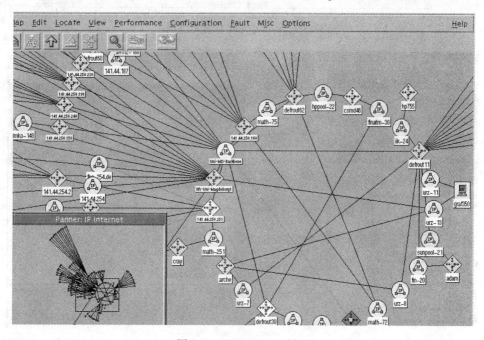

图 9-8　HP Openview 界面

2. CiscoWorks

CiscoWorks 是思科（Cisco）公司的一款网管软件产品，其帮助用户管理基于 Cisco 的网络。CiscoWorks 工作组由诸如资源管理要点、局域网络管理、无线网络管理、园区管理器、设备故障管理器、Internet 网络性能监控器、IP 电话管理器等众多部件组成。

CiscoWorks 可以针对 Cisco 网络完成功能强大的管理和配置，如可以利用用户设定的设备群，提供一个强大集中的、基于模板的配置，从而有效配置大量的网络设备；它能够监控 Cisco 身份认证服务器，并通过检测接入点上的错误配置进一步加强安全管理；可以通过找出利用率最高的网络接入点帮助客户进行容量规划，并可以生成客户端连接情况报告，帮助客户更快地诊断客户端的故障。图 9-9 和图 9-10 分别显示了 CiscoWorks 的登录界面和配置管理界面。

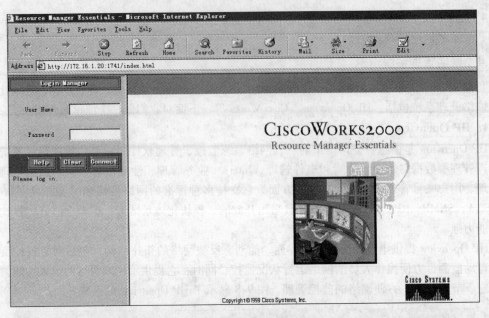

图 9-9　CiscoWorks 的登录界面

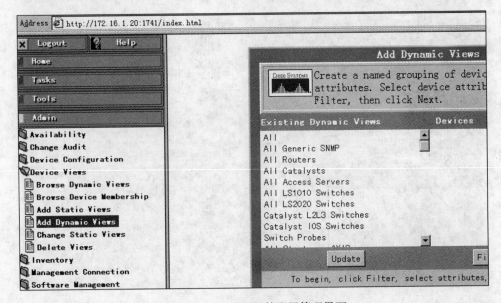

图 9-10　CiscoWorks 的配置管理界面

9.3　网络操作系统

　　不同的网络有着不同的硬件设备及管理系统，但作为管理系统的软件支撑平台——网络操作系统对网络运行性能也有着重要的影响。网络操作系统是指为了便于网络上计算机之间相互通信、网络管理而在计算机上安装的管理、服务软件。网络操作系统的主要功能如下。

　　1）资源管理：对网络中共享资源进行管理，如硬盘、打印机、文件和数据等。

　　2）网络通信：在源主机和目的主机之间建立一条暂时性的通信链路，在数据传递期间进行必要的控制，如数据检验纠错、数据流量控制及传输路由选择等。

　　3）网络服务：Email 服务、文件传输、存取和管理服务、共享硬盘服务、共享打印服务等。

4）网络管理：对网络的安全性进行管理（存取权限控制、网络容错技术等），对网络性能监视、统计。

目前，常用的网络操作系统有 Windows NT/Windows Server 2008、Netware、UNIX 和 Linux 等。

9.3.1 Windows NT/Windows Server 2008

Windows NT 是 Microsoft 公司于 1993 年 5 月推出的网络操作系统。这种 32 位的操作系统是为了满足高层次、单用户桌面工作站平台的要求而设计的，具有抢占式、多任务、多线程的调度能力，可以支持文件传送、远程打印和信息传递等多种应用服务。目前用的版本为 Windows Server 2008（Windows NT 6.1）。

Windows NT 基于域（domain）和工作组（work group）的方式完成对网络及用户的管理。工作组是指一组计算机，每台计算机的资源由计算机自行进行管理——允许共享并对资源加上密码保护。域是指具有集中的安全控制的工作组，对域内资源的访问由一台称为域控制器的计算机进行管理。

Windows Server 2008 代表了下一代 Windows Server 技术。使用 Windows Server 2008，管理人员对其服务器和网络基础结构的控制能力更强，从而可重点关注关键业务需求。Windows Server 2008 通过加强操作系统和保护网络环境提高了安全性。通过加快信息系统的部署与维护、使服务器和应用程序的合并与虚拟化更加简单、提供直观管理工具，Windows Server 2008 还为管理人员提供了灵活性。Windows Server 2008 为任何组织的服务器和网络基础结构奠定了最好的基础。

9.3.2 Netware

Novell 局域网是 Novell 公司于 20 世纪 80 年代初开发的一种高性能网络系统，Netware 是其操作系统，也是 Novell 网的核心技术。Netware 网络是一种开放体系结构的网络，它具有良好的开放性、容错性、安全性、传输速率、吞吐率和兼容性等优点。

Netware 网络操作系统是用于文件服务器的优秀的操作系统，其 4.1 以上的版本所具有的目录服务功能是一种能以单一逻辑方式访问可能位于全球范围的所有网络服务和资源的技术，用户只需通过一次登录就可访问网络服务和资源。

Novell 网的硬件系统由四个部分组成：文件服务器、工作站、网络接口卡和网络通信系统。网络通信系统应考虑网络传输介质、网络布局和网络结构等方面要求，Netware 可以使用双绞线、同轴电缆和光缆等作为传输介质，网络布局主要有总线型、环型、星型和树型等。

9.3.3 UNIX

UNIX 操作系统是一个通用的交互式的分时系统，它是美国贝尔实验室于 1969 年首先在 DEC PDP-7 机上实现的。历史悠久，影响广泛，但版本不统一，多家公司都有自己版本的 UNIX 操作系统。目前，常用的 UNIX 网络操作系统的版本有 Sun 公司的 Solaris 和 HP 公司的 HP-UX 等。UNIX 以其的良好的网络管理功能深受广大计算机网络用户的欢迎。

UNIX 是一个多用户、多任务、分时操作系统，它主要由以下四个部分组成。

1）内核（kernel）：是组成操作系统的核心，它控制任务的调度运行，管理计算机存储器，维护文件系统，并在用户中分配计算机资源。它对用户是透明的。

2）外壳（shell）：shell 是一个程序（类似于 DOS 中的 COMMAND.COM），它解释用户所提交的命令并把该命令提交给核心执行，执行结果再返回给用户。shell 也是一种程序设计语言，用户可以使用 shell 命令来设计程序（类似于 DOS 中的 batch 命令）。

3）文件系统（file system）：文件系统是指在用户终端上可为用户所用的全部文件的集合，它使信息的存储和检索更为容易。

4）命令（command）：命令是一组实用程序的名称。UNIX 系统提供的命令包括：文本编辑、文件管理、软件开发工具、系统配置、通信等。

UNIX 的系统结构如图 9-11 所示。

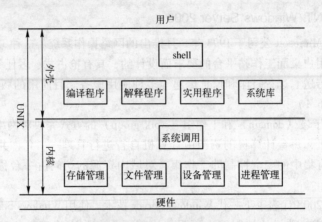

图 9-11   UNIX 的系统结构

9.3.4   Linux

Linux 是一种可免费使用和自由传播的类 UNIX 操作系统。最早是由芬兰赫尔辛基大学的学生 Linus Torvalds 在 1991 年开发出来的，当时他决定把全部源程序在 Internet 上公开，希望由此建立不受任何商品化软件的版权制约的、全世界都能自由使用的 UNIX 兼容产品。此后，世界各地的程序员自发组织起来对 Linux 进行改进和编写各种应用程序，发展到今天 Linux 已成为一个功能强大的操作系统，有着广泛的用途，包括网络服务，软件开发，桌面应用等等。

一直以来，Linux 受到广大计算机爱好者的喜爱并在操作系统领域备受关注，主要原因有两个：一是它属于自由软件，用户不但可以从 Internet 上下载 Linux 源代码，而且可以下载许多 Linux 的应用程序免费使用；另一个原因是，它具有类似 UNIX 的功能，任何使用 UNIX 操作系统或想要学习 UNIX 操作系统的人都可以从 Linux 中获益。

Linux 本身完全免费。但是这并不意味着 Linux 和它的一些应用软件的发行版本也是免费的。目前有许多软件公司在其内核之上进行开发及技术服务支持，产生了许多 Linux 的商业化发行版本，如 RedHat Linux、SuSE Linux 和 Turbo Linux。

*9.4   电信管理网

在计算机网络的网管系统中我们常用到 SNMP 协议，而对于电信网络（如 PSTN）的管理，由于历史原因，形成了一个专门的网络，称为"电信管理网（Telecommunication Management Network，TMN）"。

TMN 提供了一个有组织的体系结构，以达到各种类型的操作系统（网管系统）和电信设备之间的互通，并且使用一种具有标准接口（包括协议和信息规定）的统一体系结构来交换管理信息，从而实现电信网的自动化和标准化管理，并提供各种管理功能。TMN 在概念上是一种独立于电信网而专职进行网络管理的网络，它与电信网有若干不同的接口，可以接收来自电信网的信息并控制电信网的运行。

TMN 和电信网之间的关系如图 9-12 所示。图中，虚线框内是 TMN。它由数据通信网（DCN）、与电信网设备的接口、电信网操作系统和网络管理工作站组成。TMN 与它所管理的电信网虽然在概念上有区分，但物理上往往是紧耦合的，很难作具体的界定。

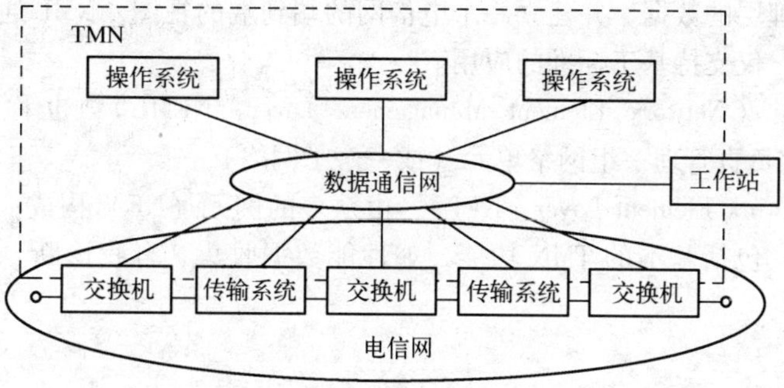

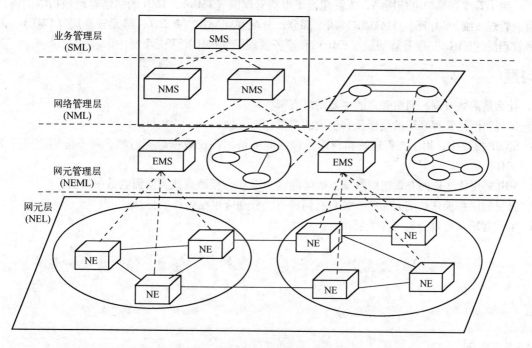

图 9-12　TMN 与电信网的关系

　　TMN 在不断地发展和改进过程中，也借鉴了 OSI 网络管理标准，TMN 的网络管理包括：电信网运营、管理、维护和指配（OAM&P）四个部分。这四个部分管理工作在不同管理机构中会有不同的含义，也不要求包含所有的网络管理工作，其完成的功能也包括：配置管理、故障管理、性能管理、计费管理和安全管理五个部分。

　　TMN 也可以进行逻辑分层的划分，以上五个管理功能可以根据需要划分在相应的管理分层中。TMN 的管理层模型依照 ITU-T M. 3010 划分为网元层（NEL）、网元管理层（EML）、网络管理层（NML）、业务管理层（SML）和事务管理层（BML），如图 9-13 所示。

图 9-13　TMN 的逻辑分层

- 事务管理层（Business Management Layer，BML）：负责在操作员之间建立协议，通过这一层实现网络规划和管理活动。
- 业务管理层（Service Management Layer，SML）：与物理实体无关，负责为用户提供业务管理。它提供了与用户的基本联系点，以便处理所有业务，如开新账户、建立业务、支持关于服务质量的信息等。
- 网络管理层（Network Management Layer，NML）：NML 功能通常由操作系统提供，它接收来自网元管理层的数据，并建立一个电信网的端到端的视图。NML 通过标准接口和其他层进行通信，仅支持基于标准的应用。

- 网元管理层（Network Element Management Layer，NEML）：也称为子网络管理层（SNML），它负责管理一组网络单元（或一个子网络）。
- 网元层（Network Element Layer，NEL）：由众多的网元（NE）构成，负责网元本身的基本管理功能，包括基本的 TMN 功能，如性能数据收集、自我诊断、地址转换和协议变化等。

小结

随着网络的规模越来越大、网络应用越来越丰富，网络运行与维护需要有一定的管理系统来负责。

网络管理系统一般包括四个要素：管理站、管理代理、管理信息库和代理服务设备。而网管系统的功能主要有五个方面：故障管理、配置管理、性能管理、计费管理和安全管理。

在计算机网管系统中，常使用到简单网络管理协议（SNMP）。它由四个关键元素：管理站、管理代理、管理信息库和 SNMP 管理协议组成。

网络操作系统是指为了便于网络上计算机之间相互通信、网络管理而在计算机上安装的管理、服务软件。目前，主要的网络操作系统有 Windows NT、Netware 和 UNIX 等。

为了管理和维护电信网络，人们建设了电信管理网（TMN），TMN 的网络管理包括电信网运营、管理、维护和指配（OAM&P）四个部分，分配在网元层（NEL）、网元管理层（EML）、网络管理层（NML）、业务管理层（SML）和事务管理层（BML）等五个层中。

习题

1. 什么是网络管理？网络管理的主要功能有哪些？
2. 试说明网络管理系统的模型及其组成的要素。
3. SNMP 协议中，用于在管理站和管理代理之间通信的协议数据单元有哪几种？分别完成什么工作？
4. MIB 采用什么样的方式组织数据？如何能在 MIB 中方便地查找到所需的数据对象？
5. 常见的网络操作系统有哪些？各自有何特点？分别应用在何种场合？
6. 电信管理网可以分为哪几个层次？

第10章

网络安全

以 Internet 为代表的全球性信息应用正日益普及和深入，应用领域从传统的小型业务系统逐渐向大型的关键业务系统扩展，典型的有政府部门业务系统、金融业务系统、企业商务系统等。伴随网络的普及，网络安全日益成为影响网络效能的重要问题，而由于网络具有开放性和自由性等特点，人们在增加网络应用自由度的同时，对网络安全性能也提出了更高的要求。

在信息数字化的今天，数据信息已经是网络中最宝贵的资源，网上失密、泄密、窃密及传播有害信息的事件屡有发生。一旦网络中传输的用户信息被有意窃取、篡改，则对于用户和企业本身造成的损失都是不可估量的。无论是对于那些庞大的服务提供商的网络，还是小到一个企业的某一个业务部门的局域网，防范黑客和工业间谍的入侵，保证数据安全，都是网络建设中必须考虑的问题。

10.1 网络安全概述

10.1.1 网络安全的定义

网络安全从其本质上来讲是网络上的信息安全。它涉及的领域相当广泛，这是因为在目前的公用通信网络中存在着各种各样的安全漏洞和威胁。从广义来说，凡是涉及网络上信息的保密性、完整性、可用性、真实性和可控性的相关技术和理论，都是网络安全所要研究的领域。下面给出网络安全的一个通用定义。

网络安全是指网络的硬件、软件及其系统中的数据受到保护，不因偶然的或者恶意的原因而受到破坏、更改或泄露，系统连续可靠地运行，网络服务不中断。

10.1.2 网络中存在的安全威胁

一般认为，目前网络存在的安全威胁主要表现在以下几个方面。

1. 非授权访问

没有预先经过同意就使用网络或计算机资源为非授权访问，如有意避开系统访问控制机制，对网络设备及资源进行非正常使用，或擅自扩大权限，越权访问信息。它主要有以下几种形式：假冒、身份攻击、非法用户进入网络系统进行违法操作、合法用户以未授权方式进行操作等。

2. 信息泄露或丢失

信息泄露或丢失是指敏感数据在有意或无意中被泄露或丢失，它通常包括：信息在传输中丢失或泄露（如黑客利用电磁泄漏或搭线窃听等方式截获机密信息，或通过对信息流向、流量、通信频度和长度等参数的分析，推出有用信息，如用户口令、账号等重要信息），信息在存储介质中丢失或泄漏，通过建立隐蔽隧道等窃取敏感信息等。

3. 破坏数据完整性

破坏数据完整性是指以非法手段窃得对数据的使用权，删除、修改、插入或重发某些重要信息，以取得有益于攻击者的响应；恶意添加、修改数据，以干扰用户的正常使用。

4. 拒绝服务攻击

拒绝服务攻击是指不断对网络服务系统进行干扰，改变其正常的作业流程，执行无关程序使系统响应减慢甚至瘫痪，影响正常用户的使用，甚至使合法用户被排斥而不能进入计算机网络系统或不能得到相应的服务。

5. 利用网络传播病毒

计算机病毒是一种特殊的计算机程序，它利用现有计算机系统的漏洞，破坏其正常运行，同时它还会通过网络进行传播，破坏网络上其他计算机的硬件或软件系统。

现在主要的计算机病毒形式有以下几种。

1）文件病毒：这类病毒在操作系统运行文件时取得控制权并把自己依附在可执行文件上，当文件执行时，病毒会调出自己的代码来执行，之后再返回原文件执行。这一过程往往很短，病毒运行在后台，没有明显的表现，所以常在不知不觉间实现对用户系统的破坏。

2）引导区病毒：这类病毒潜伏在磁盘的引导区中，如果计算机从被感染的磁盘启动，病毒就会在系统启动时加载到内存中，实施对系统的破坏行为。

3）宏病毒：宏是一种为了避免重复相同操作而使用的软件工具。利用简单的语法，可以把常用的动作写成宏，工作时，调用宏即可。宏病毒虽然一般不会对操作系统造成影响，但会影响到某些应用软件的使用。

由于计算机网络的特点是资源共享，所以，计算机病毒通过网络传播时具有速度快、破坏面广而且用户很难防范的特点。网络病毒是现在计算机安全领域中的一个顽疾。

10.1.3　网络安全的特性

网络安全所要求具备的特性包括以下五个方面。

1. 保密性

保密性是指网络信息不泄露给非授权的个人、实体或过程，或提供其利用的特性，即杜绝有用信息泄露给非授权的个人或实体，强调有用信息只被授权对象使用的特征。

2. 完整性

完整性是指信息在传输、交换、存储和处理过程中保持非修改、非破坏和非丢失的特性，即保持信息原样性，使信息能够正确生成、存储或传输，这是最基本的安全特征。

3. 可用性

可用性是指网络信息可被授权实体正确地访问，并按要求能正常使用或在非正常情况下能恢复使用的特征，即在系统运行时能正确存取所需信息，当系统遭受攻击或破坏时，能迅速恢复并能投入使用。可用性是衡量网络信息系统面向用户的一种安全性能。

4. 可控性

可控性是指对流通在网络系统中的信息传播及具体内容能够实现有效控制的特征，即网络系统中的任何信息在一定的传输范围和存放空间内可控。除了采用常规的传播站点和传播内容监控形式外，最典型的如密码的托管政策，当加密算法交由第三方管理时，必须严格按规定执行。

5. 不可否认性

不可否认性又称可审查性，是指网络通信双方在信息交互过程中，确信参与者本身以及参与者所提供的信息的真实同一性，及所有参与者都不可能否认或抵赖本人的真实身份，以及提供信息的原样性和完成的操作与承诺。

10.1.4　网络安全技术

针对不同类型的网络安全隐患或攻击，在网络安全领域会采取不同的措施予以防范或阻止。目前，主要的网络安全技术有以下几个。

1. 数据加密

数据加密就是按照确定的密码算法将明文数据变换成难以识别的密文数据，通过使用不同的密钥，可用同一加密算法将同一明文加密成不同的密文。当需要时，可使用密钥将密文数据还原成明文数据，称为解密。这样就可以实现数据的保密性。

2. 数字签名

数字签名是通过对数据进行相应的加密计算，作为数据的签名文件，它可以保障数据的源认证及防止数据发送者的抵赖行为。数字签名在保证电子证书、电子合同等文件的真实性方面有重要的应用。

3. 身份认证

身份认证的目的是确定网络和系统的访问者是否为合法用户。它主要采用密码、代表用户身份的物品（如磁卡、IC 卡等）或反映用户生理特征的标识（如指纹、手掌图案、语音、视网膜扫描等）鉴别访问者的身份。

4. 访问控制

访问控制的目的是防止非法用户进入系统和网络资源，或是对合法用户的系统使用权限做出限定。系统要确定用户对哪些资源享有使用权，以及可进行何种类型的访问操作（比如：读、写、运行等）。

5. 防火墙

防火墙（firewall）是设置在被保护网络和外部网络之间的一道屏障，用以分隔被保护网络与外部网络系统，防止发生不可预测的、潜在破坏性的侵入。它是不同网络或网络安全域之间信息的唯一出入口，像在两个网络之间设置了一道关卡，能根据安全策略控制出入网络的信息流，防止非法信息流入被保护的网络内，并且本身具有较强的抗攻击能力。它是提供信息安全服务、实现网络和信息安全的基础设施。

6. 虚拟专用网

虚拟专用网（VPN）是利用公共的网络资源为特定用户建立的数据传输通道，它可以提供端到端的、有较好安全保障和服务质量的数据通信服务，将用户的远程分支机构、商业伙伴、移动办公人员等连接起来，就好像它们是连在一个专用网络中一样，而这种"专用"并不是永久的，只是在公共网络上临时建立的，所以，这种技术被称为"虚拟专用网"。虚拟专用网因其安全性好、使用成本低而成为一种重要的网络安全技术。

10.2　密码技术基础

信息加密是通信双方按约定的规则进行信息特殊变换的一种重要保密手段。计算机网络中的众多信息安全技术都是以密码技术为基础的。

10.2.1　密码技术概述

密码通信系统的基本模型如图 10-1 所示：A 向 B 发送一报文，为了不被 E 窃听，A 对报文进行加密，然后在通信信道上进行传输，B 收到报文后进行解密，得到原来的报文。

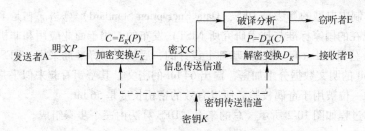

图 10-1　密码通信系统

在这个通信模型中，A 未经加密的原始报文被称为明文 P。在发送前，利用加密算法 E_K 对其进行加密运算，以获得密文 C（即 $C = E_K(P)$），密文 C 经过一条不安全的通信信道（即公开信道）传送到接收者，合法接收者 B 利用解密变换 D_K 对密文 C 进行逆变换，从而恢复出明文 P。K 是由通信双方选定的运算参数，又称为密钥。只有通过密钥，通信双方才能顺利地完成加、解密过程。

密码技术的发展已有几千年的历史，总体来看，密码技术可分为古典密码技术和现代密码技术。现代密码技术根据收发双方使用的密钥是否相同，又可分为对称密钥体制和非对称密钥体制。

10.2.2　古典密码技术

古典密码技术主要是对文字信息的加密/解密。文字由字母表中的一个个字母组成，字母表可以按照顺序进行一定的编码。在古典的密码技术中，常用的有替代密码和换位密码。

1.　替代密码

替代密码是指明文中的每一个（或一组）字母被另一个（或另一组）字母替代。一种经典的替代密码就是恺撒（Caesar）密码，又叫循环移位密码。它的加密方法就是把明文中所有字母都用它右边的第 k 个字母替代，并认为 Z 后边又是 A。例如：设 $k = 3$，对于明文 $P =$ COMPUTERSYSTEMS 中的每一个字母，使用它之后的第 3 个字母替代，则得到密文 $C =$ FRPSXWHUVBVWHPV。

2.　换位密码

换位密码是指按照一定的规则，改变明文中字母排列的顺序，但并不改变明文本身。一种常用的换位密码是采用列换位法，例如：使用密钥 $k = 4$，对明文 $P =$ ILOVETHEGAME 加密，将明文字母分成四列，按序排开。

1	2	3	4
I	L	O	V
E	T	H	E
G	A	M	E

加密后的密文是按列的顺序，重新排列这些字母。所以，密文 C = IEGLTAOHMVEE。

替代密码和换位密码也常结合使用，以强化加密的效果。但在计算技术异常发达的今天，通过穷举、频率测算等方法已经很容易攻破传统加密的方法。所以，现代密码技术中，更侧重于对加、解密算法的设计，甚至算法可以公开，只要保证密钥的安全性，就能保证整个加、解密过程的安全。

10.2.3　对称密钥体制及 DES 算法

对称密钥体制中，加、解密双方使用相同的密钥，因此，这种体制又称为"共享密钥体制"。它的工作过程与图 10-1 所示的流程相同。对称密钥体制的实现相对简单，但密钥的分发和管理是保证该体制安全工作的难题，一旦密钥被泄露或破解，就失去了数据加密的意义。

对称密钥体制中典型的算法是 DES（Data Encryption Standard）算法。它是 1977 年由美国国家标准局（即现在的国家标准与技术研究所 NIST）发布的，用于商业应用和非机密的政府应用。该算法是由 IBM 公司在 Lucifer 算法的基础上设计的，后被国家标准局采用。DES 算法使用 56 bit 的密钥，对 64 bit 的明文数据分组加密，输出 64 bit 的密文。其密钥看起来似乎是 64 bit，但事实上每个字节中的一位被用于奇偶校验，所以有效的密钥长度是 56 bit。

DES 算法的过程如图 10-2 所示。总的来看，DES 算法由三个步骤组成。

1.　变换明文

对给定的 64 bit 的明文，首先通过一个初始置换表（Initial Permutation，IP）来重新排列明文中字符的顺序，从而打乱原明文的字符排序。

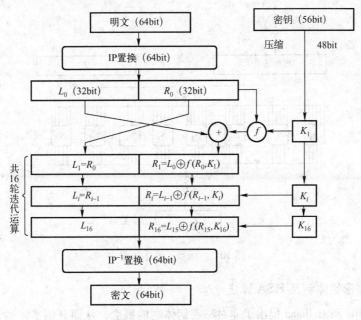

图 10-2 DES 算法

2. 迭代计算

将重新排序后的 64 bit 明文分为左右两部分（即 L_0 和 R_0），其中 L_0 表示前 32 bit，R_0 表示后 32 bit。按照迭代规则计算，迭代规则为：

$$L_i = R_{i-1}$$
$$R_i = L_{i-1} \oplus f(R_{i-1}, K_i) \qquad (i = 1, 2, 3, \cdots, 16)$$

其中 $\oplus$ 表示异或运算。f 为函数运算，由 S 盒置换构成。K_i 是密钥，由密钥编排函数产生，密钥经过压缩，长度为 48 bit。

之后，每次计算结果都分为左右两部分，并按以上规则计算。这样的迭代计算一共进行 16 次。

3. 得到密文

迭代计算 16 次后，对 L_{16} 和 R_{16} 利用逆置换表（IP^{-1}）进行逆置换，就得到了密文。

上述 DES 算法中，函数 f 起着重要的作用，它的运算过程较复杂，如图 10-3 所示：首先将 32 bit 的 R_{i-1} 进行变换，扩展为 48 bit，再与 48 bit 的 K_i 进行异或运算，所得的结果按顺序地划分为 8 个 6 bit 长的组，分别通过由 8 个 S 盒组成的 S 变换，得到 32 bit 的数据，再经过一次置换运算，就得到了 $f(R_{i-1}, K_i)$。

DES 算法的解密过程与加密过程相同，但要逆序使用子密钥，即第一次迭代时用子密钥 K_{16}，第二次使用 K_{15}，…，最后一次用 K_1，算法本身并没有任何变化，所以，DES 的算法是对称的。

DES 算法是世界上第一个公认的实用密码算法标准，在密码学历史上有着重要的地位。但由于 DES 的密码长度较短，易于受到穷举式攻击，在它之后，人们又提出了三重 DES、IDEA 等加强算法。

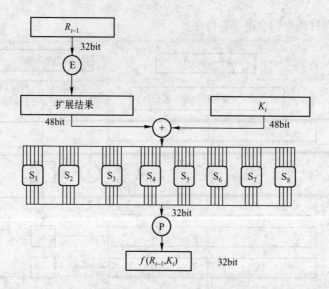

图 10-3   函数 f 运算过程

10.2.4   非对称密钥体制及 RSA 算法

1976 年，Diffie 和 Hellman 提出了非对称密钥体制的概念，从而开创了密码学的新时代，此后，非对称密钥体制迅速发展，在信息安全的各个领域都有广泛的应用。

非对称密钥体制也叫公开密钥体制、双密钥体制。其原理是：加密密钥与解密密钥不同，形成一个密钥对，可以使用密钥 K 加密，密钥 K' 解密（两者之间无法相互推导）。这样，就不需要一个专门的密钥分发信道，公开加密密钥（又称"公钥"）也不会影响系统的安全性，而需要隐藏的只是解密密钥（又称"私钥"）。非对称密钥体制如图 10-4 所示。

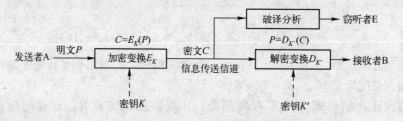

图 10-4   非对称密钥体制

非对称密钥体制最著名的一个算法是：RSA 算法。它是由 Rivest、Shamir 和 Adleman 三人于 1978 年联合提出的。RSA 算法基于数论中的大数分解理论实现，其步骤如下：

1）选择两个大素数 p、q，计算 RSA 算法的模数 $n = pq$。

2）计算欧拉函数 $\phi(n) = (p-1)(q-1)$。

3）在 $1 \sim \phi(n)$ 之间，寻找一个与 $\phi(n)$ 互素的整数 e，作为加密密钥（公钥）。

4）计算 $ed \equiv 1 \bmod \phi(n)$，求得整数 d，作为解密密钥（私钥）。

5）将整数明文 $P(P < n)$ 加密计算：$C = E(P) = P^e \bmod n$，得到密文 C。

6）将整数密文 $C(C < n)$ 解密计算：$P = D(C) = C^d \bmod n$，得到明文 P。

下面以一个例子来说明 RSA 算法的用法。

现在有 A 方和 B 方需要秘密通信，B 方欲将明文 "public key encryptions" 加密后发送给 A 方。使用 RSA 算法的步骤如下：

1）先秘密选取两个素数 $p = 43$、$q = 59$，计算模数 $n = p \times q = 43 \times 59 = 2537$。

2）计算 $\phi(n) = (p-1) \times (q-1) = 42 \times 58 = 2436$。

3）选取与 $\phi(n)$ 互素的加密密钥（公钥） e : $e = 13$。

4）计算解密密钥（私钥） d : $d = e^{-1}(\bmod\ \phi(n)) = 937$。

5）B 方先将明文 $P = $ public key encryptions 分组为若干块，按两字一组分块为：pu　bl　ic　ke　ye　nc　ry　pt　io　ns。

6）将各分块数字化：按英文字母顺序设 a = 00，b = 01，c = 02，…，y = 24，z = 25，据此，明文 P 表示为：1520　0111　0802　1004　2404　1302　1724　1519　0814　1318。

7）B 方利用公钥 e、模数 n 和加密公式 $C = E(P) = P^e\ \bmod\ n$，对每块明文加密，得到如下密文：0095　1648　1410　1299　1365　1379　2333　2132　1751　1289，将密文发送给 A 方。

8）A 方将用私钥 d 和解密公式 $P = D(C) = C^d\ \bmod\ n$，对接收到的密文进行解密，解密后即得到明文 P。

10.3　身份认证

身份认证也叫身份鉴别，用于鉴别用户身份，包括身份识别和身份验证。身份识别是明确并区分访问者身份；身份验证是对访问者声称的身份进行确认。

身份认证主要分为单向认证和双向认证。在本节中主要介绍双向认证方式。实现身份认证最常见的方法有基于对称密钥认证和基于公开密钥认证。

10.3.1　基于对称密钥认证

基于对称密钥认证的前提是：认证双方在事前已商定有共享的密钥 K_{AB}，且这个密钥是安全的。双方的身份认证过程如图 10-5 所示。

首先 A 向 B 发送自己的身份标识；B 收到后，为了证实确实是 A 发出的，选择一个随机的大数 R_B，用明文发给 A；A 收到后用共享密钥 K_{AB} 对 R_B 进行加密，然后将密文发回给 B，B 收到密文后确信对方是 A，因为除此以外无人知道密钥 K_{AB}；但这时 A 尚且无法确定对方是否为 B，所以 A 也选择一个随机的大数 R_A，用明文发给 B；B 收到后再用 K_{AB} 对 R_A 进行加密，然后将密文发回给 A，A 收到密文后确信对方就是 B。至此，用户双

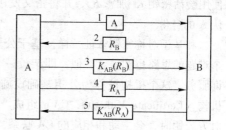

图 10-5　基于对称密钥认证

向认证完毕。如果这时 A 希望和 B 建立一个秘密的会话密钥，它可以再选择一个密钥 K_S，然后用 K_{AB} 对其加密后发送给 B，此后双方的会话过程就使用 K_S 进行加密。

要求通信的双方具有共享密钥有时是做不到的，比如在两个陌生人之间；另外，如果某个用户和 n 个用户进行通信，就需要 n 个不同的密钥，这给密钥的管理带来了很大的麻烦。现在主流的解决办法是引进一个密钥分发中心（Key Distribution Center，KDC），KDC 是大家共同信赖的，并且每个用户和 KDC 之间有一个共享的密钥，用户认证和会话密钥的管理都通过 KDC 来进行。

一个简单的利用 KDC 进行用户认证的过程如图 10-6 所示。A 希望和 B 进行通信，于是 A 选择一个会话密钥 K_S，然后用与 KDC 共享的密钥 K_A 对 K_S 和 B 的标识进行加密，并将密文和 A 的标识一起发送给 KDC；KDC 收到后，用与 A 共享的密钥 K_A 将密文解开，此时 KDC 可以确信这是 A 发来的，因为其他人无法使用 K_A 来加密报文；然后 KDC 重新构造一个报文，放入 A 的标识和会话密钥 K_S，并用与 B 共享的密钥 K_B 加密报文，将密文发给 B；B 用密钥 K_B 将密文解开，此时 B 可以确信这是 KDC 发来的，并且获知了 A 希望用会话密钥 K_S 与自己进行会话。

```
A ──1── A, K_A(B,K_S) ──→ KDC ──2── K_B(A,K_S) ──→ B
```

图 10-6   使用 KDC 的对称密钥认证

引入 KDC 是对基于对称密钥认证的改进，它解决了共享密钥的分发与管理的难题。但它也存在一些问题，如窃听者可以实施"重放攻击"（replay attack），虽然这可以通过改进认证的细节来解决，但相应地也增加了认证的复杂程度。

10.3.2   基于公开密钥认证

基于公开密钥认证是以非对称密钥体制为基础来完成双向认证的，认证过程如图 10-7 所示。

首先，A 将自己的标识和一个随机大数 R_A 使用 B 的公钥加密，得到密文 $E_B(A, R_A)$，发送给 B；B 收到后，使用自己的私钥解密，B 在 R_A 之后加上自己产生的一个随机大数 R_B 和会话密钥 K_S，再使用 A 的公钥加密，得到密文 $E_A(R_A, R_B, K_S)$，发送给 A；A 再使用自己的私钥解密 B 发送过来的密文，解密的报文中 R_A 正

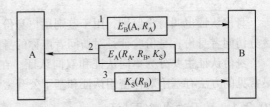

图 10-7   基于公开密钥认证

确，即可确认 B 的身份，因为只有 B 的私钥才可以解开 $E_B(A,R_A)$，从而取出 R_A；接下来 A 再使用会话密钥 K_S 加密 R_B，并将密文发送给 B，同理，B 收到密文后解密，验证 R_B 正确，即可确认 A 的身份。

和基于对称密钥认证一样，基于公开密钥认证也遇到了公钥分发和管理的难题。而解决这个难题的思路也和前者类似，即架设一个存放通信各方的公钥的公共机构，提供公钥证书的查询服务，这个机构被称为公钥基础设施（Public Key Infrastructure，PKI），它由各级证书的认证机构（Certificate Authority，CA）组成。引入 PKI 之后的基于公开密钥认证中，通信双方在需要对方公钥时，会主动和相应的 CA 联系，以获得所需要的公钥。

10.4   数字签名

为了鉴别文件或书信的真伪，传统的方法是，要求相关人员在文件或书信上亲笔签名或盖章，签名起到证明、核准和生效的作用，但对于电子文件和电子合同等，如何进行签名或盖章呢？这就要用到数字签名技术。

简单地说，数字签名就是附加在数据单元上的一些数据，或是对数据单元所做的密码变换。这种数据或变换使得数据单元的接收者便于确认数据单元的来源和数据的完整性并保护数据，防止被他人伪造或篡改。

实现数字签名的方法主要有三种：基于对称密钥的数字签名、基于公开密钥的数字签名及报文摘要。

10.4.1   基于对称密钥的数字签名

这种方式需要一个可以信赖的权威机构（Central Authority，CA）的参与，每个用户都有一个与 CA 共享的密钥，且只有该用户和 CA 知道这个密钥，除此之外，CA 还有一个对所有用户都保密的密钥 K_{CA}。

如图 10-8 所示，当 A 想向 B 发送一个报文指令 P 时，它将 B 的标识、一个随机大数 R_A、时间戳 t、报文 P 等使用与 CA 共享的密钥 K_A 加密，即 $K_A(B, R_A, t, P)$，附在自身的标识之后，发送给 CA；CA 收到后，使用 K_A 将其解密，并利用与 B 共享的密钥 K_B 加密出一个新的密文 K_B $(A, R_A, t, P, K_{CA}(A, t, P))$ 发给 B，因为只有 CA 知道密钥 K_{CA}，因此其他任何人都无法产生和解开密文 K_{CA} (A, t, P)；B 用密钥 K_B 解开密文后，首先将 $K_{CA}(A, t, P)$ 放在一个安全的地方，然后阅读和执行 P。

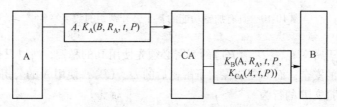

图 10-8 基于对称密钥的数字签名

事后，如果 A 试图否认给 B 发过报文 P，B 可以出示 $K_{CA}(A, t, P)$ 来证明 A 确实发过 P，因为 B 自己无法伪造出 $K_{CA}(A, t, P)$，它只能由 CA 产生，而 CA 是可以信赖的，只要 CA 使用密钥 K_{CA} 对 $K_{CA}(A, t, P)$ 进行解密，一切就可以真相大白。

为了避免遭受报文重复发送攻击，协议中使用了随机数 R_A 和时间戳 t。B 会记录最近收到报文的 R_A，如果某个报文的 R_A 与不久前的其他报文 R_A 重复，则它就被当成是一个复制品而丢弃，另外 B 也根据时间戳 t 丢弃一些非常老的报文，以防止攻击者经过很长一段时间后，再用老报文来重复攻击。

10.4.2 基于公开密钥的数字签名

使用基于对称密钥的数字签名，需要一个大家共同信赖的 CA，而在实际中要找到这样的机构是比较困难的，基于公开密钥的数字签名就可以不受此条件的限制，因此，该方法在实际生活中的应用更为广泛。

使用公开密钥的数字签名有一个前提：加解密的顺序可以对调，即公钥和私钥作为一对密钥，只要其中一个用作加密，另一个就可以用作解密。从公式上看，即要满足 $D(E(P)) = E(D(P)) = P$，这个前提是可以实现的，因为 RSA 算法就具有这样的特性。基于公开密钥的数字签名过程如图 10-9 所示，当 A 想向 B 发送报文指令 P 时，它先使用自己的私钥 SKA 加密报文 P，将密文 $D_{SKA}(P)$ 发给 B，B 可以使用 A 的公钥解开此密文，获得 A 的报文 P。

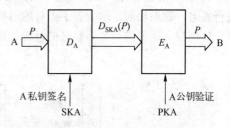

图 10-9 基于公开密钥的数字签名

因为报文使用 A 的公钥才能解密，所以它一定是 A 的私钥加密的，这样事后 A 无法否认自己发过此报文。

在上述模型中，A 虽然可以完成对报文的签名，但只要持有 A 的公钥的人都能够解密获得报文 P，因此，通信内容并不保密。对上述过程进行改进，一个具有加密功能的基于公开密钥的数字签名过程如图 10-10 所示。

A 使用自己的私钥对报文 P 进行签名，再使用 B 的公钥加密，得到密文 $E_{PKB}(D_{SKA}(P))$，将之发送出去；B 收到密文后，先用自己的私钥 SKB 解开密文，将 $D_{SKA}(P)$ 复制一份放于安全的地方，然后用 A 的公开密钥 PKA 解密 $D_{SKA}(P)$，这样，既可以验证 A 的签名，同时也可以获得报文 P。

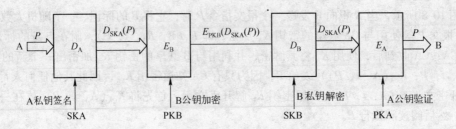

图 10-10　具有加密功能的基于公开密钥的数字签名

可以看到，由于密文 $E_{PKB}(D_{SKA}(P))$ 的解密必须先使用 B 的私钥，所以只有 B 才能解开，从而保证了报文内容的安全；而 B 复制保留了解密后的 $D_{SKA}(P)$，使用 A 的公钥即可验证，从而 A 无法否认曾经发送报文 P 的行为。

10.4.3　报文摘要

报文摘要（Message Digest，MD）是使用单向哈希（Hash）函数，对一段报文（其长度不定）进行处理，得到一个固定长度的简短信息。报文摘要具有以下特点：

1）给定一个报文 P，很容易计算其报文摘要 MD(P)，但反之，由报文摘要推导出报文则不可行。

2）对于给定的报文 P，要寻找到另一个报文 P'，使得两者的报文摘要相等，即 MD(P) = MD(P')，在计算上不可行。

3）一个报文只要有所变动，其报文摘要也一定会随之变动。

比较著名的单向哈希算法有 MD5、SHA 和 SHA-1 等。

使用报文摘要有两个明显的好处：

1）可以防止攻击者对报文进行伪造或篡改。因为分别根据报文摘要的第二和第三个特点，我们知道无法伪造出另一个报文，它的报文摘要与原报文的报文摘要相同；如果原报文被篡改，那么它的报文摘要也会变化，将与原报文摘要不符。

2）在数字签名时，如果对整个报文进行签名，往往要花费很长时间，而对简短的报文摘要进行签名，效果相同，却节省了大量的运算时间。

使用报文摘要进行数字签名的过程如图 10-11 所示。

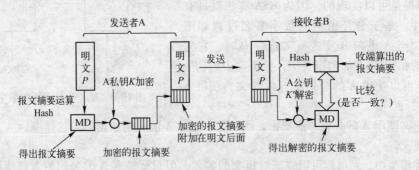

图 10-11　使用报文摘要的数字签名

发送者 A 对明文 P 进行 Hash 运算，得到报文摘要 MD(P)，并使用私钥 K 对摘要进行加密，将加密的结果 $E_K(MD(P))$ 附在明文之后，一起传送给接收者 B；B 收到后，首先使用 A 的公钥 K' 对 $E_K(MD(P))$ 进行解密，从而确认报文为 A 所发送，再将解密的结果与收到明文的 Hash 运算结果比较，如果两者相同，说明收到的明文无误。

10.5　通信安全

网络通信安全是指通过各种计算机、网络、密码技术和信息安全技术，确保在通信网络中传输、交换和存储的信息完整、真实和保密，并对信息的传播及内容具有控制能力。

当前常见的通信安全技术有：防火墙、入侵检测和虚拟专用网（VPN）。

10.5.1　防火墙

防火墙（fire wall）是一种设置在内部网（intranet）和外部网（如 Internet）之间，执行安全控制策略的系统。设置防火墙的目的是保护内部网络资源不被外部非授权用户使用，防止内部受到外部非法用户的攻击。防火墙可以根据用户设定的访问控制策略，有选择地开放数据流动的通道。

防火墙的示例如图 10-12 所示，可以看到内、外部网络之间的所有网络数据流都必须经过防火墙，且只有符合安全策略的数据流才能通过防火墙。

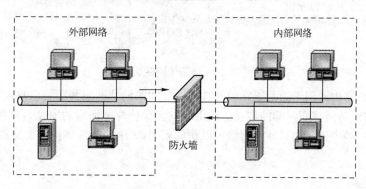

图 10-12　防火墙系统

防火墙根据其实现的技术主要分为两大类：包过滤路由器（packet filtering router）和应用级网关（application gateway）。前者主要针对网络层数据过滤，通过配置，防火墙可以对 IP 数据包的源地址、目的地址、端口号和协议类型等项目进行检查，以确定是否允许 IP 包通过；后者可以针对应用层数据过滤，通过应用代理服务程序对应用层协议、应用服务进行安全检测和控制，还可以实现日志和统计等功能。在实际应用中，这两类防火墙也会被组合起来使用。

具体来讲，常见的防火墙实现方式有以下四种：

1. 屏蔽路由器（screening router）

屏蔽路由器可以由专业厂家生产的路由器实现，也可以用主机来实现。屏蔽路由器作为内外连接的唯一通道，要求所有的数据包都必须在此通过检查。路由器上可以安装基于 IP 数据包的过滤软件，实现包过滤功能。许多路由器本身带有包过滤配置选项，但一般比较简单。

2. 双穴主机网关（dual-homed gateway）

双穴主机网关是用一台装有两块网卡的堡垒主机作为防火墙。两块网卡分别与内部网和外部网相连。堡垒主机上运行着防火墙软件，可以转发应用程序、提供服务等。与屏蔽路由器相比，双穴主机网关的系统软件可具有维护系统日志、硬件复制日志或远程日志等功能。它的弱点是：一旦黑客侵入堡垒主机并使其只具有路由功能，则任何网上用户均可以随便访问内部网。

3. 屏蔽主机网关（screened host gateway）

屏蔽主机网关是一种易于实现也较为安全的防火墙方案。一个堡垒主机安装在内部网络上，通常在路由器上设立过滤规则，并使这个堡垒主机成为从外部网络唯一可直接到达的主机，这确保了内部网络不受未被授权的外部用户的攻击。如果受保护网是一个虚拟扩展的本地网，即没有子网和路由器，那么内部网的变化不影响堡垒主机和屏蔽路由器的配置，危险被限制在堡垒主机和屏蔽路由器之外。网关的基本控制策略由运行于其上的软件决定。

4. 屏蔽子网（screened subnet）

屏蔽子网防火墙采用了两个包过滤路由器和一个堡垒主机，如图 10-13 所示。它支持网络层和应用层安全功能。网络管理员将堡垒主机、信息服务器、Modem 组，以及其他公用服务器放在一个独立的称为"非军事区（DMZ）"的子网中，DMZ 网络很小，处于外部网络和内部网络之间。

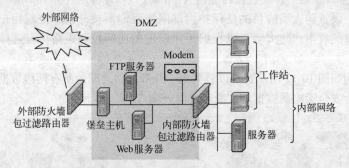

图 10-13   屏蔽子网防火墙

外部的包过滤路由器用于防范通常的外部攻击（如源地址欺骗和源路由攻击），并管理外部网络到 DMZ 网络的访问，而内部的包过滤路由器负责保护内部网络的安全，只接收堡垒主机发往内网的数据。一般来讲，内、外部网络可以访问到 DMZ 中的资源，但不能穿越 DMZ，直接进行数据传输。

10.5.2   入侵检测

入侵检测系统（Intrusion Detection System，IDS）是对计算机网络资源的恶意使用行为进行主动识别的系统，它的目的是监测和发现可能存在的攻击行为，包括来自系统外部的入侵行为和来自内部用户的非授权行为，并且采取相应的防护手段。入侵检测作为一种积极主动地安全防护技术，提供了对内部攻击、外部攻击和误操作的实时保护，在网络系统受到危害之前拦截和响应入侵行为。

根据实现方法的不同，入侵检测可分为两类：

1）异常检测模型（Anomaly Detection）：首先总结正常操作应该具有的特征（用户轮廓），当用户活动与正常行为有重大偏离时即被认为是入侵。这种检测模型漏报率低，但误报率高。因为不需要对每种入侵行为进行定义，所以能有效检测未知的入侵。

2）误用检测模型（Misuse Detection）：收集非正常操作的行为特征，建立相关的特征库，当监测的用户或系统行为与库中的记录相匹配时，系统就判定该行为是入侵。这种检测模型误报率低、漏报率高。对于已知的攻击，它可以详细、准确地报告出攻击类型，但是对未知攻击却效果有限。

一个典型的入侵检测系统通常由事件发生器、事件分析器、事件数据库和响应单元四个部分组成，如图 10-14所示。

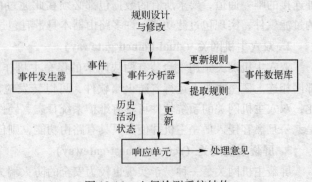

图 10-14   入侵检测系统结构

- 事件发生器：从整个监控环境中获得事件，并向事件分析器提供此事件。
- 事件数据库：存放各种中间和最终数据的地方，包括事件分析的判断规则也存放于此。
- 事件分析器：接收事件信息，并从事件数据库提取判别规则（或由管理员手动制定规则），对事件进行分析，判断其是否为入侵行为或异常现象，产生分析结果。
- 响应单元：对分析结果作出反应的功能单元，它具有报警、切断连接、改变文件属性等功能。

入侵检测事件数据库的建立有赖于信息收集，其内容包括系统、网络、数据及用户活动的状态和行为。而且，需要在计算机网络系统中的若干不同关键点（不同网段和不同主机）收集这些信息，这除了能扩大检测范围外，还能通过对不同来源信息的比较分析出异常行为。

对收集到的信息，一般通过三种技术手段进行分析：模式匹配、统计分析和完整性分析。其中，前两种方法用于实时的入侵检测，而完整性分析则用于事后分析。

模式匹配就是将收集到的信息与已知异常检测或误用检测模型的数据库进行比较，从而发现违背安全策略的行为。该过程可以很简单（如通过字符串匹配以寻找一个简单的条目或指令），也可以很复杂（如利用正规的数学表达式来表示安全状态的变化）。该方法的一大优点是只需收集相关的数据集合，显著减少系统负担，且技术已相当成熟。它与病毒防火墙采用的方法一样，检测准确率和效率都相当高。但是，该方法存在的弱点是需要不断的升级数据库以对付不断出现的黑客攻击手法，不能检测到从未出现过的黑客攻击手段。

统计分析方法首先给系统对象（如用户、文件、目录和设备等）创建一个统计描述，统计正常使用时的一些测量属性（如访问次数、操作失败次数和延时等）。测量属性的平均值将被用来与网络、系统的行为进行比较，任何观察值在正常值范围之外时，就认为有入侵发生。例如，统计分析可能将一个账户不在工作时间登录，却在凌晨两点试图登录的行为标识为一个不正常行为。统计分析的优点是可检测到未知的入侵和更为复杂的入侵，缺点是误报、漏报率高，且不适应用户正常行为的突然改变。具体的统计分析方法如基于专家系统的、基于模型推理的和基于神经网络的分析方法，目前正处于研究热点和迅速发展之中。

完整性分析主要关注某个文件或对象是否被更改，这经常包括文件和目录的内容及属性，它在发现被更改的、被植入木马的应用程序方面特别有效。完整性分析利用报文摘要，能识别细微的变化。其特点是不管模式匹配方法和统计分析方法是否发现入侵，只要是成功的攻击导致了文件或其他对象的任何改变，它都能够发现。完整性分析的缺点是一般以批处理方式实现，不用于实时响应。尽管如此，完整性分析还是应成为入侵检测系统的必要手段之一。

10.5.3 VPN

Internet 是一个开放的网络平台，它不为某个机构或部门私有，通过租用线路的方法建设专用网络，虽然安全但价格昂贵，而且线路资源也容易浪费。虚拟专用网（Virtual Private Network，VPN）就是通过网络安全技术，在 Internet 上实现"专用网"的效果。这样，很多拥有跨地域部门的机构能在 Internet 上建立虚拟的加密通道，构筑自己的安全的虚拟专网；机构的出差人员也可以通过虚拟的加密通道进入机构的内部网络，而 Internet 上的其他用户则无法穿越虚拟通道访问到内部网络。一个典型的VPN 连接如图 10-15 所示。

根据应用场景的不同，VPN 有三种解决方

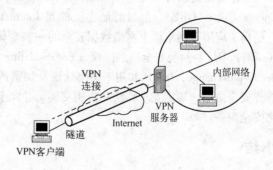

图 10-15　VPN 连接

案：远程访问虚拟网（access VPN）、机构内部虚拟网（intranet VPN）和机构扩展虚拟网（extra-net VPN）。

远程访问虚拟网是通过一个拥有与专用网络相同策略的共享基础设施，提供对机构内部网或外部网的远程访问。远程用户可以拨号接入到本地的 ISP，采用 VPN 技术在 Internet 上建立一个隧道（tunnel）。这种方式能使用户随时随地以其所需的方式访问机构资源。远程访问虚拟网可使用模拟拨号、ISDN 或 ADSL 等技术实现接入。

机构内部虚拟网是指某个机构跨地区的不同部门的内部网络互联，形成一个大的、虚拟的"内部网"。利用 Internet，可以保证网络的互联性，而利用隧道和加密等技术可以保证信息传输的安全性。

机构扩展虚拟网是指不同的机构之间建立的虚拟专用网络，它既可以向客户、合作伙伴提供有效的信息服务，又可以保证自身的内部网络的安全，其在网络组织方式上与机构内部虚拟网没有本质的区别，但由于是不同机构的网络相互通信，所以要更多的考虑设备的互连、地址的协调、安全策略等问题。

对于构建 VPN 来说，隧道是个关键技术，隧道协议可以完成将其他协议的数据帧（包）封装在隧道协议的数据帧（包）中，在网络中传输。主要的隧道协议有两种类型：一种是二层隧道协议，用于传输二层网络协议，它主要应用于构建远程访问 VPN；另一种是三层隧道协议，用于传输三层网络协议，它主要应用于构建内部 VPN 和扩展 VPN。

二层隧道协议主要有三种：

- 第一种是微软、Ascend、3COM 等公司支持的点对点隧道协议（Point to Point Tunneling Protocol，PPTP），它运行于 PPP 协议之上，实现拨号连接的 VPN。PPTP 实际上是对 PPP 协议的一种扩展，本身并没有做任何修改，它采用了 PPP 所提供的身份认证、压缩和加密机制，并通过微软的端到端加密（MPPE）技术来对数据包进行加密、封装和隧道传输。目前，在微软的 Windows NT 4.0 以上版本中均有支持。
- 第二种是思科、北电等公司支持的二层转发协议（Layer 2 Forwarding，L2F），在思科路由器中有所支持。L2F 可以在多种类型的网络（如：ATM、帧中继、IP 网络）上建立多协议承载的安全 VPN。它将链路层协议（HDLC、PPP 等）数据再重新封装起来传送，使得传输网络的链路层数据完全不同于用户的链路层数据。L2F 协议虽然比较安全，但它没有提供开放的标准加密方法，使得它的应用受到了局限。
- 第三种是由 IETF 起草，微软、Ascend、思科、3COM 等公司参与的二层隧道协议（Layer 2 Tunneling Protocol，L2TP），它结合了上述两个协议的优点，是一种利用分组交换网络（如 IP 网、帧中继网等）封装 PPP 帧的虚拟专用网技术，并很快成为 IETF 有关二层隧道协议的工业标准。

三层隧道协议并非是一种很新的技术，如早已出现的通用路由封装协议（Generic Routing Encapsulation，GRE），但目前最主流的是 Internet 安全协议（Internet Protocol Security，IPSec），它给出了应用于网络层上网络数据安全的一整套体系结构，包括：认证头部协议（Authentication Header，AH）、封装安全负载协议（Encapsulating Security Payload，ESP）、密钥交换协议（Internet Key Exchange，IKE）和用于网络认证及加密的一些算法等。IPSec 规定了如何在对等层之间选择安全协议、确定安全算法和密钥交换，并向上层提供访问控制、数据源认证、数据加密等网络安全服务。

小结

随着网络规模的日益扩大和网络应用的日益广泛，网络安全已成为现代计算机网络领域一个日益紧迫的研究内容。

现在，计算机网络中常见的危险有网络病毒、非法入侵、网络攻击等；而常用的安全措施有数据加密、数字签名、身份认证、访问控制、防火墙等。

密码技术是网络安全的基础。密码技术可分为古典密码技术和现代密码技术。现代密码技术根据收发双方使用的密钥是否相同，又可分为对称密钥体制和非对称密钥体制，前者最具代表性的是 DES 算法，后者最具代表性的是 RSA 算法。

身份认证也叫身份鉴别，用于鉴别用户身份，包括身份识别和身份验证。身份识别是明确并区分访问者身份；身份验证是对访问者声称的身份进行确认。实现身份认证最常见的方法有基于对称密钥认证和基于公开密钥认证。

在现实生活中，商业合同、政府文件往往可以通过签字、盖章等方式证明其真实性。而对于电子文档，人们常使用数字签名的方法保证其真实性。数字签名就是附加在数据单元上的一些数据，或是对数据单元所作的密码变换。这种数据或变换允许数据单元的接收者用以确认数据单元的来源和数据的完整性并保护数据，防止被他人伪造、篡改。实现数字签名的方法主要有三种：基于对称密钥的数字签名、基于公开密钥数字签名及报文摘要。

对于现代大、中型机构，其内部网络往往有很高的安全性要求。这需要在机构的内部网络和外部网络间构建一个防火墙，用于对出入数据的监控、管理。常见的防火墙技术有两大类：包过滤路由器和应用级网关。前者可以根据数据包的 IP 地址对数据包进行审查；后者可以根据应用协议对相应的网络应用服务进行控制。为了实现更主动的安全防御，还可以在机构内部设置"入侵检测系统"，它可以根据事件库里的内容对网络事件进行分析，识别非法入侵行为，并予以拒绝。常见的入侵检测系统有两种实现方式：异常检测模型和误用检测模型。

虚拟专用网（VPN）就是通过网络安全技术，在 Internet 上实现"专用网"的效果。这样，很多拥有跨地域部门的机构能在 Internet 上建立虚拟的加密通道，构筑自己的安全的虚拟专网；机构的出差人员也可以通过虚拟的加密通道进入机构的内部网络，而 Internet 上的其他用户则无法穿越虚拟通道访问到内部网络。VPN 的使用不仅方便了拥有异地办公场所的机构间的办公，还能保证其通信安全，节省成本。因此，VPN 技术在现代网络办公中应用得非常普遍。

VPN 使用隧道技术来实现数据的安全传输，隧道技术就是将其他协议的数据帧（包）封装在隧道协议的数据帧（包）中，在网络中传输。主要的隧道技术有两种类型：一种是二层隧道协议，用于传输数据链路层协议，主要包括：PPTP、L2F 和 L2TP，其中 L2TP 是结合了 PPTP 和 L2F 的特点，成为工业界的主流标准；另一种是三层隧道协议，用于传输网络层的协议，使用最广泛的是 IPSec 协议，它规定了如何在对等层之间选择安全协议、确定安全算法和密钥交换，并向上层提供访问控制、数据源认证、数据加密等网络安全服务。

习题

1. 现在常见的网络安全威胁有哪些？常见网络安全技术有哪些？
2. 网络安全的特性有哪些？
3. 试说明替代密码和换位密码的工作原理。
4. 什么是对称密钥体制？什么是非对称密钥体制？各有什么特点？
5. 试说明 DES 算法的过程。
6. 已知 RSA 加密算法中，公钥 $e = 7$，$n = 33$，明文 $P = 5$，试求密文 C。通过破解 p、q 和 d 可以攻击这种密码体制，若截获密文 $C = 13$，试求明文 P。
7. 身份认证通常有哪几种方式？过程如何？各自有何特点？
8. 什么是数字签名？通常有哪几种数字签名？

9. 在基于公开密钥的数字签名中，如何实现对报文 P 的加密保护？
10. 试说明报文摘要数字签名的过程，这种方式有何好处？
11. 什么是防火墙？有几种类型和实现方式？各自有何特点？
12. 试说明入侵检测系统的工作过程。
13. 为什么要使用 VPN？有哪几种解决方案？
14. 什么是隧道技术？
15. 二层隧道技术有哪些主要的协议？各有何特点？
16. 三层隧道技术使用了什么协议？

第11章

网 络 工 程

网络工程是一项涉及网络规划、网络设计、网络实施和网络测试的系统工程。网络工程是网络建设的具体实施，它直接关系到网络的建设质量和运行效果。网络工程实施过程中，首先要了解业主单位的需求和实际情况，经过需求分析和市场调查，确定合理的网络规划和设计方案，选择合适的网络设备，有计划有组织地实施网络建设。在网络建设结束后，业主单位、施工方应对工程内容和质量进行测试、验收。

网络工程是一个涉及工程技术、项目管理、资金分配和法律法规等多方面内容的综合系统，本章中将主要介绍网络规划与设计、综合布线系统。

11.1 网络工程概述

网络工程一般可以分为四个阶段：网络规划、网络设计、网络实施、网络运行管理与维护（OA&M）。这四个阶段均可再进一步细分成若干个子过程，如图 11-1 所示。对于规模较大的网络工程建设，往往分几期来完成，所以前一期的第四阶段完成之后又进入了下一期的第一阶段，工程的建设呈一个循环过程。

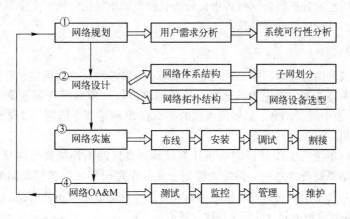

图 11-1　网络工程的四个阶段

网络规划是在用户需求分析和系统可行性分析的基础上确定网络总体方案的过程。网络规划是公司、政府等机构信息化建设中的重要一环，既要从长远考虑，又要顾及现实，会直接影响到网络的规模、性能和效益。

网络设计是网络工程中的第二个阶段，该阶段是在明确了网络规划之后，结合用户单位的特点，对网络工程的建设给出较为具体的实现方案，主要包括网络体系结构的设计和网络拓扑结构的设计。网络的设计工作要综合考虑网络系统的地理布局、系统容量、传输速率、网络管理维护、电力供应及资金预算等多方面内容，以保证设计方案的全面性、合理性，在以上各点不能同时兼顾时，可以给出几套分别侧重于不同方面的设计方案，和用户沟通、交流后再最终确定。

网络实施是在网络设计方案确定后，依据方案进行设备的采购、网络综合布线、设备安装调试、系统割接切换等工作。其中，网络综合布线是网络实施方案中工作量较大的一个子过程，在本章中也将被重点介绍。

网络运行管理与维护（OA&M）是网络工程的最后一个阶段，该阶段包括了对建成网络系统的测试、监控，以及今后网络使用过程中网络的管理和维护。网络测试是该阶段中的一个重要内容，其目的是通过对网络系统、网络设备和网络所支持的应用的测试，来考察网络系统的性能、可管理性、易用性和安全性，同时，网络测试也是检测网络工程质量的重要手段，为网络工程的验收提供依据。网络测试一般可分为：网络设备测试、网络系统测试和网络应用测试三个层次。

11.2　网络规划与设计

11.2.1　网络规划

网络规划主要进行用户需求分析、系统可行性分析。在需求分析中，要了解用户建设网络的目的、要达到何种使用效果，同时要了解用户现有网络建设条件。需求分析一般采取自顶向下的分析方法，针对类别用户的具体情况，对用户需求做进一步细化，力争做到全面、客观地了解用户的现状和网络建设的目标。需求分析要确定的主要内容有：

1）网络应具有的功能。

2）网络的用户数量和地理布局。

3）网络服务的业务类型和带宽。

4）网络用户设备的类型和数量。

5）网络管理及网络安全的要求。

系统可行性分析是在明确了用户需求之后，论证网络工程建设的必要性、正确性和科学性。系统可行性分析应形成分析报告。报告中，分析过程应采用量化分析，文字尽可能避免使用过于专业的术语，报告结论应明确无异议。

11.2.2　网络设计

网络设计涉及的内容较多，如系统的地理布局、设备选型、电力供应、资金预算等。根据用户的需求和网络覆盖范围，首先为其选择合适的网络协议类型和网络服务模式。如广域网可选的类型有 PSTN、帧中继、ATM；局域网可选的类型有 IP 网络、令牌网等。常见的网络服务模式有对等网、客户机–服务器网络等。

网络设计中一项重要工作就是网络拓扑的设计。良好的拓扑结构是网络稳定运行的基础。一个大规模的网络系统设计之初，常常先被划分成几个逻辑层次，各层次间既相互独立又相互关联；之后，再对每个层次内部或各层之间的设备选择合适的物理拓扑连接。

通常，网络系统逻辑上划分成三个层次：核心层、汇聚层和接入层，如图 11-2 所示。每一层都有自己的设计目标：核心层由高速、大容量的网络交换机、路由器等组网，负责进行网络数据的交换；汇聚层由中级交换设备组网，负责聚合网络路由，收敛数据流量；接入层由交换机、集线器等设备组网，负责为网络终端提供接入服务。

而在逻辑层次确定后，可以根据网络的功能、范围等需求对不同层次的设备进行物理拓扑的设计。如 FDDI 网络常被设计成环型，以保证其自愈功能；局域网络常被设计成星型，以搭建成交换式以太网。另外，还要考虑到网络安全和网络管理的因素，将防火墙和网管系统布置在合适的位置。

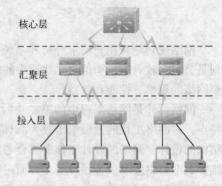

图 11-2　网络系统逻辑层次划分

图 11-3 展示了某个公司的网络设计方案，在该方案中，网络终端通过以太网交换机或无线

局域网（WLAN）接入到接入层交换机，为了保证不同部门内部的信息安全，将各不同部门划分在不同的虚拟局域网（VLAN）中，接入层交换机再向上汇聚，将网络流量汇聚到汇聚层交换机。为了保证通信的可靠性，核心层交换机采用了双机备份的方式，并且汇聚层交换机采用"双归接入"方式接入，即：每个汇聚层交换机通过连接到两个核心层交换机的方式接入核心层。双归接入提供了非常好的冗余，当一个交换机或一个链接丢失时，不会削弱网络的可到达性。同时与核心层交换机相连的还有网络服务器和网管系统。在整个公司网络到 Internet 的出口处，设置有防火墙，以防止外部非法用户的入侵。

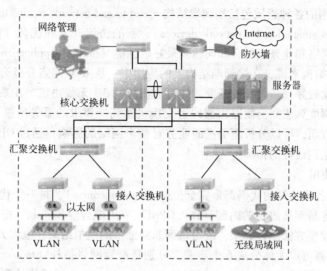

图 11-3　某公司的网络设计方案

*11.2.3　网络仿真软件 OPNET

对于企事业单位，在建设网络、开展网上业务之前，需要对配置的网络设备、所采用的网络技术、承载的网络业务等方面的投资进行综合分析和评估，提出性能价格比最优的解决方案；对于网络运营商，面对用户的增加，新业务的推出以及新的网络技术的出现，技术人员和网管人员需要及时发现网络的带宽瓶颈，待扩容的设备，新增业务对网络性能的影响。无论是构建新网络，升级改造现有网络，或者测试新协议，都需要对网络的可靠性和有效性进行客观地评估，从而降低网络建设的投资风险，使设计的网络有很高的性能，或者使测试结果能够真实反映新协议的表现。传统网络设计和规划方法主要靠经验，对复杂的大型网络，很多地方由于无法预知而抓不住设计的要点。因此越来越需要一种新的网络规划和设计手段。在这种情况下网络仿真技术应运而生，它以其独有的方法为网络的规划设计提供客观、可靠的定量依据，缩短网络建设周期，提高网络建设中决策的科学性。网络仿真目前已经逐渐成为网络规划设计中的重要技术。

具体来说，网络仿真技术是一种通过建立网络设备、链路和协议模型，并模拟网络流量的传输，从而获取网络设计或优化所需的网络性能数据的仿真技术。从应用的角度上看，网络仿真技术有以下特点：

1）全新的模拟实验机理，使其具有在高度复杂的网络环境下得到高可信度结果的特点。网络仿真的预测功能是其他任何方法都无法比拟的；

2）使用范围广，既可以用于现有网络的优化和扩容，也可以用于新网络的设计，而且特别适用于大中型网络的设计和优化；

3）初期应用成本不高，而且建好的网络模型可以延续使用，后期投资还会不断下降。

1. OPNET 简介

OPNET 最早是在 1986 年由美国麻省理工大学的两个博士创建的，并发现网络模拟非常有价值，因此于 1987 年建立了商业化的 OPNET。目前共有大概 2700 个 OPNET 用户，包括企业、网络运营商、仪器配备厂商以及军事、教育、银行、保险等领域。OPNET 近几年赢得的大量奖项是对其在网络仿真中所采用的精确模拟方式及其呈现结果的充分肯定。在设备制造领域，企业界如 Cisco，运营商如 AT&T，采用 OPNET 做各种各样的模拟和调试。

OPNET 所能应用的各种领域包括端到端结构（end to end network architecture design）、系统级的仿真（system level simulation for network devices）、新的协议开发和优化（protocol development and optimization）、网络和业务层配合如何达到最好的性能（network application optimization and deployment analysis）。举例来说，在端到端结构上的应用中，从 IPv4 网络升级为 IPv6，采用哪种技术方式对转移效果比较好；新协议的开发，如目前流行的 3G 无线协议。在系统级的仿真中，分析一种新的路由或调度算法如何使路由器或者交换机达到所要求的服务质量（QoS）；在网络和业务之间如何优化方面，可以分析新引进的业务对整个网络的影响，通过 OPNET 模拟来查找网络和业务之间所能达到最好的指标。

2. OPNET 的使用

在 OPNET 中，各种协议的代码都是完全公开（total openness），每一个代码的注释也是非常清楚，使得用户更容易理解协议的内部运作。OPNET 采用混合建模机制，把基于包的分析方法和基于统计的数学建模方法结合起来，既可得到非常细节的模拟结果，也大大提高了仿真效率。

使用 OPNET 仿真可以大体分成 6 个步骤，分别是配置网络拓扑（topology）、配置流量业务（traffic）、收集结果统计量（statistics）、运行仿真（simulation）、调试模块再次仿真（re-simulation）、发布结果和拓扑报告（report）。

OPNET 软件中包含了详尽的模型库（设备、链路及详细的协议），包括路由器、交换机、服务器、客户机、ATM 设备、DSL 设备和 ISDN 设备等，还有其他厂商提供的配备，随着 OPNET 版本的提高模型库也不断增加。OPNET 还提供了多种业务模拟方式，具有丰富的收集分析统计量，查看动画和调试等功能。它可以直接收集常用的各个网络层次的性能统计参数，能够方便地编制和输出仿真报告，图 11-4 和图 11-5 分别显示了利用 OPNET 建立网络拓扑和进行网络流量分析的结果。

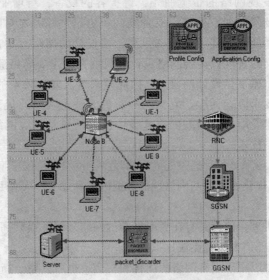

图 11-4　OPNET 层次化的建模

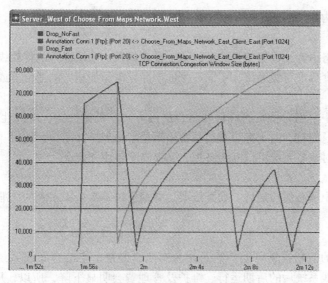

图 11-5 利用 OPNET 进行网络流量分析

OPNET 还配有无线模块，从功能上扩展了 OPNET 核心产品在无线网络领域建模、仿真和分析的精度。无线模块提供业内最具灵活性和扩展性的无线建模环境，还包括一系列功能强大的加速仿真进程技术。无线模块集成 OPNET 的全协议栈建模能力，包括 MAC、路由、高层协议和应用，具有对无线传输各方面进行建模的能力。无线技术研发人员可以利用 OPNET 先进的仿真能力和丰富的协议模型库用于优化他们的研发流程，更有效的开发诸如 MANET、802.11、3G/4G、Ultra Wide Band、802.16、Bluetooth，GPRS 和 Transformational Communications System 等无线通信技术。无线网络的规划、建设和运营专家们能够分析端到端的表现，调整网络的性能，评估产生收入的服务增长情况。

11.3 综合布线系统

综合布线系统（Premises Distribution System，PDS）是指在建筑物内或建筑群之间建设具有统一标准且灵活性极高、模块化的信息传输通道，通过它可以使语音、数据、图像设备、交换设备与其他信息管理系统彼此相连，也能使这些设备与外部通信网相连接。综合布线系统是智能大厦的最基本的设施，相当于智能大厦的神经系统，通过综合布线实现了智能大厦的 3A 系统（建筑自动化 BA，通信自动化 CA，办公自动化 OA）各种控制信号的连接。鉴于综合布线系统在网络工程中越来越重要的作用，在本章中将对其做详细介绍。

11.3.1 综合布线系统的特点

综合布线是信息技术和信息产业化高速发展的产物，采用合适的拓扑结构、模块化设计，与传统的布线方式相比有许多特点，主要表现在综合布线系统具有开放性、灵活性、兼容性、可靠性、模块化及经济性等特点。

（1）开放性

综合布线系统采用开放式体系结构，符合国际标准，对现有著名厂商的产品开放，并支持所有的通信协议。这种开放性的特点使得设备的更换或网络结构的变化都不会导致综合布线系统的重新铺设，只需进行简单的跳线管理即可。

（2）灵活性

综合布线系统为了适应不同的网络结构，可以通过跳线，使系统连接成为总线型、环型、星型等不同的逻辑结构，灵活地实现不同拓扑结构网络的组网。

（3）兼容性

综合布线系统将语音、数据信号的配线统一设计规划，采用统一的传输线、配线设备等，把不同信号综合到一套标准布线系统，不同厂家的产品仅需添加相关的适配器或连接器即可接入。

（4）可靠性

综合布线系统中采用高品质的材料和组合压接方式，机械性能、电气性能等各种指标均应达到相关国际标准。而且，由于综合布线系统采用星型物理拓扑结构，任何一条线路有故障都不影响其他线路，同时，各系统可以互为备用，又提高了备用冗余。

（5）模块化

综合布线系统中所有的接插件，如配线架、终端模块等都是积木式的标准件，方便使用、管理和扩充。

（6）经济性

综合布线系统的前期投资可能会超过传统布线，但是由于综合布线系统有上述众多优点，而且，采用综合布线系统后的后期运行、维护及管理费会明显下降，所以，从长远的观点来看，综合布线系统整体投资会达到最少。

11.3.2 综合布线系统的标准

综合布线系统的迅速发展，离不开各类标准、规范的支持。知名的标准如：国际标准 ISO/IEC11801、北美标准 ANSI/EIA/TIA568A、欧洲标准 EN50173、施工安装标准 EIA/TIA 569 等。我国也有中国工程建设标准化协会标准《建筑与建筑群综合布线系统工程设计规范》CECS72：97 及《建筑与建筑群综合布线系统工程施工与验收规范》CECS89：97 可供使用。更详细的标准主要有下列几种：

- EIA/TIA—568　　　　　民用建筑线缆标准；
- EIA/TIA—569　　　　　民用建筑通信通道和空间标准；
- EIA/TIA—×××　　　　民用建筑中有关通信接地标准；
- EIA/TIA—×××　　　　民用建筑通信管理标准。

这些标准支持下列计算机网络标准：

- IEEE 802.3　　　　　　总线局域网络标准；
- IEEE 802.5　　　　　　令牌环网局域网络标准；
- FDDI　　　　　　　　光纤分布式数据接口高速网络标准；
- CDDI　　　　　　　　铜线分布数据接口高速网络标准；
- ATM　　　　　　　　异步传输模式。

实际上，EIA/TIA 协会是布线系统标准化的先行者，1985 年 EIA/TIA 开始布线标准的制定工作，经过 6 年的努力，于 1991 年形成第一版 EIA/TIA 568，这是综合布线标准的奠基性文件。与 EIA/TIA-569、TSB67、TSB40 等文件形成北美综合布线系列文件。TSB36 是关于水平布线电缆的技术系统手册，TSB40 是关于墙上插座的技术系统手册，主要涉及损耗、串音和反射方面必须遵守的测量方法和允许值。EIA/TIA 568 标准经过改进，于 1995 年 10 月正式修订为 EIA/TIA 568A 标准。

11.3.3 综合布线系统的构成

所谓综合布线系统是指按标准的、统一的和简单的结构化方式编制和布置各种建筑物（或建筑群）内各种系统的通信线路，包括网络系统、电话系统、监控系统、电源系统和照明系统等。因此，综合布线系统是一种标准通用的信息传输系统。

随着网络技术的飞速发展，各国的政府机关、集团公司都在针对自己的楼宇特点进行综合布线，以适应新的信息化需求。智能化大厦、智能化小区已成为新世纪的开发热点。理想的布线系统表现为：支持语音应用、数据传输、影像影视，而且最终能支持综合型的应用。由于综合型的语音和数据传输网络布线系统选用的设备、传输介质是多样的，一般单位可根据自己的特点，选择合适的布线方案，但总体看，综合布线系统，可以被划分为 6 个子系统，分别是：

1）工作区子系统；

2）水平干线子系统；

3）管理间子系统；

4）垂直干线子系统；

5）设备间子系统；

6）建筑群子系统。

这六个子系统分布在楼宇的不同区域，构成一个有机的整体，实现楼宇内（间）网络、电话、电源、照明等设备的合理布局。综合布线系统的子系统结构如图 11-6 所示。

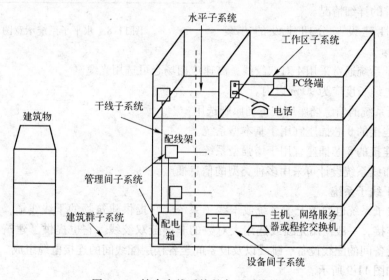

图 11-6 综合布线系统的各子系统结构

1. 工作区子系统

一个独立的需要设置终端设备的区域宜划分为一个工作区，工作区子系统由水平干线子系统的信息插座延伸到工作站终端设备处的连接电缆及适配器组成，一个工作区的服务面积可按 5 ~ 10 m² 估算，每个工作区设置一个电话机或计算机终端设备，或按用户要求设置。工作区应安装支持电话机、数据终端、计算机和电视机等终端设备接入的信息插座。工作区子系统的示意图如图 11-7 所示。

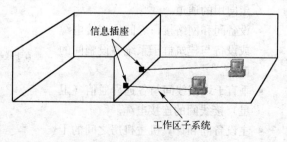

图 11-7 工作区子系统示意图

工作区适配器的选用应符合下列要求：

- 在设备连接器处采用不同信息插座的连接器时，可以用专用电缆或适配器。
- 当在单一信息插座上开通 ISDN 业务时，应用网络终端适配器。
- 在配线（水平）子系统中选用的电缆（介质）不同于设备所需的电缆（介质）时，宜采用适配器。

- 在连接使用不同信号的数模转换或数据速率转换等相应的装置时，宜采用适配器。
- 对于网络规程的兼容性，可用配合适配器。
- 根据工作区内的不同电信终端设备可配备相应的终端适配器。

2. 水平干线子系统

水平干线子系统又称水平子系统，它是由工作区的信息插座开始延伸到管理间子系统的配线设备及连接二者的水平电缆等组成。水平干线子系统如图 11-8 所示。

水平子系统应按以下要求进行设计：

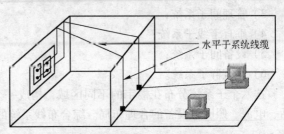

- 根据工程提出近期和远期的终端设备要求。
- 每层需要安装的信息插座数量及其位置。
- 终端将来可能产生移动、修改和重新安排的详细情况。
- 一次性建设与分期建设的方案比较。

图 11-8　水平子系统示意图

- 水平子系统通常采用 4 对双绞线，高速应用场合可选用光缆。
- 水平电缆长度应为 90 m 以内。

综合布线系统的信息插座应按下列原则选用：

- 单个连接的 8 芯插座宜用于基本型系统。
- 双个连接的 8 芯插座宜用于增强型系统。
- 综合布线系统设计可采用多种类型的信息插座。

3. 垂直干线子系统

垂直干线子系统也称骨干子系统或干线子系统，它提供建筑物的干线线缆，负责管理间子系统之间的连接，一般使用光缆或选用大对数的非屏蔽双绞线。它也提供了建筑物垂直方向的路由。它由设备间的配线设备、跳线以及设备间至各楼层配线间的连接电缆组成。垂直干线子系统的示意图如图 11-9 所示。

垂直干线子系统还可以包括：

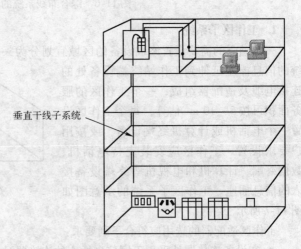

- 垂直干线或远程通信（卫星）接线间、设备间的竖向或横向的电缆走向用的通道。
- 设备间和网络接口之间的连接电缆或设备与建筑群子系统各设施间的电缆。
- 垂直干线接线间与各远程通信（卫星）接线间的连接电缆。
- 主设备间和计算机主机房之间的干线电缆。

设计垂直干线子系统时要注意：

- 垂直干线子系统一般选用光缆，以提高传输速率。

图 11-9　垂直干线子系统示意图

- 光缆可选用多模的（室外远距离的），也可以是单模（室内）的。

- 垂直干线电缆的拐弯处，不要直角拐弯，应有相当的弧度，以防光缆受损。
- 垂直干线电缆要防遭破坏（如埋在路面下，要防止挖路、修路对电缆造成危害），架空电缆要防止雷击。
- 确定每层楼的干线要求和防雷电的设施。
- 满足整幢大楼的干线要求和防雷击的设施。

4. 管理间子系统

管理间子系统设置在每层配线设备的房间内。管理间子系统应由交接间的配线设备、输入/输出设备等组成（如图11-10所示）。管理间子系统提供了水平干线子系统和垂直干线子系统的连接手段。交接间内可以重新安排路由，实现综合布线系统的灵活管理。管理间子系统一般配有：机柜、集线器、交换机、配线架和跳线、稳压电源等设备。

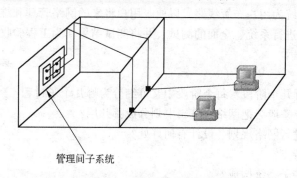

管理间子系统

图 11-10　管理间子系统示意图

管理间子系统设计时要注意以下几点：

- 交接区应有良好的标记系统，如建筑物名称、建筑物位置、区号、起始点和功能等标记。综合布线系统使用了三种标记：电缆标记、场标记和插入标记。其中插入标记最常用。这些标记通常是硬纸片或其他方式，由安装人员在需要时取下来使用。
- 交接间及二级交接间的本线设备宜采用色标区别各类用途的配线区。
- 交接设备连接方式的选用宜符合下列规定：对楼层上的线路较少进行修改、移位或重新组合时，宜使用夹接线方式；在经常需要重组线路时使用插接线方式。
- 在交接场之间应留出空间，以便容纳未来扩充的交接硬件。

5. 设备间子系统

设备间子系统也称设备（equipment）子系统，它由建筑物的进线设备、各类大型信息设备（如骨干交换机、单位内部电话交换机等）、电力和安保等设备及其连接线缆组成。一般将这些设备置于同一个房间内，便于集中管理和维护。在特定场合，也可将各类设备分开布置（如：考虑到电磁干扰，将电力设备和电信设备分开布置）。

设备间子系统在设计时，要注意的要点是：

- 设备间要有足够的空间保障设备的存放。
- 设备间要有良好的工作环境（温度湿度）。
- 设备间的建设标准应按机房建设标准设计。

6. 建筑群子系统

建筑群子系统是指连接两个或两个以上建筑物间通信、电力的设备及线缆，建筑群子系统是综合布线系统的一部分，它支持楼宇之间通信所需的硬件，其中包括电缆、光缆以及电气设备。

建筑群子系统室外电缆的铺设，一般采用三种方式：架空电缆、直埋电缆、地下管道电缆，可根据具体情况来决定采用哪种方式或哪些方式的组合。

小结

　　网络工程是网络知识在实际工程中的具体应用，但其涉及的知识又远不止网络及通信领域。网络工程实施人员还要掌握项目管理、资金预算、水电土建、法律法规等多方面内容，一个优秀的网络工程师除了要有扎实的网络理论功底外，还要具备大量的实际工程经验。

　　网络工程一般可以分为四个阶段：网络规划、网络设计、网络实施、网络运行管理与维护（OA&M）。好的网络规划与设计是网络工程质量的基础，网络设计前应充分了解网络用户的需求，认真勘察网络现场，根据用户单位的具体特点，制定合适的网络设计方案。在网络规划设计过程中，可以借助网络仿真工具 OPNET 来实现对网络环境高效、准确地分析。在网络实施过程中，应采用综合布线系统为用户布置线路，以便于用户将来的网络管理和维护。在网络工程结束后，应对网络工程质量进行系统、全面的测试，并将测试结果作为工程验收的依据。

习题

1. 网络工程一般分为哪几个阶段？每个阶段中又可细分为哪几个子过程？
2. 在进行网络规划时，一般会把网络在逻辑上划分成哪几层？
3. 使用网络仿真技术进行网络规划、设计有何好处？
4. 综合布线系统有何特点？
5. 综合布线系统由哪些子系统构成？
6. 在进行综合布线子系统设计时，都应注意哪些内容？
7. 什么是网络测试？网络测试可分为哪几个层次？

参 考 文 献

[1] 谢希仁. 计算机网络 [M]. 4 版. 北京：电子工业出版社，2003.

[2] 张曾科，阳宪惠. 计算机网络 [M]. 北京：清华大学出版社，2006.

[3] 吴功宜. 计算机网络 [M]. 2 版. 北京：清华大学出版社，2007.

[4] 冯博琴，陈文革，等. 计算机网络 [M]. 2 版. 北京：高等教育出版社，2004.

[5] 刘四清，田力. 计算机网络实用教程（技术基础与实践）[M]. 北京：清华大学出版社，2007.

[6] 蔡开裕，朱培栋，等. 计算机网络 [M]. 2 版. 北京：机械工业出版社，2008.

[7] 毛京丽，李文海. 数据通信原理 [M]. 2 版. 北京：北京邮电大学出版社，2000.

[8] William Stallings. 数据与计算机通信 [M]. 王海，等译. 7 版. 北京：电子工业出版社，2004.

[9] 杨武军，郭娟，等. 现代通信网概论 [M]. 西安：西安电子科技大学出版社，2004.

[10] 黄永峰，李星. 计算机网络教程 [M]. 北京：清华大学出版社，2006.

[11] 张尧学，郭国强，等. 计算机网络与 Internet 教程 [M]. 2 版. 北京：清华大学出版社，2006.

[12] 罗军舟，黎波涛，等. TCP/IP 协议及网络编程技术 [M]. 北京：清华大学出版社，2006.

[13] Andrew Tanenbaum. 计算机网络 [M]. 潘爱民，译. 4 版. 北京：清华大学出版社，2004.

[14] 雷震甲. 网络工程师教程 [M]. 北京：清华大学出版社，2004.

[15] Douglas E Comer. Internetworking with TCP/IP. Volume 1. Principles, Protocols and Architecture [M]. Third Edition. 影印版. 北京：清华大学出版社，1998.

[16] Douglas E Comer, David L Stevens. 用 TCP/IP 进行网络互联：第二卷 设计、实现与内核 [M]. 张娟，王海，等译. 北京：电子工业出版社，2001.

[17] 虚拟专用网 VPN 技术 [OL]. http：//www. yesky. com/20011016/201016. shtml.

[18] Cisco 公司. 思科网络技术学院教程（第一、二学期）[M]. 清华大学，等译. 北京：人民邮电出版社，2004.

[19] Cisco 公司. 思科网络技术学院教程（第三、四学期）[M]. 天津大学，等译. 北京：人民邮电出版社，2004.

[20] James F Kurose, Keith W Ross. Computer Networking：A Top-down Approach Featuring the Internet [M]. Third Edition. 影印版. 北京：高等教育出版社，2005.

[21] 吴企渊. 计算机网络 [M]. 北京：清华大学出版社，2006.

[22] 石炎生，羊四清，等. 计算机网络工程实用教程 [M]. 北京：电子工业出版社，2007.

[23] 沈金龙. 计算机通信网 [M]. 西安：西安电子科技大学出版社，2003.

[24] 张铭，窦赫蕾，等. OPNET Modeler 与网络仿真 [M]. 北京：人民邮电出版社，2007.

[25] 雷维礼，马立香，等. 接入网技术 [M]. 北京：清华大学出版社，2006.

[26] 何宝宏，田辉，等. IP 虚拟专用网技术 [M]. 2 版. 北京：人民邮电出版社，2008.

延 伸 阅 读

TCP/IP详解 卷1：协议
作　者：[美] W. Richard Stevens
译　者：范建华 胥光辉 张涛 等
审　校：谢希仁
英文版：7-111-09505-7 定价：39.00
中文版：7-111-07566-8 定价：45.00

TCP/IP详解 卷2：实现
作　者：[美] Gary R.Wright, W. Richard Stevens
译　者：陆雪莹 蒋慧 等
审　校：谢希仁

TCP/IP详解 卷3：TCP事务协议、HTTP、NNTP和UNIX域协议
[美] W. Richard Stevens 著
胡谷雨 吴礼发 等译，谢希仁 审校
■国际知名Unix 网络专家杰作
■中文版畅销八年，持续热销中

计算机网络：自顶向下方法（原书第4版）
作　者：James F. Kurose
译　者：陈鸣
书　号：978-7-111-16505-7
定　价：66.00元
■全球上百所大学和学院采用，被译为10多种语言并被世界上数以万计的学生和专业人士采用

计算机网络与互联网
作　者：王卫红 李晓明
书　号：978-7-111-30516-3
定　价：28.00元
■本书是第一本直接参照《高等学校计算机科学与技术专业发展战略研究报告暨专业规范(试行)》要求编写的网络课程教材。

计算机网络实验教程-从原理到实践
作　者：陈鸣 常强林 岳振军
书　号：978-7-111-20682-8
定　价：45.00元
■本书将网络实验分为验证性实验、实践性实验和探索性实验三类
■帮助读者理解复杂的网络原理，提高网络应用和维护的技能

教师服务登记表

尊敬的老师：

您好！感谢您购买我们出版的＿＿＿＿＿＿＿＿＿＿＿＿＿＿＿＿＿＿＿＿＿教材。

机械工业出版社华章公司为了进一步加强与高校教师的联系与沟通，更好地为高校教师服务，特制此表，请您填妥后发回给我们，我们将定期向您寄送华章公司最新的图书出版信息！感谢合作！

个人资料（请用正楷完整填写）

教师姓名		□先生 □女士	出生年月		职务		职称：□教授 □副教授 □讲师 □助教 □其他
学校			学院			系别	

联系 电话	办公： 宅电： 移动：	联系地址 及邮编	
		E-mail	

学历		毕业院校		国外进修及讲学经历	

研究领域	

主讲课程	现用教材名	作者及出版社	共同授课教师	教材满意度
课程： □专 □本 □研 人数： 学期：□春□秋				□满意 □一般 □不满意 □希望更换
课程： □专 □本 □研 人数： 学期：□春□秋				□满意 □一般 □不满意 □希望更换

样书申请	
已出版著作	已出版译作
是否愿意从事翻译/著作工作 □是 □否 方向	
意见和建议	

填妥后请选择以下任何一种方式将此表返回：（如方便请赐名片）

地　址：北京市西城区百万庄南街1号　华章公司营销中心　　邮编：100037

电　话：(010) 68353079 88378995　传真：(010)68995260

E-mail:hzedu@hzbook.com markerting@hzbook.com　图书详情可登录http://www.hzbook.com网站查询